心有柒柒

3

完

素禾 著

風文創 1257

目錄

第五十一章　攀權附貴

慕羽崢見懷裡的小姑娘半天不說話，將人攬牢了些，輕聲問：「睡著了？」

小姑娘的聲音從大氅裡傳來，悶悶的。「哥哥，你說我是不是該學學規矩？」

慕羽崢沈默了一瞬，應道：「妳若想學，我找人教妳。」

按著他的本心，小姑娘不必學，怎麼開心就怎麼來，可她以後要跟著他回長安、進皇宮、封公主，該學的，終歸要學起來。

柒柒嘆道：「唉，那就學吧。」

既然選擇要當公主，這就是她必須面對的事情，得付出相應的代價。

想通了這個道理，柒柒沈痛悼念了一下從前那個自由自在的自己，決定不再自尋煩惱。

她的腦袋從大氅裡鑽出來，伸手指著前方道：「太子哥哥，我們跑馬吧！」

剛才還悶悶不樂，眨眼的工夫又笑逐顏開，當真小孩子脾氣，慕羽崢哭笑不得，應了聲好，一扯韁繩喊道：「駕！」

黑色駿馬歡快地嘶鳴一聲，揚蹄狂奔，踏起漫天雪塵，身後眾人也跟著騎馬飛奔，嘴裡還高聲喊叫著。

柒柒熱血沸騰，學著護衛們高聲地叫喊。「齁唷唷！」

喊了兩聲，柒柒覺得好玩，忍不住格格笑出聲。

聽著小姑娘歡快的笑聲，慕羽崢也放聲大笑。

兩日後，慕羽崢帶著隨從離開雲中城，去了北境大軍駐紮的軍營。

臨走之前，他差人回長安給公主府送信，請她安排人來教導柒柒宮規禮儀。

柒柒問他人什麼時候到，他說要到年後了，柒柒悄悄鬆了口氣。

送走慕羽崢，柒柒閒來無事，盤了盤自己的家底，除了先前攢的那七十多兩，還有之前那二百兩花剩下的一百多兩。

慕羽崢離開時跟她說想怎麼花就怎麼花，不夠就去找廖管家要。

可柒柒不是大手大腳的人，日子該怎麼過還怎麼過，只是買零嘴時更大方了些，瓜子都能一口氣幾個口味各買一斤了。

慕羽崢每隔一天就傳來消息，說一切都好，柒柒便開開心心的，不過她現在往返醫館的路上，總能碰到前來攀關係的人。

雖說慕羽崢揹她回吳府那回天色已晚，帶她出城時又拿大氅將她裹得嚴嚴實實，可天下沒有不透風的牆，慕羽崢在城樓上露過臉，又在塔布巷生活多年，還是有人認出了他。

塔布巷的百姓們得知太子殿下竟做過他們的鄰居，驕傲無比，恨不得宣揚得舉國皆知。

在山跟柱子出征前去巷子裡勸過大家要低調，可架不住人心虛榮，很快的，慕羽崢在柒柒家住過幾年的事傳了出去。

柒柒如今穿著體面，住在太子殿下下榻的吳府，進出乘坐馬車，還有護衛貼身跟隨，有心之人略一觀察，就知道柒柒和太子殿下關係不淺。

看著一波又一波被素馨和百擊打發走的人，柒柒嘆道：「難怪哥哥要讓你們跟著我。」

素馨點點頭道：「殿下早就料到會有這一齣。」

吳府進不去、路上說不上話，那些想攀關係的人便另闢蹊徑。

不管有病還是沒病，都要去醫館看個診、抓副藥，實在沒有由頭開藥的，就買點金瘡藥、大補丸，再不濟也要買上兩份膏藥。

有的退而求其次，跑去塔布巷找呂家訂做家具，再不就是去柱子家找柱子他舅舅買菜。

林氏醫館的生意空前絕後的好，林義川、許翠嫻還有柒柒整日忙得團團轉。

呂家突然湧進照顧生意的客人，呂成文自然知道這是因何而來，可他手裡單子充足，還是以老主顧為主，不敢多接新單子。

實在得空，偶爾接上一、兩單小物品，算是不折了來客的顏面，畢竟做生意的總是要維護好各方關係。

柱子舅舅的販菜生意也忙不過來，他知道這些都是衝著他外甥來的，便請了柱子的爹娘去幫襯，利潤與他們對半平分。

柒柒不想給慕羽崢添麻煩，任何人來醫館看病抓藥，她都會熱情招待，可話題一往太子殿下身上扯，她就只是笑笑，一臉歉意地說：「真對不起，我只是太子殿下身邊的小丫鬟，說不上話的。」

這說詞是跟小翠學的。

小翠那邊同樣有人找她攀關係，小翠都說她只是小丫鬟，她說了，別人就相信，再不打擾。

可柒柒不知道她和小翠的情形不同，因為沒有哪個小丫鬟穿得那麼華麗，不僅有專屬馬車，還有兩名身手深不可測的護衛跟隨。

但凡長了眼睛的人，都看得出這小姑娘鬼話連篇，睜著大眼睛撒謊呢。

可人家小姑娘態度好，你也不好拆穿她，當然，最主要的原因是不能得罪她，只能打著哈哈聽她胡謅。

柒柒才不管他們信不信，照舊這樣說。

這段時間，最讓她高興的是，蔓雲成了整個雲中城最受歡迎的未婚小娘子。

先前豆腐鋪那件糟心事讓蔓雲備受打擊，哪怕事情解決了，在山也狠狠揍了趙大郎一頓，可蔓雲還是對自己產生了深深的懷疑，消沈至今。

然而，在山在太子殿下身邊當差的消息傳出去之後，呂家的門檻不光被訂家具的人踏破，也要被媒人踏平了。

柒柒這日休息，拉著小翠去街上買了些吃食，前往呂家探望蔓雲。

一進門，正趕上兩家媒人上門說親，呂成文跟在江在東屋應對，蔓雲則躲在西屋炕上悶頭睡大覺。

柒柒跟小翠把東西撂在東屋，忽略想和她打招呼的媒人，直接去了西屋。

「蔓雲姊，太陽曬屁股嘍！」柒柒喊著，兩個小姑娘把蔓雲從被子裡拽出來。

蔓雲一見是柒柒和小翠，便拉著她們坐下，三人說起話來。

說著說著，蔓雲重重嘆了口氣道：「妳說這世道是怎麼了，前些天還在傳我命硬剋夫，我爹去尋了幾個媒人，都推託說沒有合適的兒郎可以介紹，可不過幾天光景，一堆人就恨不得上門直接把我搶走。

「難道我呂蔓雲就這麼不堪，娶我的人不在乎我的人品、容貌、性情，就只看我兄弟擔何差事？先前在山遲遲不歸，趙家就覺得我配不上他們家，如今見在山在太子殿下身邊當差，我又成了搶手的香餑餑。」

小翠心思細膩，見蔓雲難過，忙拉住她的手溫聲細語安慰。「蔓雲，妳是最好的小娘子，顧家、能幹，人還長得好看，是那趙家沒眼光。現在來求娶妳的，定然是看上妳本人才來的。」

這話毫無說服力，蔓雲朝小翠苦笑了一下，把臉靠在她肩上。

小翠接著勸道：「蔓雲，我以前最大的渴望，就是葛有財那個窩囊能養活他自己，不要拖累我就好。妳有兄弟可倚仗是多好的事啊，我羨慕都來不及呢。」
見小翠用自己的傷心處勸慰自己，蔓雲很愧疚，抱著她連連道歉。
瞧兩個姊姊抱在一起紅了眼眶，眼看就要哭了，柒柒一拍炕沿道：「別哭！」
這冷不防的一聲，嚇得兩個多愁善感的姑娘一個哆嗦，齊齊扭頭看她，同聲道：「柒柒，怎麼了？」
柒柒雙手扠腰說：「蔓雲姊、小翠姊，妳們真傻。」
兩個姑娘不服，蔓雲說：「我們怎麼就傻了？」
柒柒先說起了小翠。「小翠姊，那兩個沒良心的人，妳都已經跟他們一刀兩斷了，還為他們傷心，妳說妳傻不傻？」
小翠點頭道：「我傻。」
柒柒又說：「妳羨慕蔓雲姊有兄弟倚仗，可妳有我這個妹妹呀，我以後還是公主呢，我這麼好的靠山妳都沒想起來，還在為這事掉眼淚，妳傻不傻？」
小翠噗哧一笑道：「我傻。」
柒柒滿意了，又看向蔓雲道：「蔓雲姊，倘若有一日妳飛黃騰達了，在山哥和在江犯倔，死活不想靠妳的幫助過上更好的生活，非得吃苦受累，妳覺得他們怎麼樣？」
蔓雲想像了一下那個情景，氣道：「蠢死了，我可是他們親姊姊，有什麼好見外的？」
柒柒攤手道：「所以妳傻不傻？」

蔓雲一愣，隨即豁然開朗，終於露出了笑容。「我傻。」

三個姑娘對望一眼，大笑了起來。

笑過之後，小翠跟蔓雲抓住了柒柒，把她扯到炕上按住，好一頓揉搓，蔓雲道：「壞丫頭，敢罵姊姊們傻？」

柒柒怕癢，滿炕打滾。

嘻嘻哈哈鬧過了一陣子，三人腳對腳擠在小炕上，蓋著被子聊天。

柒柒接著說道：「蔓雲姊，妳看我就想得開，我哥哥說以後要到長安城為我找夫婿呢。妳想啊，長安城得有多少好兒郎，那些當官的、做生意的，可是我以前不敢想的人，如今有了我哥哥，我都敢打他們的主意了呢。

「不要覺得妳的姻緣順了些，就是全靠在山哥或是妳自己沒本事。妳說，像我們這樣好的小娘子，既然有了機會，憑什麼不能選擇更好的小郎君？」

小翠和蔓雲愣住了——被柒柒的想法震撼，為她的思想折服。

可兩個姑娘比柒柒更矜持，沒好意思接她的話，而是伸手去刮她細膩光滑的小臉蛋，小翠說道：「小姑娘家家才幾歲，就想著給自己找夫婿？」

柒柒伸手拍開她們的手道：「我沒爹娘張羅，不得為自己打算啊？難不成要等我過了年歲還找不到合適的人，任由官府給我隨便指一個？我才不要！」

按照大興律法，女子滿十八不嫁者，五算；滿二十不嫁者，使長吏配之。

也就是說，女子滿十八歲了還不嫁人，就要罰款，交五倍的人頭稅；滿二十歲了還不嫁，就由官府出面，強行亂點鴛鴦譜。

這律法實在缺德，可他們改變不了，柒柒便決定早早為自己打算。

蔓雲和小翠看著說起終身大事也大大方方的小姑娘，忍不住心疼。是啊，但凡父母有一方在，哪裡用得著一個姑娘家自己盤算這些事？

她們伸手抱住了她，蔓雲說：「妳還有我們啊，到時候我們幫妳張羅。」

柒柒被兩個姊姊抱著哄，幸福地嘿嘿直笑，那傻呼呼的小模樣，惹得蔓雲和小翠掐她，說她像個小傻瓜。

三個姑娘正掐過來、掐過去地鬧著，就聽見院子裡頭傳來說話聲，緊接著是在江憤怒地大吼。「趙大郎，你來幹什麼？趕緊滾！」

聞言，三個姑娘齊齊冷了臉，穿鞋下地走了出去。

屋門口，在江怒氣沖天，揮著扁擔趕人。「快走，別以為我大哥不在家我就怕你們！」

呂成文出去辦事了，現在家裡就只有在江一個男丁在。

趙大郎和他爹娘提著禮盒站在院子裡，陳嬌對在江解釋道：「在江啊，你誤會了，我們是來看你姊姊的。」

屋門打開，趙家三人一見蔓雲出來，忙賠著笑臉齊聲道：「蔓雲。」

蔓雲冷眼看著這些小丑，說道：「你們來做什麼？」

趙家兩老推了一下趙大郎，趙大郎往前兩步，跪在蔓雲跟前，抬手重重抽了自己一巴掌道：「蔓雲，我錯了，我先前被豬油蒙了心，妳能原諒我嗎？」

「蔓雲哪，嬸子錯了。」陳嬌也往前湊了湊，想去拉蔓雲的胳膊，卻被蔓雲躲開。

柒柒覺得這家人真的是有病，她拉過在江，從他手裡接過扁擔，心想要是趙家人再敢碰蔓雲姊，她直接就揍過去。

一直等在院外馬車裡的素馨和百擊走了出來，抱著劍靜靜站在柒柒身後。

趙家三人一看這架勢，嚇得往後退了退。

他們得知在山是跟在太子殿下身邊當差時，腸子都悔青了。

一開始是整日提心吊膽，怕在山藉著太子殿下的權勢報復他們，後來發現在山狠揍了趙大郎一頓後再也沒搭理過他們，一家人的心思就又活泛了，可當時那事做得太絕，他們實在拉不下臉來求人原諒。

然而權勢帶來的誘惑極大，對他們這種人來說，「臉」這種東西不要又何妨，相互埋怨幾日後還是帶著禮物上了門，如今又見柒柒如此維護蔓雲，越發堅定要挽回這門親事。

趙家兩老牙一咬，也跪在蔓雲面前，聲淚俱下敘述起他們的過錯，說自己有眼無珠，懇請蔓雲給一次機會，讓兩家再續前緣。

看著他們卑微請求的模樣，蔓雲壓抑了數日的憤恨忽然煙消雲散，她笑了，覺得為這種人的所作所為傷心難過，簡直是愚不可及。

她聲音平靜，語帶驕傲。「在山跟在太子殿下身邊當差，等他日後建功立業，我們一家都要跟著他去都城享福。趙大郎，我呂蔓雲，現在看不上你了。」

說得好！柒柒在心裡為蔓雲歡呼，她拉住蔓雲的手道：「咱們回屋。」

趙家這些人，多看一下都會髒了眼睛。

趙家人見狀，膝行著就要去拉蔓雲，素馨和百擎立即上前一步，冷冷地盯著他們，柒柒她們進了屋，兩人就像門神一樣擋在門口。

趙家人被那帶著殺意的眼神嚇得心驚肉跳，留下禮盒，從地上爬起來，灰溜溜地走了。

在江拎起禮盒追上去，砸在他們身上道：「把你們的東西拿走，別髒了我們家的地！」

隔天，素馨就為柒柒帶來消息，說趙家三人來呂家請求原諒這件事，不知怎麼的被滷肉鋪的姑娘知道了，那姑娘性子也是剛烈火爆，直接拿刀砍傷了趙大郎，隨後一副藥打掉孩子，揚言終身不嫁，到了年紀就絞了頭髮去廟裡當尼姑。

柒柒聽完後無動於衷。那女子在搶別人未婚夫的時候，就該想到有一日那狗雜碎也可能背叛她。

經過小翠和柒柒的勸慰，再加上趙家那麼一鬧，蔓雲徹底振作起來，還喊了柒柒和小翠去吃一頓飯。

見蔓雲恢復以前的模樣，柒柒心裡一顆大石頭終於落地。

臘月二十三，小年，慕羽崢在軍營回不來。

柒柒跟小翠晌午去呂家吃飯，晚上去醫館陪林義川跟許翠嫻吃飯，當然，她沒忘了拉上素馨與百擊一起。

晌午在呂家，大夥兒熱熱鬧鬧、開開心心，可晚上剛吃過飯，林義川就說了一件讓柒柒震驚的事。

「柒柒啊，該教妳的，爺爺已經教完了，過完小年，我和妳林奶奶打算把醫館關了。」

柒柒不禁一愣。「開得好好的，為什麼要關？」她以為醫館會一直開下去。

林義川聞言，笑著解釋。「原本我們是打算再開上幾年，回頭等妳大了，就把醫館傳給妳，可如今妳跟著太子殿下，早晚得離開雲中城這小地方，這醫館妳也就用不上了。」

林氏醫館，伴隨著柒柒成長，承載了她童年的回憶，她滿心不捨道：「爺爺，我還沒那麼快走呢。」

許翠嫻牽著柒柒的手道：「我和妳林爺爺打算趁著身子骨兒還硬朗，出去走走。」

柒柒問：「你們要去哪兒？」

第五十二章　悵然若失

許翠嫻笑著說：「我有個妹妹，當年跟著夫家逃難到河東郡去了，已在那邊安家。我外甥做起了生意，一家人過得還不錯，早就捎了幾封信來讓我們去住一陣子，這麼多年沒見，我想去看看她。」

林義川與許翠嫻的兒子都沒了，如今想去找親人團聚，也在情理之中。

柒柒像小時候那樣，親暱地靠在許翠嫻身上道：「奶奶，你們什麼時候走？」

許翠嫻摸著小姑娘的頭髮說：「過了正月十五吧，我外甥會過來接。」

「好，到時我送你們。」柒柒沒想到離別來得這麼快，心中傷感，可也不好挽留。「奶奶，回頭我幫你們準備路上用的東西，還有拜訪親友的禮品。」

在她最艱難的那一年，是林義川跟許翠嫻給她一份工，還教她醫術，他們待她和待親孫女也沒什麼兩樣了，現在他們即將出遠門，這些合該她來準備。

許翠嫻笑著拒絕。「不用了，太子殿下送來的禮品都還放著，我們會帶上。」

慕羽崢從長安回來後，特地帶著柒柒上門拜訪林義川跟許翠嫻，送了許多禮物感謝當年的醫治之恩、相助之情，還贈送不少銀錢。

兩位老人家當時不肯收，還是在山努力勸說，他們這才收下。

見許翠嫻婉拒，柒柒笑了笑，打算回頭悄悄準備。

隔天，林氏醫館就關了門。

日復一日、年復一年，柒柒幾乎日日都要去醫館上工，早就成了習慣，冷不防一停下來，她還真有些不適應。

柒柒寫信給慕羽崢，把這事跟他說了。慕羽崢隔天就回了信，說累了這麼多年，年後又要學規矩，正好趁這機會歇一歇。

小翠要去花影軒，白天柒柒一個人在家，吃飽了睡、睡飽了吃，像養豬一樣。等到第四日，實在養不下去了，柒柒從炕上爬起來找素馨，說要騎馬。

素馨笑著說殿下早就把馬準備好了，但是讓她等天氣暖和些再騎。

柒柒哪裡肯，拽著素馨去馬棚，當看到那匹全身雪白的馬時，她好生歡喜，樂得直跳。

接下來幾天，柒柒每日都到吳府空下來的練武場騎馬，一開始得讓素馨牽著，她慢慢騎，等到除夕這天，已經能夠自己拽著轠繩小跑起來。

慕羽崢說過年也回不來，要留在軍中陪著將士們一起過。

柒柒心想他初入軍中，得和將士們搞好關係，也就沒說什麼，在信裡叮囑他好生吃飯，又讓廚房準備一些點心，讓傳信的護衛一起帶過去。

沒想到，除夕這晚他竟趕了回來。

柒柒剛吃完餃子，正在院子裡放鞭炮，一見到院門口進來的高大身影，她鞭炮一扔，嗷嗷喊著撲了過去。「哥哥，哥哥！」

慕羽崢哈哈笑著接住柒柒，往空中丟了兩下後，抱著她進了屋。

多日未見，柒柒摟著慕羽崢的脖子好一會兒，才跳下地拉著他轉圈檢查，見他完好無損，這才放下心來。

慕羽崢覺得好笑，伸手在她頭上比劃到自己胸口道：「怎麼還這麼矮？」

柒柒踮起腳尖去搆他的頭。「我已經長高了些，是你又長了吧。」

兩人聊著彼此的近況，剛說了個差不多，素馨就送飯菜和餃子過來，柒柒又陪著慕羽崢吃了些。

慕羽崢見柒柒飯量不錯，掐著她的小臉蛋仔細觀察了一番，滿意地點頭道：「不錯，長胖了些，就是還沒長成包子。」

柒柒拍開他的手，翻了個白眼道：「我是大姑娘了，長成顆包子不得讓人笑話？」

一句「大姑娘」惹得慕羽崢笑個不停，自然又挨了柒柒兩掌。

吃完飯，慕羽崢陪柒柒去院子裡把剩下的煙花跟鞭炮放了，隨後去外院安排些事情，再回來時，就見小姑娘已經歪在炕上打瞌睡。

他走過去靠在她身邊，輕輕拍著她道：「睏就睡吧，我守著妳。」

柒柒往慕羽崢身邊挪了挪。「哥哥，你跑了一路，也歇歇吧，我守著你，等你走了我再睡，我還得送你出門呢。」

慕羽崢剛一進門就說了，這趟回來是辦點事情，順便陪她守歲，天亮就得走。

想了想，慕羽崢拉過被子，先將小姑娘蓋好，又扯了床被子蓋在自己身上，兩個人就那樣面對面躺著，和衣而眠。

「嘿嘿嘿，這樣好像我們小時候喔。」柒柒枕著自己的手，小聲說。

慕羽崢揉了揉她的腦袋，摘下她的簪子道：「睡吧。」

「我不睡，我守著你，你睡。」柒柒說著，又往前拱了拱。

小姑娘話說得挺硬氣的，可沒一會兒，上下眼皮就打起架來，睡著了。

慕羽崢笑了，將柒柒連人帶被子往自己懷裡撈了撈，像小時候那樣擁著她，闔眼休息。

柒柒一覺醒來，天還黑著，她咕噥著喊了句哥哥，可沒人回應，她猛地坐起來，四下一看，慕羽崢已經走了。

她扁了扁嘴，倒回炕上，委屈地自言自語。「為什麼不喊我。」

雖然沒能親自送慕羽崢出門，但兩個人在一起過了年，柒柒還是很高興。

只是沒高興幾天，一想到林爺爺跟林奶奶要走了，她又難過起來。

許翠嫻說不用她準備東西，可柒柒還是張羅了不少物品，臨到林義川跟許翠嫻出門前一日，她坐著馬車送去了醫館。

本以為林義川與許翠嫻只是去走親戚，頂多住上個兩、三年就回來了，可沒想到，她不過是幾日沒來，他們就把醫館全清空了。

柒柒站在門口，傷感道：「爺爺、奶奶，你們不打算回來了嗎？」

許翠嫻還在歸攏東西，見柒柒過來，笑著招呼她進去。「我和妳林爺爺年歲大了，實在熬不住雲中郡這寒冬，思來想去，乾脆搬去河東郡養老算了。」

雲中郡的冬天確實既漫長又寒冷，別說老人家了，柒柒都覺得難捱得緊。

想到自己過兩、三年也要離開這裡，柒柒便點頭道：「是這個理，河東郡更往南，暖和些。」

第二日清晨，柒柒將林義川跟許翠嫻送出城門外，又陪著走了幾里遠，這才坐著馬車回去。

小姑娘沈默了一路，一進屋子，就撲在炕上大哭了一場。

連著好幾日，柒柒一想到這輩子可能再也見不到林爺爺跟林奶奶了，就忍不住掉淚，有時候正吃著飯呢，還會突然撂下碗筷，趴在桌上哭起來。

小翠為此特地請了兩天假陪她，可不論是小翠溫聲細語地安慰，還是素馨帶她去騎馬，小姑娘都一直懨懨的。

眾人愁壞了，正商量著要怎麼哄她開心，慕雲檸和裴定謀就帶著給柒柒上課的嬤嬤到了雲中郡。

公主殿下一來，素馨可算是找到主心骨兒了，當即如實稟告柒柒的情況。

慕雲檸聽完，二話沒說，大步流星去了小院子，上前把大白天就蜷在炕上發呆的小姑娘直接提溜起來。

柒柒嚇了一跳，可當看清將自己拎起來的女子樣貌時，她張大了嘴巴、瞪圓了眼睛——和哥哥長得這麼像，這是大刀公主吧？

慕雲檸上下打量柒柒一番，語帶嫌棄。「崢兒說妳人稱小潑皮，我還以為妳有我當初的風範，怎麼看起來呆頭呆腦的？」

被仰慕已久的偶像給嫌棄了，柒柒立刻動起了五官，展示出自認格外靈動的笑容道：「公主阿姊，我不呆的。」

看著小姑娘那因為過分誇張而有點猙獰的笑容，不光慕雲檸笑了，跟在她後面進來的裴定謀也笑了。

柒柒有些不好意思，嘿嘿笑了兩聲。

慕雲檸仔細看著柒柒，當年頂著一頭毛草、小臉粗糙的小姑娘，如今皮膚白皙細膩，一雙水靈靈的大眼睛分外有神，幾年不見，竟出落得這般惹眼了。

見公主阿姊一直盯著自己看，柒柒害羞小地聲喊了句。「公主阿姊？」

慕雲檸拍拍柒柒的肩膀說：「怎麼樣，可要跟我去青山寨逛逛？」

柒柒雙眸一亮，脫口而出道：「那不是匪寨？」

說完，她猛然驚覺自己講錯話了，忙伸手捂住嘴。

慕雲檸淡淡地笑，裴定謀則是哈哈大笑道：「妳的公主阿姊就是匪寨的大當家，我跟她要回那裡成親，到時太子殿下也會來，如何，可要去住上一陣子？」

柒柒小雞啄米般忙不迭點頭道：「去、去，我去！」

收拾好了東西，柒柒帶上這陣子做的一些藥丸，去花影軒喊上小翠，跟著慕雲檸一行人出了雲中城，前往青山寨。

百擊趕了馬車，可柒柒還是牽上自己的白馬。

出城之後，慕雲檸和裴定謀策馬比試，十分瀟灑。

柒柒看得心癢癢，獨自騎馬跑了一小段，卻凍得嘴唇直哆嗦，沒能追上一溜煙跑得沒影的兩人，最後被素馨勸回馬車裡，抱住小翠直嚷冷。

小翠好笑地塞了個暖手爐給柒柒，又拿斗篷將人裹緊，後面的路一直看著她，沒讓她再出去騎馬。

一行人抵達青山峰腳下時，天色已晚。

寨子燈火通明，蜿蜒的山路上火把連天，寨子裡的兄弟們高聲呼喊，以他們最大的熱情歡迎大當家和二當家遠行歸家。

柒柒站在山腳下，心潮澎湃，沒想到自己有一天竟然會進山匪窩。

慕雲檸轉頭看柒柒，見小姑娘神色難掩興奮，便故意繃著臉道：「我聽崢兒說，妳以前勸他見到青山寨的人時趕緊跑，有多遠就跑多遠？」

柒柒一噎，尷尬地嘿嘿傻笑，暗罵慕羽崢把她賣了。

慕雲檸被小姑娘傻呼呼的模樣逗笑，從隨從手裡接過長刀，威風凜凜地耍了個刀花，往地上一杵，對著山上大喝一聲。「兄弟們，我回來了！」

跟著慕雲檸與裴定謀一同前往長安的兄弟們齊聲高喝。「我們回來了！」

回應他們的，是山寨裡上千人的歡呼，在山谷中盪出了陣陣回音。

上了山，迎接他們的是篝火、美酒、烤羊，大夥兒熱情擁抱、爽朗大笑，人聲鼎沸、熱鬧非凡。

按照慕雲檸的指示，裴定謀早就傳話回青山寨，進了寨子後沒有公主殿下，只有大當家，所以他們也不講究虛禮，行事作風跟以前一樣。

可大當家是公主殿下這件事，還是讓大家高興得很，氣氛相當熱烈。

柒柒從沒體驗過這種氛圍，一雙眼睛左顧右盼地不夠使。

熊嬸端著一盤切好的羊腿肉放到柒柒和小翠面前的桌子上，笑著招呼她們吃。

柒柒客氣地謝過，熊嬸則是擺了擺手，又去忙活。

兩個小姑娘端著盤子坐在篝火邊，直接用手把整盤肉抓著吃完了。之後又有人送上酒，兩人趕忙拒絕，可那位嫂子還是把酒杯放在她們桌上。

慕雲檸靠坐在椅子上，拿著一把匕首剔著羊排上的肉，裴定謀把酒杯餵到她嘴邊，她痛快地一飲而盡，豪爽異常。

有個女隨從走到慕雲檸身邊說了句什麼，她抬眸看了一眼，笑了一下，端起酒杯又乾了。

「阿姊好能喝啊……」柒柒既羨慕又崇拜，小手偷偷伸向酒杯，準備拿起來嚐一嚐，可還沒等送到嘴邊呢，就被人半路劫走了。

柒柒一抬頭，就見慕羽崢舉起酒杯一口喝了，她驚喜不已，跳起來撲到他面前道：「哥哥？」

慕羽崢伸出手指按在她嘴上，笑著輕聲道：「噓。」

柒柒看著他那一身常服，猜到他興許是不想讓人知道他的身分，連忙捂嘴。

慕羽崢大手搭在柒柒後脖頸，把小姑娘帶著往後走兩步，隱到暗處道：「阿姊明日成親，我就趕了過來，只對寨子裡的人說我是阿姊的隨從。」

「這麼快就成親？」柒柒驚訝道。她以為兩個人剛從長安回來，總得準備一陣子，沒想到明日就成親。

慕羽崢輕聲解釋。「阿姊成親後要去軍營，才這麼趕。」

柒柒抓住慕羽崢的袖子，滿眼擔憂道：「是要打仗了嗎？」

慕羽崢扯了扯小姑娘的斗篷，為她披得嚴實些。「別擔心。」

柒柒不懂打仗的事，也不知道該說什麼，便問道：「哥哥吃過飯了嗎，我給你拿些烤肉？」

「好。」慕羽崢推著柒柒坐回篝火前，裴吉搬了把椅子擺在柒柒和慕雲檸中間，慕羽崢坐下去，轉頭和慕雲檸小聲說話。

柒柒端了一盤肉來，慕羽崢只顧著說話，半天不轉過頭，柒柒怕他餓著，便撕了一塊烤得外焦裡嫩的羊腿肉，餵到慕羽崢嘴邊道：「哥哥，啊——」

兩人自小就經常相互餵食，慕羽崢看都沒看，就著柒柒的手把肉吃了。

柒柒舔了舔手指上殘留的芝麻，慕羽崢眼尾的餘光一瞧見，迅速從懷裡掏出帕子，抓過她的手仔細擦起來。

慕雲檸看著兩人親暱又格外自然的舉動，忍不住笑了。

柒柒沒留意，一手由著慕羽崢擦，一手又去拿肉，慕羽崢則抬眸看向慕雲檸問：「阿姊為何發笑？」

慕雲檸不答，反問道：「柒柒多大了？」

柒柒嘴裡嚼著肉，正想伸手比劃，慕羽崢便替她答了。「十三。」

小姑娘被火烤得面頰粉撲撲，一雙黝黑漂亮的眼睛格外靈動，依偎在慕羽崢身上餵他吃肉的時候，張嘴「啊」那一下，嬌憨可愛。

看著柒柒，慕雲檸笑著點頭道：「不錯。」

她明顯話裡有話，再加上那一臉古怪的笑，慕羽崢不禁一頭霧水，追問她究竟何意，慕雲檸卻懶得答他，轉頭和裴定謀說話去了。

柒柒一邊吃，一邊餵慕羽崢，慕羽崢也就不再沾手，邊吃邊拿帕子為小姑娘擦嘴、擦手。

「哥哥，我幫你帶了些藥丸來，回頭拿給你。」柒柒說。

慕羽崢嚼著肉，不方便開口，點了點頭。

柒柒又說：「哥哥，我會騎馬了，我好喜歡那匹白馬。」

慕羽崢嚥下嘴裡的肉，雙眸含笑說道：「喜歡就好，叫什麼名字？」

柒柒眼睛一轉道：「鳳伍。」說完，自己笑得東倒西歪。

慕羽崢伸手護住她，屈指敲她額頭道：「頑皮。」

柒柒笑完，靠在慕羽崢腿上，一本正經道：「哥哥，我不打算給我的馬取名字，免得回頭傷心，我最討厭分別了。」

慕羽崢知道她是什麼意思，也曉得林義川跟許翠嫻離開後小姑娘哭了幾日，他揉揉她的頭說：「好，不取就不取吧，我的也沒取。」

他以前的馬，從他五歲會騎馬時就養著了，卻在臨雲驛站有去無回，之後他就沒再給馬取名字。

見他理解，柒柒笑了，又問：「哥哥，你說我現在習武還來得及嗎，我能學阿姊耍那樣的大刀嗎？」

百聞不如一見，過去她只聽說大刀公主風姿颯爽，可等到親眼見她拿著大刀轉刀花，她才真正理解什麼叫英勇帥氣，一顆俠女的心蠢蠢欲動。

第五十三章　時光飛逝

一聽這話，慕羽崢一口酒嗆了嗓子，好一陣咳。

柒柒嘆了口氣，讓小翠幫她擦了擦手，起身為慕羽崢拍背。「這麼大個人了，怎麼喝點酒都能嗆著。」

慕羽崢咳完，見小姑娘眼巴巴等著他回答，他啼笑皆非地說：「妳沒刀高，也沒刀重，練什麼刀？」

「哪有你這種哥哥，上來就打擊人。」柒柒踹了他一腳。「我是真想學。」

慕羽崢想了想，點頭道：「回頭妳跟素馨說，讓她給妳弄個袖箭吧，妳學那個可以。」

柒柒問道：「素馨會聽我的嗎，要不哥哥你去說？」

慕羽崢笑著說道：「素馨和百擎如今是妳的人，有事妳自己吩咐便是。」

吃飽喝足、篝火燃盡後，眾人便散去。

柒柒本來和小翠睡一間屋，可想到慕羽崢後日就要走，就溜去找他說話。

兩人聊了一陣子，慕羽崢心想這是在外頭，還是得避嫌，便牽著小姑娘起來，說要送她回去睡。

柒柒耍賴，往牆角一蹲，死活不肯走。「我不。」

他都要去打仗了，打仗是多凶險的事啊，她要多陪陪他。

慕羽崢扯了小姑娘的手兩下沒扯起來，也不敢用力，蹲下去哄道：「聽話，讓人瞧見了，對妳的名聲不好。」

名聲哪有哥哥重要，柒柒才不聽。「不管，我就要陪你。」

慕羽崢想到一旦開戰，不知何年何月才能打完，下次不知要到什麼時候才能相見，便嘆了口氣，拎著小姑娘的領子將人提起來，語氣無奈。「小無賴。」

柒柒嘿嘿笑了，踢掉鞋，爬上燒得熱熱的炕，鋪了被子，兩人和衣而躺，頭對著頭說悄悄話——當然，大部分是柒柒在說，慕羽崢笑著聽。

距離他們不遠處的那棟房子，慕雲檸剛洗過熱水澡，換上了一身大紅寢衣，坐在炕邊梳頭髮。

幾年過去，當年那纖細瘦弱的少女換了個人似的，氣質成熟、身段玲瓏，燭光下，肌膚白皙如玉，再配上一身鮮豔的紅，看起來分外誘人。

裴定謀傻傻地站在一旁，看得心頭發熱、眼冒火光。

在長安待了幾年，裴定謀養了滿身滿臉的好皮膚，如今看上去格外英俊。

慕雲檸淡淡掃了這養眼的男人一下，催促道：「還不去洗？」

裴定謀像隻大狗一樣蹲到慕雲檸身邊，抱著她柔軟纖細的腰肢，腦袋在她懷裡蹭了蹭。「娘子，妳當真想好了？咱們不等明日成了親再來？」

慕雲檸摸著他的頭，嘴角高高翹著，語氣難得溫柔。「不差這一日。」

裴定謀抱著慕雲檸晃啊晃，萬分矯情地說：「可是娘子，我們還沒成親呢，可不能玷污了妳的清白，我裴定謀不是那種人。」

慕雲檸翻了個白眼，抬手一個耳刮子抽他臉上，冷聲斥道：「愛洗不洗，不洗滾。」

這麼多年來，兩人朝夕相伴、共處一室、同榻而眠，今天親一親，明天抱一下，後天摸兩下，大後天還要蹭上幾蹭，該做的、不該做的，這不要臉的男人死皮賴臉一步一步全都做了，就差到最後沒進去，現在說不能玷污了她的清白，這是糊弄鬼呢！

清脆的一巴掌拍得裴定謀大笑，他抱著慕雲檸狠狠地啃了兩口，褪去衣衫，撲通跳進木桶裡，濺出一地水花，濺得慕雲檸剛換好的寢衣斑斑點點。

「莽夫。」慕雲檸氣得把梳子一丟，脫鞋上炕，鑽進被窩。

聽著嘩啦嘩啦的水聲，還有男人那找不著調的小曲，慕雲檸忍不住笑了，翻身趴在枕頭上，盯著木桶看得興致盎然。

裴定謀動作極快，把自己從頭到腳清洗乾淨，隨後起身擦乾身子，速度快得跟要去投胎似的。

擦乾身上的水，裴定謀一抬頭就見炕上的小娘子笑意盈盈地瞅著他，他大驚失色，忙捂住要害，側身扭捏道：「非禮勿視，娘子妳怎能偷看？」
看著男人修長的身材、結實的肌肉，慕雲檸伸出一根手指勾了勾。「滾過來。」
裴定謀不再矯揉造作下去，從水裡出來後，寢衣也不穿，像隻餓狼一樣直接撲上炕道：「娘子我來了——」

第二日，青山寨大當家和二當家成親，寨內張燈結綵，熱鬧非凡。
雖不用迎親，可裴定謀還是準備了花轎，又請人奏禮樂，把一身嫁衣的慕雲檸從屋裡接出來，讓人抬著花轎，吹吹打打、熱熱鬧鬧繞山轉了一大圈才抬回來。
柒柒沒參加過這種婚禮——確切地說，是根本沒參加過婚禮，她興奮不已，拉著小翠跟著抬轎隊伍東奔西跑，等花轎回來，她已累得小臉通紅、氣喘吁吁。
慕羽崢沒跟去，見小姑娘累得夠嗆，上前去牽她，想帶她去歇口氣、喝杯茶，可小姑娘一聽要開始拜堂了，拖著慕羽崢就跑過去看熱鬧。
婚儀很簡單，拜過天地、拜過高堂、夫妻對拜過後就送入洞房。
柒柒看得開心，拉著慕羽崢的手晃了晃，悄聲說：「哥哥，我沒有高堂了，等我長大成親，你和阿姊就做我的高堂吧。」
慕羽崢笑著點頭道：「成。」
柒柒很高興，得寸進尺了起來。「你是我哥哥，到時候我的嫁妝你得出。呂叔先前給蔓雲姊打了兩個櫃子、四個箱子，都讓趙家糟蹋了，呂叔說等蔓雲姊下回訂親，就給她打四個櫃子、八個箱子，再打一張床，我也要那麼多。」

沒見過世面的小姑娘正經地和他要嫁妝，慕羽崢被逗樂，伸手在她腦袋上搓了搓道：「好，都依妳。」

嫁妝有了著落，柒柒眉開眼笑，見寨子議事廳那頭已經在上菜，忙拖著慕羽崢和小翠入席。

宴席結束後，夜色已深，想到明早慕羽崢就要離開，柒柒又跑去和他睡了一晚。

隔日清晨，慕羽崢帶著隨從先一步下山趕回軍營，柒柒將人送到山腳下，淚眼矇矓地追出去好遠，直到看不見人影才折返。

慕雲檸和裴定謀在山寨多住了兩日，安頓好山寨上上下下，又調出五百名身手高強的人馬後，隨即下山。

臨走時，慕雲檸讓柒柒在青山寨上多玩一陣子再回去，可他們都走了，柒柒待著也無趣，就帶著小翠、素馨和百擊返回雲中城。

馬車直接去了塔布巷，一夥人在呂家吃了頓飯才回吳府。一路上舟車勞頓，柒柒累了，洗了個熱水澡，便早早歇下。

慕雲檸這次回來，不光帶了教導宮規禮儀的嬤嬤，還帶了幾個先生教柒柒琴棋書畫，素馨說，這都是太子殿下讓公主殿下安排的。

之前沒人和柒柒透漏此事，看著面前一排先生，她不禁瞪大了眼睛。

敢情這是打算把她培養成大家閨秀？可她都十三歲了，來得及嗎？

不管來不來得及，也不管柒柒情不情願，嬤嬤們和先生們嚴格按照太子殿下制訂的時間表和計劃為柒柒授課。

柒柒一覺睡到日上三竿、自由自在的日子一去不復返了。以前在醫館上工，每旬還能休一天，這下可好，上起課來時間排得滿滿的，壓根兒沒全天休息過了。

好在柒柒對什麼東西都好奇，更不怕吃苦，不管學什麼她都格外認真。

宮規禮儀，她認真聽講、勤加練習，很快就學得有模有樣，一舉一動、一顰一笑頗有大家風範。

教導嬤嬤很滿意，寫信給太子殿下好生誇讚柒柒，說她很快就能出師了。

可信剛送走不到一天，嬤嬤就瞧見柒柒拎著根棍子大呼小叫，滿院子追趕偷了她零嘴的老鼠，她捂著胸口，一口老血差點噴出來，馬上又給太子殿下去了一封信，如實稟報此事，說自己任重而道遠。

柒柒也寫了一封信給慕羽崢，在信中偷偷抱怨，說沒想到當公主連老鼠都不能捉了，可真憋屈。

慕羽崢看到這幾封信時，已是數日之後，他渾身血跡，剛從一場大戰中脫身。

雖說打贏了，但他胳膊上中了一箭，滿身戾氣，嚇得給他包紮的軍醫手都在抖。可當他看完信之後，卻心情大好，哈哈直樂。

柒柒學規矩學得很好，只是這麼多下年來野慣了，有時候忘記收斂，一不小心就會露出本來的面目。

被嬤嬤訓過，又罰抄了十遍宮規後，柒柒再不敢在嬤嬤面前失儀，日子長了，還真的穩重了起來。

也不知是不是在慕羽崢身邊長大的緣故，小姑娘挺直腰板、繃著小臉、儀態端莊地往那兒一站，竟能看出太子殿下的一絲威嚴來。

半年過去，嬤嬤該教的都教完了。她偷偷觀察了柒柒數日，見不管有人沒人，小姑娘的舉手投足都一副大家閨秀的做派，總算徹底放下心來，給太子殿下去了封信稟報後，功成身退，返回長安。

嬤嬤離開了，但其他先生可沒走，還在盡心盡力地授課，然而，他們不得不承認，很多事情都講究「天賦」兩字。

柒柒學醫很厲害，藥方可說是信手拈來，可在下棋方面卻不開竅。不管先生如何費盡心思地教，柒柒都能一敗塗地，輸出各種花樣來。後來先生認命了，只當陪小姑娘玩，不再苛求。

不光是棋下得不好，柒柒彈起琴來也不著調，每當她撥起琴弦，院裡其他人都是有多遠就躲多遠，因為實在是太刺耳了。

琴、棋算是廢了，好在柒柒在書畫上還算有點天賦。

或許是因為從小跟著慕羽崢學習寫字，她的字不像姑娘家的娟秀文雅，反倒筆力蒼勁、大氣磅礴，畫的畫也大多是山山水水。

書畫先生不拘著她的風格，只要她能寫能畫就成。

他見識過柒柒的棋藝，也領教過柒柒的琴音，生怕這小姑娘在書畫上也「天賦異稟」，回頭一事無成，他們一群人無法向太子殿下交差。

見她的書法與繪畫有一定的水準，先生頗為欣慰。

大興和匈奴再次打得不可開交，慕羽崢、慕雲檸、裴定謀、在山、柱子、雲實跟知風全都要上戰場。

閒暇之餘，柒柒就製作各種治療內傷與外傷的藥丸，反正現在不缺錢，她買藥材時就不計較價格高低，只看藥效，每次做好一批，就讓護衛快馬加鞭送過去。

每次寫信她都會問慕羽崢的情況，他總是回覆一切都好，可有一次她不小心聽到廖管家和百擎說話，說太子殿下受了傷，躺了許多日才起得了身。

柒柒擔心慕羽崢，更想念他，她想去看看他，卻懊惱自己不會武功，騎藝也不精，去了只會給他添麻煩。

小姑娘躲在被子裡哭了一場之後，第二天開始勤練馬術，還認真學起了袖箭。

在青山寨上她就說過要學，可回來之後一直忙碌，就把這事拋到腦後了。如今要練的東西變多，她的生活更充實了，每天都不得空。

物換星移、歲月如梭，轉瞬三年過去，草原上再次春暖花開，生機盎然。

三年的時間內，慕羽崢領著十五萬大興北境軍作為主力，慕雲檸帶著五萬人馬作為輔助，姊弟倆一主攻、一機動，慢慢打入草原腹地，直接端了匈奴王庭，滅了單于一家，匈奴其他王爺帶著部落眾人逃離漠南，遠遁漠北。

歷經三年的艱苦征戰，大興大獲全勝，至此，禍害大興數十年的匈奴，在未來十年之內再無還手之力。

柒柒的個頭迅速竄了起來，褪去稚氣未脫的小女孩模樣，出落成亭亭玉立的少女。

得知慕羽崢等人即將班師回朝的消息時，柒柒正和小翠還有素馨、百擊在草原上縱馬比賽。

雲實跟知風奉命回來送信，柒柒興奮地帶著大夥兒回家，進屋就躺在炕上打了幾個滾，看得小翠一個勁兒地笑，說好幾年沒見她如此了。

柒柒本以為慕羽崢很快就會回來，可雲實卻說太子殿下還有事要辦，之後要跟隨大軍同行，讓他們帶著護衛護送柒柒先走一步，在長安等他。

花影軒與整個吳府全要搬走，柒柒便跟小翠打包起行李，整整收拾兩天才打理完畢。

前往長安之前，柒柒和小翠回了一趟塔布巷。

開門進屋，東、西屋各看了一圈後，站在長了許多野草的院落，想起以前的種種，柒柒感慨萬千，有不捨也有傷感，一時紅了眼眶。

小翠挽著她的胳膊，五味雜陳道：「柒柒，咱們以後還會回來嗎？」

「不知道。」柒柒先是搖搖頭，隨即又點了點頭說：「什麼時候想家了，咱們就回。」

小翠又問道：「柒柒，咱們如今不缺錢，要不，把家留著？」

柒柒重重點頭說：「留著。」

小翠再問：「那怎麼辦，要是時常無人打理，該破敗了。」

柒柒挽著她往外走。「去呂叔家把鑰匙他，讓他幫忙盯著點。」

兩人一到呂家，就發現他們竟然也在收拾東西，原來在山來了信，說他和柱子都立下戰功，太子殿下說論功行賞時定會賞賜宅邸，呂家也要一同搬去長安，只不過他們要等在山領了封賞、安頓下來後再過去。

柒柒本以為只有她和小翠會去長安，一聽呂家人全都要去，大喜過望。

呂家也和柒柒一樣，不打算賣掉房子，呂成文說，塔布巷的家雖然又小又破，可好歹是個念想，柒柒深以為然。

聽說柒柒他們過兩天就走，呂成文就讓柒柒把家中的鑰匙給他，他先照應一陣子，回頭他們也要離開時，就把兩家的鑰匙一同交給柱子的爹娘。

柱子要一個人先去長安，他的爹娘和弟弟妹妹先留在雲中郡，過了兩年再考慮搬去。

柒柒應好，留下鑰匙，和小翠離開。

接下來幾日，柒柒和小翠每日早早出門，先到街上吃早點，然後漫無目地的閒晃，素馨和百擊總是不遠不近地跟著。

幾天下來，四人步行著把雲中城逛了個遍，直到日落才提著大包小包的吃食跟零嘴回去。

這一日，春光明媚，到了離開雲中城的時候。

行李都裝上了車，連同人跟東西，總共費了二十幾輛馬車，一個車隊有上百人，一大早就已收拾妥當，整裝待發。

小翠、素馨、百擊、雲實、知風、先生們還有吳府眾人全都在列，唯獨廣玉跟花影軒的人沒露面，說是會暗中跟隨。

柒柒身穿勁裝騎在自己的漂亮白馬上，和前來送行的呂家三人及柱子一家揮手告別，笑著約好長安城見，隨後一甩馬鞭，騎馬率先奔了出去。

車隊啟程，浩浩蕩蕩朝著雲中郡南城門行去。

第五十四章　終身大事

數日後，一行人終於到了長安。

望著巍峨的城牆，柒柒心潮澎湃，扯著小翠趴在車窗上向外張望道：「小翠姊，終於到了。」

柒柒畢竟沒騎著馬跑那麼遠過，路途中就坐進了馬車。

素馨騎馬隨行，笑著說道：「小娘子，殿下安排了兩個住處，太子府跟太尉府，您想去哪裡住？」

柒柒想了想，問：「哥哥還沒回來，我要是先去太子府，會不會不太好？」

素馨詫異於柒柒的見外。「您是殿下的妹妹，有什麼不好的。」

還沒等柒柒作出決定，城門處便行來一輛馬車，停在眾人面前，顧奐揚從馬車上下來，對著柒柒笑道：「柒柒，我來接妳去太尉府。」

周家人知道柒柒今日到達，一早就做好了接人的準備，擔心小姑娘人生地不熟的會害怕，便請了柒柒認識的顧奐揚來迎接。

「神醫伯伯！」柒柒眼眶一熱，飛快地下車，到顧奐揚面前規矩地行了禮。

顧奐揚笑著調侃。「幾年未見，當年的小皮猴竟這般穩妥了。」

想到以前在塔布巷時，整日跟雲實還有知風他們打打鬧鬧、上竄下跳、大呼小叫，柒柒不好意思地笑了笑，考慮到顧奐揚和慕羽崢的關係，她改口喊了他顧爺爺。

顧夕荷從馬車上下來以後，拉著柒柒自我介紹，柒柒便喊了聲「四舅母」，乖乖行了禮。

看著漂亮乖巧的小姑娘，顧夕荷笑著應好，牽著柒柒上了馬車，直接將她拉去太尉府。見柒柒被太尉府接走，素馨便帶著小翠一行人直奔太子府安置行李。

到了太尉府，柒柒被周家人團團圍住，這個拉著問東問西，那個拉著送見面禮；這個摸摸柒柒的手說閨女長得可真好，那個要帶柒柒去看為她準備的院子……

柒柒被大夥兒的熱情嚇著了，站在原地，大眼睛眨啊眨，不知所措。

還是周老夫人看不過去，拄著枴杖往地上一敲，吼道：「你們這群潑皮都閃開，莫把娃娃嚇到了！」

中氣十足的一句大吼，惹得大夥兒哄堂大笑，終於放過了柒柒，將她推到周老夫人面前。

柒柒見周老夫人和大刀公主阿姊一個做派，頓覺親近。她再次向周老夫人請安，還是隨慕羽崢的稱呼，乖巧地喊了句。「外祖母。」

周老夫人拉著小姑娘在榻上坐下，摸著她的手仔細打量，轉瞬就紅了眼眶。「好孩子，當年多虧了妳。」

見周老夫人又想起傷感的事來，眾人立刻上前勸慰，周老夫人情緒平復後，從婆子手裡拿過錦盒，打開蓋子取出一對翠綠的玉鐲戴到柒柒手上道：「好孩子，往後妳就是我周家的親孫女。」

周家幾個媳婦兒對視一眼，由顧夕荷笑著上前提醒道：「母親，不能是親孫女，您忘了？」

聞言，周老夫人敲了下枴杖道：「唉唷，我這年紀大，不記事了，對對對，不能是親孫女。」

說著，她跟周家的媳婦兒們全都大笑起來。

其他晚輩們和柒柒一樣，被長輩們笑得一頭霧水，正要追問，卻被周老夫人打發走了，讓他們先一步去準備宴席。

屋內就剩下周老夫人和周家幾個媳婦兒，周老夫人拉著柒柒的手，目光慈祥。「柒柒啊，崢兒早就叫人傳話回來，讓我們為妳張羅婚事，妳跟外祖母說說，想要個什麼樣的夫婿。」

慕羽崢這幾年一直在帶兵打仗，不曾和柒柒見過面，但想到小姑娘十六歲了，也該找個夫婿，便讓人提前送了信給周老夫人，讓她幫忙物色合適的郎君。

他在信中列了許多條件：容貌出眾、身姿挺拔、性子溫和、才華斐然、能文善武、家世清白、父母慈善、兄弟和睦、後院乾淨……囉囉嗦嗦一大堆。

周老夫人拉著幾個兒媳好一番研究，最後結論一致：這樣完美的兒郎，天底下不存在。她們能理解慕羽崢對柒柒的愛護之心，可要達到所有的條件，幾乎是不可能的事。她們內心是有些想法的，不過還是得問問柒柒的意思。

見周老夫人一見面就這麼直接，柒柒有些吃驚，頓時覺得不好意思。

原先她當著慕羽崢的面講起自己的婚事時，一向大大方方，那是把他當親哥哥，毋須顧忌，可她跟周老夫人還有周家舅母們畢竟剛剛認識，又是這麼多人圍著她問，她的臉不受控制地燒了起來。

害羞歸害羞，事關終身，柒柒還是坦然表達了自己的真實想法。「外祖母，我想要個可靠的夫婿，他得有本事賺錢養家，還要顧家，不管什麼時候都不會丟下我或是娃娃。」

大夥兒早就知道柒柒是孤兒，又被狠心的表姑母丟棄，如今聽到這簡單的要求，周老夫人心疼不已地說：「那是自然，別的呢？」

柒柒紅著一張小臉道：「要是能生得好看一些，那就更好了。」

若對方生得好看，她看著心情就好，回頭生的娃娃也好看，她心情就更好。

周家乃是將門世家，作風向來爽快豪邁，一聽小姑娘竟如此直白，眾人都忍不住哈哈直笑，對小姑娘的喜愛又多了幾分，自是滿口應允。

小姑娘心地善良、容貌出眾，最難能可貴的是溫順乖巧，讓人想要疼著、護著，不放心把她嫁到別家去。

周老夫人打發走了幾個兒媳以後，就讓婆子從櫃子裡拿出兩幅畫像，展開給柒柒看，小聲說：「柒柒啊，這是妳大表哥周晏，今年二十三；這是妳二表哥周清，如今二十，妳可知道他們倆？」

柒柒點頭道：「哥哥跟我說過，兩個表哥如今在南境軍隊中。」

周老夫人把畫像遞到柒柒手裡道：「他們兩人都未曾婚配，妳仔細瞧瞧，可看得上？」

雖然有些意外，但柒柒也不扭捏，拿著畫像仔細查看——畫像很逼真，兩位表哥都相當英俊，騎在馬上威武不凡，看起來就很可靠。

周家是慕羽崢的外祖家，若是能嫁給其中一位表哥，算是親上加親，以後兩家來往，她也能經常見到哥哥。

今日柒柒見到了周家外祖母、舅母們，還有表兄弟姊妹，全是和善之人。她喜歡這種熱熱鬧鬧、和睦相愛的家庭氛圍，如果能一輩子待在這裡，是件令人開心的事。

更何況，周家兩位表哥在軍隊中仍舊隱姓埋名，哥哥說過他們得等上幾年才能恢復身分，這樣她就不用那麼早嫁人，還能多陪陪哥哥。

好不容易要當公主了，得多玩幾年才划算。

認真考量一番後，柒柒覺得嫁入周家是再好不過的選擇，便認真點頭道：「外祖母，柒柒覺得表哥們很好。」

周老夫人高興地撫掌大笑道：「好孩子，妳放心，等妳嫁進周家，外祖母一定疼妳，不會讓妳受任何委屈。」

柒柒靦覥地笑著說：「可是……不知道表哥們怎麼想。」

主要是不能盲婚啞嫁，總要相看相看，才知道雙方聊不聊得來。再說，萬一表哥們都不喜歡她，她也不能逼著人家娶，既然要過一輩子，就得兩情相悅。

周老夫人拍了拍小姑娘的手，說道：「這個妳不必擔心，只要妳中意便可。晚些時候，等妳外祖父和四舅舅下值，我便讓他們給妳兩位表哥去信，讓他倆悄悄回來一趟，到時妳再仔細挑挑。」

柒柒甜甜地笑道：「多謝外祖母。」

見小姑娘乖巧柔順，周老夫人摸了摸她的頭說：「好孩子，先去漱洗一番，吃些點心，再好好歇息一下，晚上咱們舉行家宴。」

柒柒沒想到才剛剛進長安，自己的親事就有了著落，十分高興。

洗過澡，換上漂亮的新衣裳，吃了些點心，躺在舒適的床上，柒柒忍不住打了兩個滾。

這個院子是周家特地為她準備的，說是先皇后娘娘，也就是慕羽崢母親未入宮之前住的，如今她是太子殿下的妹妹，就是先皇后娘娘的女兒，住這裡正好。

院子寬敞、屋內明亮，丫鬟跟婆子又體貼周到，柒柒被照顧得很好。雖初來乍到，可她絲毫沒有陌生感，不禁覺得若能嫁入周家，也是自己的福氣。

晚上參加過為她舉辦的接風宴，柒柒成為周家人的意願越發強烈，當外祖父周敞讓她先在太尉府住下時，她欣然應允。

柒柒心想，若不出意外，她就會是周家的媳婦兒，提前熟悉一下環境，與大家打好關係也好。

她盼著兩位表哥能早日回來，到時她定要好好和他們聊聊，看誰更合適。

柒柒在太尉府住下來，隔天，周家唯一待字閨中的姑娘——表妹周雅就來找柒柒玩了。

周雅是周家三郎之女，如今十五歲，比柒柒小一歲，是周清的親妹妹，也是個將門虎女，自幼仰慕皇后姑姑和長公主表姊。

兩人一聊，周雅發現柒柒也崇拜長公主，樂得她抱起柒柒轉了幾圈，轉得柒柒頭暈眼花，落地之後身體晃了幾下。

周雅見柒柒差點倒下，笑著扶她到榻上坐好。「柒柒姊姊，妳這也太弱了。」

柒柒很喜歡周雅的性子，拉著她的手向她打聽長安城、皇宮以及太子府的種種。

周雅將自己知道的仔細地說給柒柒聽，兩個姑娘聊得甚為投緣。

關於柒柒的婚事，周雅只聽自己的母親稍微提起過，並不曉得周家長輩們的打算，不過她喜歡柒柒，便給她出主意。「柒柒姊姊，妳做我嫂嫂吧，我哥哥長得可俊了，性子又好，我娘也好相處，妳要是嫁進來，我們就能天天一起玩了。」

柒柒聽了卻沒說什麼，有些事情八字還沒一撇呢，可不能往外說，不然回頭沒成，多尷尬。

周雅以為她害羞，笑話她。「柒柒姊姊，妳也太乖了，這樣會被欺負的，不過沒事，我保護妳。」

柒柒更難開口了——因為心虛。

如今她長大了，看起來是穩重了些，畢竟她總不能像小時候那般天天喳喳呼呼、蹦蹦跳跳的。

壞就壞在她這張臉上，容易被人誤會她性子軟弱柔順，才來周家兩天不到，上上下下就都這麼說她了。

不過柒柒覺得沒必要解釋什麼，大家要這麼想，那就這麼想吧。

沒多久，周老夫人告訴柒柒，周太尉已經給兩位表哥送信了，等他們安頓好手上的事務，就會悄悄回來。

柒柒日盼夜盼，盼著慕羽崢早些返回長安，好將這個好消息分享給他。

當柒柒在周家住到第五天時，慕羽崢帶著部分北境大軍班師回朝了，大軍在城外駐紮，說是將領們明日就會入城。

素馨與百擎收到太子殿下今天就會進城的消息，便駕車去太尉府接柒柒回太子府。

柒柒知道慕羽崢回城要先入宮述職，隨後才能回太子府，至於太尉府，礙於慕羽崢的身分，再加陛下對周家的猜忌，他不會輕易登門，見素馨他們來接自己，柒柒去跟周老夫人說了一聲，立刻跟著走了。

這是柒柒第一次到太子府，一進門就見上上下下全聚在門口，齊齊朝她行禮請安。「柒柒小娘子安。」

烏泱泱一大群人，嚇了柒柒一跳，她忙穩住情緒，擺出未來公主的端莊姿態，柔聲請大家起來。

等眾人下去後，岳管家上前介紹自己，陪著柒柒去了她的住處。「柒柒小娘子，您的院子是殿下回來那年就安排人新修的，就挨著殿下的住所，為了方便一道吃飯，殿下還特地吩咐在院牆中間留了個門。」

柒柒想起在塔布巷的家和西院之間的小門，只覺得窩心。

到了她居住的院子，岳管家介紹了該處的管事婢女書蝶之後便離開，柒柒問清楚小翠的住處，便跑去廂房找她。

小翠正在為柒柒做新衣裳，見柒柒回來，忙收了最後一針，高興地起身道：「柒柒，妳回來了。」

幾日不見，柒柒抱住小翠撒嬌。「小翠姊，妳有沒有想我？」

如今她在人前都要注意儀態，也只有在小翠面前能耍耍賴了。

原先一路奔波，柒柒都瘦了下來，可這幾日待在周府，臉上的肉又長了些回去，模樣嬌憨可愛。

小翠掐了掐她的臉道：「想了想了，妳看，我幫妳做的新衣裳，剛剛做好，妳就回來了。」

在長安城外時，她們坐在馬車上，瞧見一個姑娘穿著窄腰廣袖的長裙，襯得體態優美，柒柒當時就覺得好看，馬車都走過去了，她還探出頭回望了好一會兒。

小翠這幾日獨自在太子府，閒來無事，就找書蝶問哪裡能買到布料，書蝶一聽她是要為柒柒做衣裳，立刻帶人搬了幾大箱的料子來。

長安比雲中郡熱得多，才五月便熱到只能穿單衣，小翠就揀著一款粉色的軟煙羅給柒柒做了一件裙衫。

柒柒拿起那件新裙衫上下打量，喜歡得不得了，小翠讓她試一試，她卻說天氣太熱，明日再試。

知道慕羽崢今日進城，柒柒便有些魂不守舍，每隔一會兒就跑去院門外看一趟，可她折騰出一身的汗，也沒瞧見人回來。

和小翠吃過晚飯，柒柒又跑到院門口等了一會兒。

素馨勸道：「小娘子，殿下過去入宮時，談完正事後常被陛下留下來下棋、飲茶，若待得太晚，宮中下鑰了，殿下就得留宿宮中，您要是累，就早些歇息吧。」

柒柒又等了一會兒，便垂頭喪氣地回了院子、洗了澡，可她還是不甘心，換上小翠給她做的新衣裳，又到院中去等。

等了許久還不見慕羽崢的人影，柒柒就穿過小門到他的院子，坐在簷廊下的長椅上等。

柒柒一整天心神不寧，午覺也沒睡，在簷廊下坐了一陣子，她就犯起睏來。

慕羽崢腳步匆匆地趕回太子府，一進門，岳管家就迎上前來，請了安後問道：「殿下，柒柒小娘子的月例該當如何？」

只見慕羽崢大步流星、腳步未停。「她是孤的親妹妹，你說該當如何？」

岳管家點頭道：「老奴知道了，殿下請回院歇息，老奴待會兒讓人送些酒菜過去。」

慕羽崢揮了下手，快步返回院中，一進院子，就見簷廊下的長椅上坐著一個粉色裙衫的小姑娘，她雙手托腮，正在打盹。

整個太子府上上下下，敢坐在他屋門前打瞌睡的，也就只有柒柒了，慕羽崢忍不住嘴角上揚。

院中侍奉的下人正要請安，慕羽崢抬手制止，揮手示意他們下去，隨後他輕手輕腳地走過去蹲在柒柒面前，捏起她一縷頭髮，在她嫩生生的小臉蛋上掃了掃，語含笑意地喊：「小柒柒。」

第五十五章　男女有別

柒柒正迷迷糊糊的，聽到那熟悉又有點陌生的聲音，立刻抬起頭來。

當看清捉弄她的人是誰時，柒柒嗷一聲跳進慕羽崢懷裡，摟著他的脖子，驚喜地喊道：「哥哥！」

兩人從小抱到大，小姑娘像這樣子猛地撲進他懷裡，是過去常有之事。

三年不見，慕羽崢早就想著一見面定然是這一幕，他哈哈大笑，將人緊緊兜進懷裡，用力擁抱，可這一兜，兜了個滿手柔軟；一抱，抱了個滿懷玲瓏。

慕羽崢神色一僵，突然意識到一件讓人感到新奇的事——他瘦瘦小小的小柒柒不見了，如今在他面前的柒柒，長成大姑娘了。

察覺到這一點，慕羽崢馬上將雙腳離地的小姑娘放到地上，低頭笑著看她，感慨萬千道：「我們柒柒長大了。」

上次兩人見面是在青山寨裡，那時他把她抱在胳膊上坐著、讓她趴在他身上揹著、攬著她坐在馬前、擁著她同榻而眠，可謂整日黏在一起。

當初他絲毫不覺得有什麼，因為彼時的柒柒仍舊是個小丫頭，在他面前就是個小不點。

這三年來，他在外行軍打仗，每天都會想起小姑娘，想她的可愛、想她的暴躁、想她的貼心、想她的黏人……

只要想著小姑娘各式各樣有趣、逗得他直樂的事，他總會忍不住笑出聲，再苦再難的日子，也沒那麼難熬了。

他也時不時默默在心中算著小姑娘的年紀，十三歲半、十四歲、十四歲半、十五歲、十六歲……

在慕羽崢的意識裡，小姑娘已經慢慢長大，可他腦海中的她，依然如同一個年幼的孩子，他從未真切地思考過，有一天小姑娘出落成一個大姑娘時，該是何等模樣。

當一切終於呈現在自己眼前時，慕羽崢不禁感嘆，不過短短三年而已，柒柒的變化竟如此之大。

皮膚細膩白皙、水嫩光滑，五官也張開了，精緻漂亮，尤其是那一雙眼睛，如盈盈秋水般瀲灩動人，巧笑嫣然地望著他時，看上去是那麼乖巧可人，就連以前那頭亂蓬蓬的野草也柔順了，如緞子般披在肩上。

她的個頭高了許多，先前剛過他腰，現在已到他胸口了。身上穿的，不再是那鬆鬆垮垮的衣衫，一件寬袖緊腰的粉色裙衫，將發育良好的身段襯托得玲瓏有致。

面前的人，明明就是那個朝夕相伴、他從小抱到大的小姑娘；明明就是那個一受到驚嚇，就驚聲尖叫著，往他懷裡鑽的小姑娘，可這一刻，慕羽崢卻生出一股陌生的感覺來，一時之間有些恍惚與不確定。

這漂亮得讓人挪不開眼的小姑娘，是他的小柒柒嗎？

兄妹兩人三年未見，他的擁抱卻是如此敷衍，柒柒十分不滿，上前一步伸手抱住他的腰，和以前一樣，臉在他胸口親暱地蹭了蹭，道：「哥哥，我想你了。」

夏日衣衫單薄，小姑娘身上這件裙衫的料子又格外輕盈，這麼一抱，慕羽崢再次感受到專屬於姑娘家的豐盈柔軟，他身體僵了一下，忙把黏人的小姑娘從自己懷裡揪出來，扶著她的肩膀，低聲訓道：「站好說話。」

過去小姑娘年紀幼小，兩個人再怎麼親密都無妨，可如今她已長大了，日後總要嫁人，他們再這般親暱，實屬不妥。

柒柒的心性單純、不諳世事，這些枝節就得由他留意。

想到彼此再也沒辦法像以前那樣親密無間，慕羽崢頓時有些失落和傷感。

可看著面前亭亭玉立、嬌俏動人的少女，他的內心又莫名升起一種「吾家有女初長成」的欣慰和自豪來。

這可是他養大的小姑娘啊！

許久未見，剛一見面慕羽崢就凶人，柒柒生氣了，抬腿就踹了他一腳道：「你凶什麼凶，這不是沒有外人嘛，有外人在，我肯定會注意儀態的呀！」

說罷，她扭身就往自己院子走，氣呼呼地發牢騷。「虧我等了你一整天，抱一下都不行。」

所謂的「儀態」就那麼重要嗎？

慕羽崢知道小姑娘誤會了，然而有些話他無法說得那麼直白，畢竟站在小姑娘的角度，她壓根兒沒做錯什麼，兩個人從小到大都是這麼抱來抱去的。

看著氣鼓鼓往前走的小姑娘，慕羽崢笑了。哪怕長得再大，也是他那動不動就發脾氣的暴躁小柒柒。

他喊了兩聲，可柒柒回都不回他一聲，慕羽崢哭笑不得，無奈地追上去，將人拉住道：「好了，別生氣了，哥哥錯了。」

柒柒甩開他的手，扭過頭不看他。「你是太子殿下呢，有什麼錯？」

慕羽崢哄了幾句都哄不好，小姑娘就是偏頭不看他，最後他只得像小時候那樣，雙手捧起她的臉，將她的臉擠成了個包子。「哥哥真的錯了，別氣了好嗎，哥哥一天沒吃飯了。」

柒柒自己最怕挨餓，也見不得別人挨餓，一聽這話又來氣了，扯著慕羽崢往屋裡走。「這麼大個人了，連自己都照顧不好，還有什麼用？」

慕羽崢笑著附和。「這不還有妳在嘛，往後妳看著我吃飯。」

恰好岳管家差人送的飯菜來了，柒柒坐在桌旁，盯著慕羽崢好好吃飯。

慕羽崢邀她一同吃一些，柒柒拒絕了，趴在桌邊和他說話。

先把這幾年分開之後發生的事情揀些重要跟有趣的說了，隨後又把這幾天在太尉府的情況一一跟他匯報。

當柒柒說到外祖母有意將她許給兩位表哥當中一位時，慕羽崢拿著筷子的手一頓，抬眸看著柒柒道：「兩位表哥？」

讓外祖母給柒柒找夫婿的事情是他交代的，可在他心裡，「柒柒的夫婿」還只是個名稱。

如今有了具體人選，慕羽崢想像了一下，小姑娘像隻跟屁蟲一樣跟在哪位表哥身後甜甜地喊「哥哥」，他竟覺得有些彆扭，毫無緣由地開心不起來。

柒柒卻彎著眼睛開心地點頭道：「嗯，外祖母還給我看了兩個表哥的畫像呢，長得可都俊了。」

慕羽崢繼續吃自己的飯，但不知為何，嘴裡的飯菜突然寡淡起來，頓時沒了胃口。

他擱下筷子，拿帕子慢悠悠地擦嘴，慎重思考一番後，說道：「若能嫁給表哥也好，至少是自家人，周家上上下下都會寵著妳、護著妳，回頭我也能時常見著妳。」

柒柒激動地抓住他的手道：「哥哥，英雄所見略同，我也是這麼想的，這些天我在外祖家住得好高興，我喜歡那裡，要不是你回來了，我還不想來這裡呢！」

這話聽得慕羽崢冷哼一聲道：「還沒嫁過去呢，就樂不思蜀了，既然我回來了，妳就在太子府住著，不許亂跑。」

「好。」柒柒笑著點頭，想起一件大事，她起身走到慕羽崢身後，給他捶肩膀，討好地問道：「哥哥，你說過要為我請封公主，讓我領食邑的，這話還算數嗎？」

慕羽崢靠在椅背上，一臉滿足地享受著小姑娘的殷勤，笑著道：「算數，今日在宮中，我已經同陛下提過此事了。」

柒柒從他身後探出腦袋，著急地問道：「陛下怎麼說，可答應了？」

慕羽崢屈指敲了敲她額頭道：「看把妳急的，自然是答應，過陣子陛下會先召見妳，再下旨封妳為公主，到時禮部會準備冊封儀式。」

「真的？太好了！」柒柒大喜過望，從身後用力抱了一下慕羽崢，笑逐顏開地誇他。「你真是這天底下最好的哥哥！」

慕羽崢嫌棄地推開小姑娘的臉，故意綳起臉說：「見錢眼開、花言巧語。」

惦念已久的事終於有了結果，柒柒開心不已，也不給慕羽崢捶背了，鬆開他就往外走。「哥哥你休息吧，我先回去了。」

慕羽崢伸手點點她的背影，笑著道：「過河拆橋。」

柒柒才不管他怎麼說呢，樂顛顛地跑回去，把這個好消息悄悄分享給小翠，末了還叮囑她先不要和別人講，畢竟聖旨還沒下，傳出去了不好。

小翠明白這件事的重要性，自是答應一定會守口如瓶。

柒柒不肯回屋，非要留在小翠這裡睡，兩個姑娘就擠在一起說悄悄話，說著說著，柒柒突然皺起了眉，感嘆道：「我哥哥……好像哪裡不一樣了。」

小翠納悶地問道：「殿下怎麼不一樣了？」

柒柒趴在枕頭上認真想了好半天，忽然笑了，說道：「我知道了，我哥哥也長大了。」

上次分別時，慕羽崢才十六歲，雖然個頭也高，卻還是少年的模樣，聲音也還沒變完。如今回來，他卻是接近成年男子了，聲音低沈了許多，肩膀也變得寬闊，剛才她抱他時，就覺得他變結實了。

小翠忍不住笑著說：「小傻蛋，妳都長成大姑娘了，殿下肯定也一樣，就是不知在山和柱子他們變成什麼樣了。」

柒柒翻身躺好道：「很快就能見到了，咱們早點睡，明日去街上看大軍回朝。」

隔天，柒柒早早爬了起來，跑去隔壁陪慕羽崢用早飯。

慕羽崢要到城門口去迎接大軍，柒柒就和小翠帶著百擊、素馨出門，去昨日就約好的茶樓找周家表妹周雅。

到了茶樓，周雅已經在等他們了，見到柒柒，她樂呵呵地上前抱住柒柒的胳膊道：「柒柒姊姊，怎麼現在才來？」

柒柒笑著對她介紹小翠，周雅立刻拉住小翠熱情地喊她姊姊，小翠拘謹地笑著還禮，喊了句雅兒妹妹。

周雅訂的是茶樓雅間，她推開窗戶道：「柒柒姊姊、小翠姊姊，這裡剛好可以看到大軍遊街，快來，時候差不多了。」
兩人走過去趴在窗邊看著，很快的，不遠處傳來了整齊劃一的腳步聲。
三個姑娘探出腦袋，齊齊歪頭看了過去，沒一會兒就見大軍走來，將士們穿盔戴甲、威武雄壯的模樣，看得街邊的姑娘們心花怒放、春心萌動。
柒柒一眼就看到被簇擁在中間的慕羽崢，他身穿黑色鎧甲，騎著黑色駿馬，冷著一張臉，是那麼的英俊不凡。
看著慕羽崢，柒柒捧著臉，笑得春花燦爛道：「我哥哥可真好看哪！」
周雅點頭，深表同意。「那是自然，太子表哥是我們大興最好看的郎君。」
說完，她補充道：「我哥哥也不差。」
接著周雅感嘆了起來。「太子表哥長得這樣好，也不知道哪家姑娘會嫁給她，唉，可真是便宜她了！」
柒柒被她逗樂了，附和道：「是啊，便宜那姑娘了。」
周雅神神秘秘地小聲道：「我聽我祖父說，宮中下個月要舉辦宮宴，有意給太子哥哥選太子妃呢。我知道目前有幾家姑娘在列，柒柒姊姊想不想先去看看她們長什麼樣？」
柒柒眼睛一亮道：「既然是未來嫂嫂，自然要先去看一眼。」
周雅笑著抱住柒柒說：「那回頭我找機會帶妳偷偷去挨個兒看看，不過妳可別告訴表哥，他知道了肯定會罰我們。」

柒柒捂嘴笑道：「好，我不說。」

大軍走到茶樓下方，慕羽崢似是不經意般往茶樓上看了一眼，柒柒故意使壞，揮著帕子，細聲細氣喊了句。「太子殿下好俊啊。」

說完立刻躲到周雅身後，從她肩膀上偷看。

慕羽崢嘴角揚了起來，無奈地搖了下頭。

英俊的面容、寵溺的表情，惹得茶樓這邊其他姑娘們嬌呼連連，個個都希望太子殿下是在看自己。

待慕羽崢騎馬走了過去，柒柒才敢從周雅身後出來，繼續趴在窗邊看，這下看到了在山和柱子，兩人也都長大了，身材魁梧、英武霸氣，他們也朝茶樓這邊笑。

柒柒和小翠齊齊揮手，滿臉笑容地回應。

看完大軍遊街，柒柒說要買玉珮，三個姑娘便下樓去逛街。

周雅帶她們兩個進了一家首飾鋪子，夥計見幾位姑娘穿著富貴，知道定是高門大戶的千金，尤其是其中一位容貌令人驚豔，衣裳更是貴人們才穿得起的料子，連忙十分恭敬地上前招待。

角落桌子前坐著一個貌似掌櫃的少年，正在看帳，他朝幾人點頭笑了笑，算是打過招呼。

然而柒柒她們往裡面走的時候，他又抬起頭來打量了兩眼，隨後自嘲地笑了笑，搖了一下頭，繼續看帳。

三人跟著夥計走到擺了玉珮的櫃檯前，見柒柒仔細地挑選了起來，周雅便好奇地問道：「柒柒姊姊，妳這是要買給誰？」

柒柒小聲答道：「給我哥哥。」

當初她典當了慕羽崢的蝴蝶玉珮時，曾對他說過，以後要重新買枚玉珮給他。

雖然後來知道那玉珮最後又回到他手上，可這麼多年來，除了那條藍色髮帶，她也沒送過他什麼禮物。

慕羽崢為她請封公主，這可是天大的禮物，她沒其他的能回報，就想著買一枚玉珮送他，聊表心意。

柒柒話音剛落，原本在角落裡安靜坐著的少年掌櫃猛地起身，手裡的帳本都掉在地上。

他顧不上去撿帳本，三步併作兩步走到柒柒面前，聲音微微發顫。「敢問姑娘全名可是鳳柒？」

周雅見這少年冷不防衝過來，嚇了柒柒一跳，便臉色不悅地上前把柒柒護在身後道：「你是何人？」

柒柒一愣，打量起了面前情緒激動的少年，總覺得此人莫名給她一股熟悉感，她心念一動，點頭道：「我是鳳柒，你是何人？」

少年的眼眶瞬間就紅了，越過周雅的胳膊抓住柒柒的手，驚喜道：「姊姊，我是遇兒……妳還記得遇兒嗎？我是妳弟弟！」

柒柒瞪大眼睛，抓住那個少年的手，拚命搖晃道：「遇兒……你是遇兒？你竟然是遇兒?!」

時隔多年，姊弟兩人再次相遇，頓時悲喜交加，扯著彼此的手，哽咽得說不出話。

周雅悄悄問小翠。「小翠姊，他是誰？」

小翠紅著眼睛笑著回答。「柒柒表姑母家的表弟，小時候分開了，柒柒以為一輩子再也見不到他，沒想到竟在這兒碰見了。」

周雅愛屋及烏，一聽到這俊秀的少年是柒柒的表弟，對他的好感度驟升。「遇兒表弟、柒柒姊姊，快到午飯的時候了，要不一起去我家裡吃？」

齊遇客氣地拱手道謝，隨後看向柒柒，等著她拿主意。

柒柒想到多年不見，兩人肯定有很多話要說，便拒絕道：「雅兒妹妹，我們姊弟待會兒怕是要哭哭啼啼，實在不雅，今日就不叨擾了，改日再來。」

周雅噗哧一笑道：「好，那我就不打擾你們姊弟相聚，我先回府，改日再去太子府找妳玩。」

柒柒應了聲好，幾人將周雅送到鋪子外，看著她上了周家馬車。

第五十六章 盛情難卻

待周家馬車離去，柒柒就看著齊遇道：「你家在哪裡，可方便去坐坐？」

雖說慕羽崢要她把太子府當自己家，她也照著他的話做了，可那畢竟是東宮，是儲君的住所，守備森嚴，不是什麼人都能隨便進去的。

齊遇重重點頭道：「前陣子我剛買了座小宅子，一個人住在那裡，姊姊和小翠姊跟我回去住可好？」

柒柒很驚訝，抬手在齊遇的胳膊上拍了一掌道：「你小子有本事啊，都能在長安城買房子了，走，快帶我去看看。」

齊遇和夥計交代一句後就帶著兩人出門。「我平時都是步行到鋪子，宅子離這裡不遠，咱們走路過去行嗎？」

「我的馬車在路邊。」柒柒朝馬車走了過去。

素馨見柒柒從鋪子裡出來，迎上前道：「小娘子，您要去哪裡，可要乘車？」

柒柒笑著為她介紹齊遇，隨後說道：「我要去我弟弟家住上幾天，妳幫我回去取幾件衣裳，還有小翠姊的也拿幾件來。」

素馨問清楚地址後領命而去，百擊則趕著馬車送一行三人穿過兩條街，到了一處三進的院落門口。

百擎停下馬車、拴好了馬，跟著他們三人一起進門後，就在簷廊下站著，並不進屋。見他是自家姊姊的護衛，齊遇便客客氣氣地端了茶水跟點心給他，這才回屋。

齊遇尚不了解柒柒的情況，但見百擎目光凌厲、腰間佩劍，還有那輛馬車也格外豪華，便知柒柒際遇不凡，真心為她高興。

然而，一想起當年他和母親離開時，丟下柒柒孤苦伶仃一人，他就既難受又愧疚。「姊姊，這些年，妳一個人可還好？」

聞言，柒柒點頭道：「我還好，你離開後，我認識了流落民間的太子殿下，認他當哥哥，現在正住在太子府。」

柒柒簡單敘述了一下自己這些年來的經歷，不過關於慕羽崢的事情，她卻是一語帶過，沒有細說。

齊遇從這些話裡聽出了柒柒的不容易，內疚自責道：「姊姊，是我們對不起妳，讓妳受苦了。」

這麼多年過去，柒柒早就不在意了，當時爹爹和娘親都已經離世，她就把鄭氏當成父母一樣依賴。

可鄭氏不過是爹爹的表妹而已，雖說都在雲中郡住著，可彼此並未有太多來往，只是因為家裡的房子被燒，落了難才投奔他們的。

她原本就和柒柒不親，大難當頭，只想著她自己跟兒子，也沒什麼不能理解的。

不過當時她和遇兒兩個的感情倒是真的好，當時遇兒為她奪回那只金手鐲，幫了她的大忙，為此還挨了打，這件事柒柒一直記在心裡，從來沒忘。

柒柒拍了拍齊遇的胳膊，笑著說：「這怎麼能怪你，當年你不過四歲，能做什麼？我現在好著呢，你不必為我難過，快跟我說說，這些年你是怎麼過的？你娘呢？」

十四歲的少年神色難堪地說道：「我娘如今還在金府，給金爺做姨娘……」

當年鄭秀梅帶著齊遇離開，是給往返長安和北境的行商金爺當妾，她的兒子已經是個拖油瓶，不可能再帶上柒柒。

金家在京城算不上大富大貴，卻小有家底，只是那金爺是個好色之人，後院小妾、通房眾多，鄭秀梅姿色雖然不錯，但嫁過人又帶著個孩子，新鮮勁一過，日子也就難受了。

母子兩人在後院受盡欺負，後來齊遇長到七歲，不允許再留在後院，被趕到外院去住。

金家嫡出、庶出子女數量極多，齊遇的身分尷尬，挨打、受罵、被欺負是家常便飯，後來有一次被金家幾個小少爺按在地上逼著吃狗屎，齊遇發了狠，用頭狠狠將那些小子撞翻，逃離了金家。

在街上流浪多日，齊遇靠著乞討為生，無意間遇到一家點心鋪的馬車翻了，上頭裝的吃食掉了一地，其他小乞丐一擁而上，搶了一把就跑，只有他默默地幫忙把貨撿回去，一個都沒拿。

點心鋪的東家見了，就把他領回鋪子，讓他洗了澡、換上新衣裳，又給他吃了一頓飽飯，隨後就將他留在身邊，要他跑腿、送信、看貨。

東家見齊遇為人機靈、辦事牢靠，等他長了兩歲，就帶著他跑生意。一次外出時，遇到土匪翦徑，他替東家擋了一劍，差點斷了胳膊。

逃出生天後，東家就收齊遇為義子，讓他幫忙打理家族生意，每年給他分紅。前陣子他領到去年的分紅，湊夠了錢，就買下這個小宅子。

沒料到齊遇這些年過得這麼艱辛，柒柒聽得心酸，眼淚啪嗒啪嗒直掉，拉著齊遇的手說：「哪隻胳膊受了傷，讓我看看。」

齊遇大剌剌地笑著捋起左邊袖子，露出既深又長的一道疤痕，有些驕傲地說：「義父誇我臨危不懼、頂天立地，姊姊，我厲害吧？」

柒柒抹了抹眼淚，瞪了他一眼，說道：「你當時就沒想過萬一沒命了怎麼辦？」

齊遇放下袖子，笑著答道：「憑我這樣的賤命，要是沒有義父收留我，我怕是早就在街上餓死、凍死了。」

柒柒又問：「你這胳膊可還疼？」

齊遇晃動著手臂道：「早就不疼了，義父請了名醫為我治的。」

柒柒從隨身攜帶的挎包裡找出一瓶常年攜帶的藥丸，遞到齊遇手裡。「我有緣學了醫，這是我自己製的藥，治療外傷跟內傷的，你吃了多少有點用，回頭我再做一些給你。」

齊遇也不推辭，握著那瓶藥丸嘻嘻笑道：「姊姊最疼我了。」

到了用午飯的時間，小翠見姊弟倆還有話聊，就問了廚房在哪裡，準備去張羅吃的。

「那就麻煩小翠姊了。」齊遇說道。

以前大家都在塔布巷居住，齊遇自然認得小翠，他也不客套，去喊了這裡唯一的婆子李嬤嬤過來，讓她跟小翠一起忙活。

見柒柒左右打量，齊遇有些不好意思地撓撓頭說：「姊姊，我平時都在義父家住，這宅子才剛整理好，還沒來得及多買一些下人。原本我是打算七月得空的時候，去北境將妳接過來住的，沒想到妳竟來了京城。

「姊姊，這麼多年來，我一直在想，等我買得起宅子，就把妳接過來，只是我太沒用，今年才買上。姊姊，妳搬來和我住好不好，以後我賺錢都給妳管，等妳嫁人，我為妳準備嫁妝。」

像是怕柒柒嫌棄似的，齊遇語氣急切地補充。「別看我現在手上就一個宅子而已，我一年能有近百兩的進帳，等過兩年我再大些，義父就會讓我打理更多鋪子，到時我就能賺得更多了。」

還不待柒柒開口，他又說：「我娘怨恨我打了金家小少爺，害她在後院挨夫人責打、受了折磨，我逃跑了以後，她託人找了我幾日沒找到，就沒再管過我。我在我義父那邊安定下來後，回去看過她，她罵我沒良心，讓我滾，我去一次她罵一次，反反覆覆幾次後，我就沒再去過了。

「姊姊，我只剩下妳一個親人了，妳就搬來和我一起住吧，妳也不用天天住這兒，想去太子府就去太子府，想回來就回來，這樣我好歹有個自己的家。」

先前在首飾鋪裡，少年明明大方得體、老成沈穩，此刻卻紅了眼眶，可憐兮兮地哀求著。

柒柒心疼極了，實在不忍拒絕，便道：「好，那你就給我和小翠各準備一間房，我們時不時來住一下。」

齊遇樂得手舞足蹈，轉身跑出花廳，邊跑邊說：「姊姊的房間我早就置辦好了，妳快來看。」

帶著柒柒到了正房後，齊遇興奮地帶著她參觀每間屋。「姊姊，這正房就是為妳準備的，家具我都置辦好了，全是我自個兒挑的，挑了兩個月呢，妳看看可還喜歡？」

還沒把她的人接來，東西就準備好了，柒柒心中既酸又暖，還十分愧疚。

這麼多年來，她雖然也很想念遇兒，可她卻從來沒想過能再和他重逢，也沒想過要把他找回來，因為她總覺得遇兒跟著他娘，不會過得比她還差。

要是知道他一直想著自己，又過得如此艱難，那麼三年前，知道哥哥是太子的時候，她就該讓哥哥幫忙找一找遇兒的，如果三年前就找到遇兒，他的胳膊也不會被人砍傷。

他。

柒柒自責不已，紅著眼眶點頭道：「喜歡，都喜歡。」

既然遇兒這麼孤獨、這麼想她，那她就偶爾過來住幾天好了，趁著還沒嫁人時多陪陪他。

齊遇見柒柒真心喜歡，格外開心地說：「正房有東、西屋，姊姊妳住東屋，小翠姊住西屋，我就住在東廂房，待會兒吃過飯，我就去找人牙子，買幾個伺候的丫鬟跟婆子來……」

見他興致勃勃地計劃著，柒柒看得直笑，拉著他說不用那麼著急，等她們搬來再張羅也不遲。

齊遇笑著點頭道：「都聽姊姊的，我只管賺錢回來。」

說著，他去了自己住的東廂房，把錢匣子捧來交給柒柒。「這個給姊姊，裡面是宅子的地契，還有婆子的身契，另外還有些銀子，買完宅子後沒剩多少，不過再過幾日就要發月錢了。」

柒柒心想她又不常住這兒，便拒絕了，說讓他自己管著，齊遇有些失望，但柒柒不要，他也只能說好。

等小翠和李嬤嬤做好了午飯，柒柒便喊了百擎進來一同用飯，吃過飯後，百擎繼續去簷廊下站著，柒柒小憩了一會兒，就被齊遇拉去街上買東西。

柒柒玉珮沒買成，就跟齊遇回了原本的鋪子。她選中一塊玉珮後，齊遇要送她，柒柒堅持不肯，說是要當禮物的，不好白拿，齊遇這才作罷，但只收了柒柒成本價。

付了八十八兩銀子以後，柒柒將玉珮裝進腰間的挎包裡收好，打算等見到慕羽崢時送給他。

下晌，素馨帶了柒柒和小翠的衣裳過來，聽說他們要留下來保護柒柒，齊遇又熱情地為素馨與百擊打點了住處。

素馨看著圍繞著柒柒忙前忙後的俊俏少年，欲言又止。

柒柒見她好像有話說，開口問了，素馨這才說：「先前婢子回府的時候，殿下差人回來送話，說晚飯要跟小娘子一起吃，讓您等他。」

聽到這些話，柒柒便問：「那妳說了我今晚不回去嗎？」

「婢子跟岳管家說了，讓他給殿下帶話。」

「那就好。」

「但您不回去當面和殿下說一聲，殿下不知會不會不高興。」

「哥哥不是那樣小氣的人，等我在遇兒這裡住幾日，就回去陪哥哥吃飯，不差這一頓。」

素馨嘆了口氣，心道：殿下跟別人是不小氣，但是跟您……怕是小氣著呢。

小翠跟李嬤嬤出去買了很多菜回來，晚上做了一頓豐盛大餐，大夥兒就把桌子擺在院中，熱熱鬧鬧坐在一處吃飯聊天。

柒柒笑著說：「遇兒，等在山哥和柱子哥忙完，我就去把他們也找來你這裡，到時咱們再好好聚一餐。」

齊遇笑著點頭道：「姊姊記得提前和我說，回頭我去滿香樓請個擅長北境菜的廚子過來，那廚子烤的羊腿堪稱一絕。」

柒柒拍掌說：「那敢情好，我正饞著呢！」

幾人正哈哈大笑，就聽見吃飽之後守在垂花門的百擎和素馨齊齊說了聲。「殿下。」

順著他們的聲音看過去，就見一身黑袍的慕羽崢靜靜地站在簷廊下。

燈籠在他身後，背光的情況下，看不清他具體是個什麼表情，但以柒柒對他的熟悉程度，一眼就瞧出他心情似乎不大好。

「遇兒，是太子殿下，快請安。」小翠連忙拉起遇兒，遠遠地行禮。

柒柒只當慕羽崢在宮中遇到什麼不開心的事，立刻站起身，小碎步快走到他面前，牽住他的手說：「哥哥，你怎麼來了？」

慕羽崢冰著一張臉看著柒柒，語氣不大痛快。「怎麼，我不能來？」

柒柒一噎。聽他這口氣，怎麼好像受了天大的委屈似的。

慕羽崢從來不這麼跟柒柒說話，柒柒越發肯定他今日在宮裡受了氣，也不和他計較，晃了晃他的手問：「哥哥你吃飯了沒？」

慕羽崢掃了遠處飯桌上的狼藉一眼，語氣更不痛快了。「妳說呢？」

柒柒從他這句話裡聽出一絲陰陽怪氣和埋怨，終於反應過來，他似乎是在跟她生氣。琢磨一番後，想起素馨說過太子殿下讓她等他吃飯的事，隨即心虛起來。「哥哥，素馨給岳管家留話了，該不會是岳管家忘了跟你說我不回去吧？」

慕羽崢只覺心頭堵得慌，也懶得解釋，只道：「跟我回府。」

柒柒一臉不解地說：「為什麼？我要在這住兒幾晚……兩晚？一晚？一晚也行啊！」

慕羽崢背著手轉身往外走，不容置疑道：「不許在外留宿，我在外頭等妳。」

他這脾氣來得莫名其妙，柒柒氣死了，腳一跺，也犯起倔來。「我不回去，就要在這裡住！」

慕羽崢腳步一頓，轉過身來說：「跟我回去。」

「我就不。」柒柒扠腰。她是他妹妹，又不是他家的小婢女，憑什麼他讓她回去她就得回去？

慕羽崢伸手就要拉人。「回家。」

柒柒拍開他的手道：「就不。」

「回。」

「不。」

兩人僵持著，誰都不肯讓步。

小翠早已習慣兩人的交流方式，不動聲色在一旁靜靜看著；百擎和素馨也見怪不怪，垂手而立，連呼吸都放輕了，當起了合格的隱形人。

可齊遇見自家姊姊竟敢跟太子殿下叫板，擔心壞了，生怕姊姊惹惱了太子殿下，惹來殺身之禍。

幾年前的儲位之爭，這位太子殿下的雷霆手段，京城之中可說是無人不知、無人不曉。

少年顫巍巍地開口道：「姊姊，妳跟太子殿下回去吧。」

柒柒回頭看了一眼，見遇兒小臉煞白，顯然嚇壞了，她想了想，上前牽著慕羽崢往垂花門外走。「我們到那邊去。」

她這哥哥渾身上下冒著冷氣，一不小心可是會把人給嚇死。

慕羽崢沒拒絕也沒反抗，沈默地跟著小姑娘往前走。

看著高大的太子殿下被柒柒「粗暴」地拖走，齊遇捂著心口，幾欲昏厥。「小翠姊，姊姊這樣……」

小翠微笑著安慰。「常事，別擔心，見多了就好了。」

柒柒拖著慕羽崢穿過垂花門，躲到抄手遊廊後頭，便鬆開他的胳膊，仰頭看他，好聲好氣地問道：「哥哥，你發什麼脾氣？」

慕羽崢不說話，就那麼看著小姑娘。

柒柒耐著性子問：「你是不是在宮裡遇到不開心的事了？」

慕羽崢開口了。「不曾。」

柒柒又問：「那你怎麼了，好端端的發什麼脾氣？」
慕羽崢又不說話了。

第五十七章　順水人情

見慕羽崢跟個悶葫蘆一樣，柒柒更來氣了，她捋了捋袖子，推了他一把。「說話，再不說我打你了啊！」

慕羽崢看著小姑娘露出的一節白嫩手臂，聲音有些落寞。「妳為什麼不回家？」

這麼可憐巴巴一問，柒柒忽然明白慕羽崢為什麼會這樣了。

仗打完了，公主阿姊就跟著裴姊夫不知道躲哪兒逍遙去了，哥哥又不能隨意出入太尉府，一整天在皇宮裡跟人爾虞我詐、處處提防政敵，回到太子府，就剩下她一個能說說話的體己人，誰知她跑了。

唉，也是可憐。柒柒的語氣溫柔了些。「哥哥，我這不是剛找到我弟弟嘛，你也知道，我那只手鐲是遇兒幫我拿回來的，我一直想謝謝他。這麼多年來，遇兒過得挺不容易的……」

柒柒把遇兒的遭遇一五一十地說給慕羽崢聽，末了說道：「他買這宅子就是打算回雲中郡接我過來的，多年未見，那孩子捨不得我，我就想陪陪他。」

慕羽崢已經消氣了，可心中還是沒由來地慭得慌。「我也是昨天剛回來，我們也多年未見。」

今天得了賞賜，裡面有很多金銀珠寶，他心想小姑娘喜歡這些東西，還沒辦完事，就差人送信回府，讓小姑娘等他一起吃飯。

結果等他拒絕了陛下的留飯，拉著兩車賞賜，興沖沖地回府，想給小姑娘一個驚喜時，就聽說小姑娘找到了弟弟，要留在弟弟家住。

他知道柒柒這個弟弟，也感激他當年對柒柒的幫助，覺得姊弟倆能再次相遇是挺好的事，可當他獨自一人坐在屋內，看著那滿地的箱子時，便莫名煩躁起來。

小姑娘昨晚還說要好好陪陪他，可今天一找到有血緣關係的弟弟，就把他這個半路認的哥哥扔到一邊了。

他越想越是心慌，這才找了過來。

「哥哥，實在對不起，我好不容易見到遇兒，一高興就沒想別的。」柒柒牽住他的手解釋。

正解釋著，看著慕羽崢那張冷著卻能瞧出一絲委屈的臉，柒柒突然笑了，歪頭打量他道：「哥哥，你是在吃遇兒的醋？」

慕羽崢冷著臉說：「胡說八道。」

他越這樣說，柒柒越認定他就是在吃遇兒的醋，樂不可支地踮起腳尖，伸手去刮他的臉道：「你羞不羞，堂堂太子殿下，居然和一個十幾歲的小孩子爭寵！」

慕羽崢彎著手指在小姑娘的額頭上敲了敲，極力否認。「信口雌黃、胡言亂語。」

柒柒扶著他的胳膊笑得前仰後合。「我說哥哥，你可真行，看你把遇兒嚇的……你不知道你冷著臉很恐怖啊？」

我恐怖？笑話，也沒見妳怕過。慕羽崢暗自腹誹。

見小姑娘笑得花一般燦爛，他心中的鬱鬱之氣煙消雲散，忍不住也笑了。「我從宮裡拖了兩車賞賜回來，本想給妳一個驚喜，不料妳跑到這裡來住了。」

柒柒眼睛一亮。「兩車賞賜？都有些什麼？」

慕羽崢故意說道：「不過是一些金元寶、夜明珠、金釵銀釵、玉鐲、寶石耳墜之類的物品，沒什麼稀罕的，改天我就拿去送人。」

「你倒是早點說啊！」柒柒氣得又推他一把。「但凡你進門隨便提上一嘴，這場架也犯不著吵。」

小姑娘說完就拖著他往回走。「快去幫我跟遇兒說兩句話，你把他給嚇壞了，說完話咱們就回家。」

慕羽崢嘴角高高地上揚，任憑小姑娘使了吃奶的勁拖他，他就是站在原地不動。「妳不陪妳弟弟了？」

柒柒雙手拚命拽著，累得氣喘吁吁。「遇兒是重要沒錯……可他又不會跑了，改天再來陪他也是一樣嘛，先回家看寶貝去。」

金銀珠寶，哪怕不給她，摸一摸也好啊！

慕羽崢笑出聲，這才大發慈悲抬起了腳，邁步往前走。

齊遇正擔憂得直轉圈，見兩人笑容滿面地走過來，又是一愣。

小翠在一旁笑著說：「看，我說了吧，沒事的。」

前不久那兩人還吹鬍子瞪眼的幾乎翻臉，沒一會兒工夫就和好如初，齊遇震驚道：「我姊姊和殿下關係這麼好嗎？」

小翠小聲說：「那當然，和親兄妹沒什麼兩樣。」

柒柒拖著慕羽崢走到齊遇面前，介紹了彼此，齊遇恭恭敬敬地請了安。

慕羽崢一掃先前的冷冰冰，平易近人地將人扶起來道：「都是自家人，切莫多禮。」

柒柒在他身後偷偷翻了個白眼，對齊遇說：「遇兒，姊姊急著回去辦點事，改日再過來。」

目睹剛才那一幕，齊遇哪裡敢再留她，笑著說好，裝出不在意的模樣，可表情卻流露出了不捨。

柒柒為了安他的心，笑著說：「今日帶來的衣裳就放在這兒，免得回頭搬來搬去麻煩，還有，你有空就買幾盆花草養著，我看著舒心。」

見她這樣叮囑，齊遇就知道姊姊是真的要來住，立刻開心起來，連連點頭應好。

又說了幾句話，慕羽崢就帶著柒柒離開，臨走前，他當著齊遇的面跟柒柒說：「妳若懶得跑，就喊遇兒到太子府做客。」

柒柒晃了晃慕羽崢的手，彎著眼睛道：「謝謝哥哥。」

能出入太子府，對遇兒來說是極大的幫助，想必他的義父會更看重他。

齊遇也很快就想通其中關節，心中大喜，拱手長揖道：「多謝太子殿下。」

慕羽崢沒再說別的，牽著柒柒走了，小翠對齊遇說改日再來，也跟著離開了。

齊遇將幾人送到大門外，看著他們上了馬車之後，還追出去幾步，直到馬車消失在夜色中，他才回去。

一進門，李嬤嬤正在收拾桌子，齊遇心裡高興，賞了她一枚碎銀子。「李嬤嬤，妳不是有個外甥女沒了爹娘在找事做嗎？明日帶來我看看，若是老實穩妥就留下來，但是得跟妳一樣，簽死契。」

「行，老奴那外甥女無依無靠的，能簽死契。」李嬤嬤大喜，忙跪地磕頭道：「多謝小郎君，明日老奴就將人帶來。」

齊遇扶起李嬤嬤，興奮地在院子裡轉了兩圈，又走到她面前說：「正房要每天打掃，務必一塵不染，方才那位長得最美的姑娘是我姊姊，以後我姊姊來了，就是她當家，什麼事妳都聽她的。」

李嬤嬤應下了。

柒柒坐在馬車上，看著閉目養神的慕羽崢，拽著他的袖子扯了扯，慕羽崢便睜眼道：「怎麼了？」

只見柒柒跟變戲法一樣，抖出了一枚玉珮在他面前道：「如何，好看嗎？」

慕羽崢瞧了一眼道：「妳弟弟送妳的？」

柒柒擺了擺手。「再猜。」

看了抿著嘴笑的小翠一眼，慕羽崢大著膽子又猜。「不會是送給我的吧？」

小姑娘摳門得很，把銀子護得比命還重要，這麼多年下來，除了給他買過髮帶，其他什麼都沒送過他。

這玉珮雖比不上宮裡賞賜的那些，可看著也需要幾十兩銀子，小姑娘捨得嗎？他有點不敢相信。

柒柒從慕羽崢嘴角的弧度看出他的懷疑，在他胳膊上拍了一掌道：「你瞧不起誰啊，這玉珮就是給你的，花了我八十八兩銀子呢，喏，給你。」

慕羽崢的眼睛瞬間亮了，伸手接過了玉珮，難以置信道：「當真是給我的！」

瞧他那歡喜的模樣，柒柒有些過意不去，深深反省了一下自己。「哥哥，以後我會多多送你禮物的。」

慕羽崢笑著應好，愛不釋手地拿著玉珮摩挲了半天，小心翼翼地戴在脖子上，將玉珮塞進衣領。「謝謝我們小柒柒了。」

柒柒湊過去為他按摩胳膊，覥著臉問道：「哥哥，那家裡那些賞賜……」
慕羽崢揉著她的腦袋說：「都是妳的。」
柒柒立刻像隻貓一樣抱住他的胳膊道：「謝謝哥哥，你真是最好最好的哥哥了！」
慕羽崢哈哈大笑道：「小財迷。」
「人不為財，天誅地滅。」柒柒眉眼彎彎，不停地幫慕羽崢捶背捏肩，活脫脫一個小狗腿。
小翠捂著嘴笑得整個人直抖，最後實在受不了，走出去坐到車轅上了。
到了太子府，慕羽崢先行下車，又將柒柒扶了下來。
一看到太子府那巍峨莊嚴的大門，柒柒不由自主地挺直了腰板，瞬間端莊起來，從一個小無賴切換到大家閨秀的模式。
這轉變看得慕羽崢直笑，輕聲誇她演得好，柒柒瞪著他，小聲說道：「不是你讓我注意儀態的嘛，這會兒在這裡酸人，壞透了。」
慕羽崢忍俊不禁，想去牽她的手，卻被拍開了，只得無奈搖頭。
兩人剛進了門，就見岳管家一臉難色地迎了上來，給兩人行禮請安。「殿下、柒柒小娘子。」
慕羽崢跟柒柒點頭過後，岳管家就小聲稟報道：「殿下，孔二姑娘來了。」

柒柒不認識那什麼孔二姑娘，她抬頭看向慕羽崢，就見他臉上的笑意頓時消散，聲音冰冷。「誰放她進來的。」

岳管家擦汗道：「回殿下，孔二姑娘是奉皇后娘娘口諭登門拜訪的，老奴不敢攔。」

談話間，前方走來一個婀娜多姿的妙齡女子，老遠地就朝慕羽崢招手，聲音婉轉。「太子哥哥。」

慕羽崢一臉晦氣，牽起柒柒的手往裡走。「一個姑娘家大半夜的拜訪孤，她們不要臉，孤還要臉。蒼朮，給孤扔出去。」

「是。」

一直像個影子般默默跟在慕羽崢身邊的暗衛應了一聲，朝著那女子走去，直接揪著她的衣領將人拎起來丟出大門，速度快得那女子只來得及尖叫一聲，甚至來不及抗議，就已經被關在門外了。

柒柒被這一幕驚得目瞪口呆，驚過之後又覺得好笑，可瞧見慕羽崢繃著的臉，又不敢笑，憋得肩膀直顫。

慕羽崢抬手在她後腦勺上敲了一下，極其不滿道：「見我不開心，妳就這麼高興？」

柒柒笑著說：「哥哥，那可是個大美人，你為什麼不跟人家說幾句話，直接把人扔走啊？」

慕羽崢冷哼一聲道：「蛇蠍心腸的毒婦送來的，能是什麼好東西。記住了，以後皇后若是要送妳東西，儘量推掉，若是推不掉，也不要用。」

柒柒好奇追問道：「哥哥，皇后娘娘為什麼要讓那女子大晚上的來找你？」

慕羽崢不欲多談，只說道：「小姑娘家不要什麼都打聽。」

柒柒想了想，扯住他的袖子，一雙大眼睛閃著熊熊八卦之火。「喔，我知道了，我知道了，是來勾引你的，想吃掉你，我看她……」

聽著小姑娘那興奮的語調，慕羽崢腳下一絆，差點摔倒，他穩住身子，伸手捂住小姑娘的嘴，低聲訓道：「口無遮攔，這話是一個姑娘家該說的？還有，妳這麼開心做什麼？」

柒柒把他的手拽下來，回道：「好玩呀。」

慕羽崢簡直心塞，甩袖背著手往前走。「沒見過妳這麼沒良心的東西。」

柒柒笑著追了上去，言不由衷地向他道歉。「哥哥，我錯了。」

慕羽崢懶得搭理這幸災樂禍的小東西，抬腳進了柒柒的院子，柒柒立刻拽住他說：「不是要去你院裡看寶貝？」

慕羽崢不說話，拖著小姑娘進了她的屋，柒柒一看那滿地的箱子，馬上歡喜地撲過去道：「發財了！」

「沒見過世面。」慕羽崢忍俊不禁，吩咐人送飯菜過來。

慕羽崢知道小姑娘想見在山和柱子他們，隔天就把人喊到太子府吃晚飯，順便讓人叫齊遇過來。

在山、柱子、雲實、知風、小翠、齊遇跟慕羽崢，大夥兒全都在，柒柒開心得要命，一時之間忘了維持未來公主的儀態，一頓飯下來，臉頰都笑痠了。

知道在山幾個人都領了官職，得了封賞和宅邸，柒柒真心為他們高興，本想敬他們一杯酒，可是被慕羽崢攔住了，只得以茶代酒，敬了大家好幾杯。

熱熱鬧鬧吃了一頓飯，眾人告辭，慕羽崢去了書房，柒柒則跟小翠把客人送到門口。

柱子說自己有事找小翠，把她拉到一旁說話去了。

齊遇則小聲跟柒柒講了一些話。「姊姊，今天太子府的護衛到義父家請我，義父很高興，親自跑到鋪子將我找回去，還拉著義母為我準備了上門的禮物。」

柒柒點頭道：「哥哥是有意差人去你義父家請你的，就是想給你做這個臉面。」

有些事情對哥哥而言不過是舉手之勞，可是卻能幫上遇兒很大的忙，哥哥願意這麼做，她很高興。

齊遇自然明白其中的道理，分外感激道：「我知道的，剛才人太多，我沒機會感謝太子殿下，回頭請姊姊幫我表達謝意。」

柒柒拍了拍他肩膀道：「成，既然你義父跟義母待你都很好，那你就好好在那裡做事，若是遇到什麼難處，就來找我商量，若是我們都辦不成，我就去找哥哥幫忙。」

齊遇忙擺手道：「我如今過得很好，沒什麼難處，出門前，義父和義母還特地叮囑我，說不要仗著姊弟情誼，有事沒事給妳添麻煩。」

一聽這話，柒柒越發覺得遇兒這個弟弟遇到了好人。若是貪圖權勢的人家，得知遇兒認識太子殿下，還不抓緊一切機會搭上線？

柒柒想了想，說道：「你回去和你義父跟義母說一聲，改天我會找時間登門拜訪，感謝他們對你的照顧。」

齊遇開心得直搓手道：「好，我回去就說，姊姊到時候提前告訴我，我來接妳。」

見遇兒咧嘴笑得像個小傻瓜，柒柒拍拍他的胳膊道：「行，天色也不早了，快回去吧，免得你義父跟義母擔心。」

柒柒朝等在一旁的在山說：「在山哥，你幫我順路送送遇兒。」

齊遇對長安城熟得很，平時出門辦事也都是一個人，可在柒柒眼裡，他還只是個孩子，多少有點不放心。

在山如今長得高高壯壯的，聞言上前親熱地攬住遇兒的脖子說：「放心吧，保證丟不了。」

說著又拍拍遇兒的肩膀，依舊像過去那般豪爽仗義。「要是有人敢欺負你，就找我和你柱子哥，我們替你出頭，你不用再什麼事都一個人扛著。」

他們已經知道了遇兒這麼多年是怎麼過來的，都挺心疼這孩子。

齊遇不禁眼眶濕潤，笑著點頭道：「多謝在山哥。」

柒柒看著在山，想起小時候的種種，一顆心暖融融的。「我在山哥就是我在山哥。」

在山嫌棄不已地說道：「柒柒，妳這說的不是廢話嘛。」

柒柒扠腰瞪他道：「我願意說，怎麼？」

在山把比他矮大半個頭的遇兒往前一推，自己躲到他身後，故作害怕狀。「遇兒你看，你姊姊一向這麼蠻橫不講理。」

他那搞怪的樣子，惹得幾人都笑了。

第五十八章 心動神馳

小翠和柱子已經說完話，也不知道他們說了什麼，小翠低著頭抿嘴在笑。

柱子看起來也很開心，上前從在山手底下把遇兒搶過去，笑著說道：「遇兒，走，柱子哥送你。」

約好改日再聚，一群人就勾肩搭背走了。

柒柒轉頭去看小翠，就見她兩隻手攥在一起，眼睛盯著幾人離開的方向，還在笑，笑容有些羞澀，臉蛋紅撲撲的。

柒柒看了看那幾人的背影，又看看小翠，腦中忽然靈光一閃，抓住小翠的胳膊問：「小翠姊，妳老實交代，妳和柱子哥是不是有什麼情況？」

小翠的臉更紅了，轉身就往回走。「少胡說八道。」

柒柒追上去摸她的臉道：「我才沒有胡說呢，沒有情況妳的臉為什麼這麼紅？快如實招來！」

小翠不肯說，笑著躲避柒柒的魔爪，兩個姑娘嘻嘻哈哈鬧著回屋。

最後小翠實在架不住柒柒這個小賴皮的磨人勁，捂著臉低聲說了句。「柱子說，他想娶我。」

「真的？」柒柒扒開小翠的手，興奮得好像自己要嫁人了一樣。「那妳怎麼說？」

小翠再次捂住臉。「我答應了。」

「啊！啊！啊——」柒柒抱著小翠驚聲尖叫。

「吵死了。」小翠被小姑娘吵得耳朵都要聾了，伸手去捂她的嘴，捂著捂著，自己也開心地笑了起來。

兩個姑娘抱在一起又叫又笑，等那股興奮勁過去，柒柒就抓著小翠，非得讓她講兩個人是什麼時候的事，又是怎麼開始的。

小翠迷茫地說：「其實我也不知道柱子為什麼突然說要娶我。」

「啊？」柒柒很吃驚，又問：「那妳喜歡柱子哥嗎？要是不喜歡他就別答應，我已經同哥哥提過妳的婚事，他說軍中回來的這批將領有許多未曾婚配的，要是妳願意，他回頭給妳張羅。」

「柒柒，謝謝妳，也謝謝太子殿下的好意。」小翠抓著柒柒的手道謝。

「柱子……」說起柱子，小翠又紅了臉。「我應該是喜歡他吧。當年你們在鋪子裡領了香膏，他還惦記著給我送一盒，我那時候就覺得他人很好。」

柒柒搖著小翠的胳膊，鬼叫道：「好啊，你們那時候就開始了?!」

小翠伸手就要掐她。「瞎說！」

柒柒笑著躲開。「然後呢？」

小翠拍了拍自己發熱的臉頰，說道：「反正……剛才他問我願不願意嫁給他的時候，我很開心，想到以後能和他過一輩子，我就覺得日子很有盼頭。」

看著小翠羞得通紅的臉，柒柒放下心來，抱著小翠的胳膊賴在她身上道：「小翠姊，這樣真好。」

和小翠聊了一會兒，柒柒實在按捺不住，跑去書房找慕羽崢。

書房門口站了兩排穿盔戴甲的護衛，威風凜凜，柒柒一時沒敢進去，正猶豫著要不要先回去，慕羽崢就從屋裡走了出來，招手道：「過來。」

柒柒開心地跑了過去，跟他進屋之後，嘰嘰喳喳地說了柱子和小翠的事情。

慕羽崢坐回椅子上，繼續翻閱信箋。「我知道，柱子跟我打過招呼。」

柒柒一聽，頓時不高興地推了他一把道：「哥哥，你怎麼沒跟我說一聲啊，我什麼事都跟你說呢。」

慕羽崢看了她一眼，淡然道：「事情還沒成，有什麼好說的。」

柒柒一想也是，萬一小翠姊不答應，大家卻都知道了，豈不是尷尬。

她走到慕羽崢身後為他捶肩。「哥哥，我那裡還有一些銀子，想給小翠姊準備嫁妝。你也知道小翠姊就我一個妹妹，她出嫁，合該我為她張羅的。」

慕羽崢點頭道：「妳自己的銀子，想怎麼花就怎麼花。回頭妳去庫房裡挑一些物品給她添妝，畢竟她一直陪著妳，柱子也跟了我這麼久，總不能虧待了。」

柒柒乖巧地應道：「謝謝哥哥。」

慕羽崢拍了拍左邊肩膀道：「別光按一邊，按按這邊，用點力，沒吃飽飯還是怎麼的，跟彈棉花一樣。」

「好咧。」

聽他嫌棄自己，柒柒故意使壞，握拳狠狠砸他肩膀，可砸了兩下，慕羽崢無動於衷，卻把她自己砸得唉唷唉唷直喊痛，惹得慕羽崢笑得肩膀直抖。

因為那幾大箱的賞賜，柒柒格外識時務地在太子府待了好幾天沒往外跑，不過慕羽崢每天從早忙到晚，她也就晚上能陪陪他，兩人一起吃飯，吃過飯後聊聊天。

柒柒每天雷打不動，必須問上兩個問題。

「表哥們何時會到啊？」

「陛下打算什麼時候封我為公主啊？」

慕羽崢的耳朵都快長繭了，每每笑著敲她的頭，讓她少安勿躁，說表哥們已經在路上了，封公主的事也在進行中。

柒柒便狗腿子似的為他捶捶背、捏捏肩，讓他多使使勁，多催催。

烈日炎炎，柒柒從來不知道夏天能這麼熱。

以前在雲中郡，夏天在太陽底下曬得慌，但只要躲到陰涼處，感覺就很涼爽。然而長安城的夏天，即便躲在屋子裡搧著風，一樣熱得人心裡煩躁。

天氣炎熱，柒柒便懶得動，又在屋裡窩了一天。

太陽西落時，熱氣才散了些，還不到吃晚飯的時間，慕羽崢也沒回來，柒柒就出門去透透氣。

今日小翠被柱子請走了，說是去他的宅子看看，本來也邀請柒柒一起，可她見他們偷偷互送秋波，她就沒去當那個礙眼精。

見柒柒出門蹓躂，書蝶連忙跟上。

柒柒漫無目的地到處瞎逛，逛到後花園的荷花池時，見小荷尖尖、荷葉碧綠，不由自主地停下腳步。

微風拂面、景色宜人，柒柒舒服地仰頭瞇眼，深深吸了一口氣，隨後坐在荷塘邊的石臺上，脫下鞋襪，把腳伸進清澈冰涼的池水中，踢著腳撩水玩。

玩了一會兒，柒柒轉頭問道：「書蝶，妳帶了什麼吃的？」

不知道是慕羽崢吩咐的，還是太子府的宮女們原本就這麼貼心，只要她一出來閒晃，書蝶就帶著好幾個人，端著吃的、喝的、用的一路跟著，簡直把她當成孩童般在照顧。

柒柒拒絕過，可是書蝶說，如今太子府就她和太子殿下兩個主子，殿下整日忙得不見人影，闔府的下人閒得頭上都快長草了，就讓大家忙活忙活吧。

誰不喜歡享受有人服侍的生活呢，在那以後，柒柒就沒再說過什麼，欣然接受整個太子府的關愛。

聽柒柒討吃的，書蝶笑著答道：「您愛吃的都備著呢，瓜子、荷花酥、綠豆冰沙……」

柒柒伸手道：「我要綠豆冰沙。」

「好。」書蝶笑著從身後宮女提著的食盒裡端出一個玉碗，遞到柒柒手裡道：「小娘子請用。」

柒柒接過玉碗，用勺子舀起一口綠豆冰沙放入嘴裡，涼冰冰、甜滋滋，整個人都舒坦不少。

慕羽崢今日回來得早，一進門就問柒柒人在哪裡，得知她在荷花池，便大步流星直奔而去。

宮女們要請安，他抬手制止，書蝶知道太子殿下和柒柒小娘子獨處的時候不喜人打擾，便帶著眾人悄悄退遠了。

慕羽崢走了過去，就見落日餘暉下，小姑娘穿著一身粉色裙裝，坐在池邊，手裡端著一個玉碗，小口小口在吃著什麼，兩隻腳丫一抬一落，濺起水花點點。

粉粉嫩嫩的小姑娘嬌豔動人、俏皮可愛，活脫脫一朵荷花成了精。

慕羽崢看著這一幕，忍不住笑了，又往前走了幾步，剛想出聲，視線就落在小姑娘抬起的腳丫上——白皙如玉、線條優美，看起來很小，應該還沒他手掌大吧。

這個想法一起，慕羽崢心頭突突一陣狂跳。

柒柒察覺身後有人，轉過頭來，一看是慕羽崢，仰著小臉笑了，甜甜地打招呼。「哥哥，你回來了。」

「嗯。」慕羽崢心虛地應了一聲。

柒柒扯著他的衣襬晃了晃，笑得像朵花，聲音輕快道：「這裡很涼快，哥哥陪我坐一會兒。」

慕羽崢挨著小姑娘坐下，心裡明明唸著「非禮勿視」，可視線還是不由自主地瞄向那不停晃動的小腳丫。

然而，盯著看沒兩秒，他就跟扎到了眼睛一般，猛地把頭轉向一邊。

看一眼也沒什麼，他是哥哥，她是妹妹，小時候別說看過她的腳，他還為她洗過腳、穿過襪子，大冷天甚至抱著她的小腳丫給她捂過腳呢，慕羽崢心裡這麼想著。

想著想著，脖子不受控制地轉了回去，看了一眼，隨後猛地又轉到一邊去。

不對，不一樣了，小時候是小時候，如今柒柒已經是大姑娘了，再這麼盯著看，實屬不妥……

慕羽崢的脖子一轉一扭、一扭一轉，自己跟自己較起勁來。

幾次下來，柒柒發現了慕羽崢的古怪，歪著腦袋看他，一雙水汪汪的大眼睛滿是好奇。

「哥哥你在做什麼，脖子扭著了嗎？要不要我幫你扎兩針，保證針到病除。」

小姑娘吃了半碗綠豆冰沙，一張櫻桃小嘴冰得紅潤晶瑩，宛如兩片被雨水打濕的花瓣，嬌豔欲滴。

慕羽崢只覺得耳邊嗡嗡作響，知道小姑娘在說話，可具體說些什麼，他卻聽不清。他的手像有自我意識一般伸了出去，停在小姑娘嘴邊。

「怎麼了，我嘴上沾東西了嗎？」柒柒伸出粉嫩的舌頭，舔了下嘴唇。

慕羽崢呼吸一滯，思緒混亂不已，他猛地站起身，大步狂走。

這人怎麼從坐下開始就怪怪的，連招呼都不打一聲就走，抽什麼風呢。

柒柒一頭霧水，朝他大喊：「哥哥我跟你說話呢，你幹什麼去？」

慕羽崢沒回應。

「哥哥——」

柒柒喊得夠大聲，可慕羽崢就跟沒聽見似的，腳下生風，嗖嗖嗖地消失在視線中，速度快得像是有惡狗在他背後追他似的。

「這是有啥急事啊。」

柒柒呆了好一會兒，不滿地哼了一聲，抱著碗，把剩下的綠豆冰沙一小口一小口吃完，碗刮得乾乾淨淨，一點都不浪費。

太陽已經完全落下去了，天色漸漸暗了下來，書蝶上前勸道：「小娘子，該用飯了，回去吧。」

柒柒應了聲好，從書蝶手裡接過帕子仔細擦乾了腳，穿好鞋襪，起身拍拍屁股，又扯扯裙子，慢悠悠地往回走。

慕羽崢匆匆離開後花園，可走著走著，又不知道該往哪裡走，停在路上。

他深呼吸了幾次，試圖平復雜亂的心緒，可再怎麼努力也沒有效果，內心依舊煩躁不已。

慕羽崢不知道自己這是怎麼了，他與柒柒一起長大，柒柒的兩隻小腳，他是從小看到大的。

嘴就更不用說了，那嘴就長在小姑娘臉上，他見過的次數可說是數不清，平時都不覺得有什麼，怎麼今天就看得心頭亂跳？

柒柒可是妹妹，他怎麼會對自己的妹妹產生悸動呢？

不不不，那不是悸動，那定然是心悸。

他當初剛被柒柒撿回去的那陣子，一天到晚吃不飽飯，就經常餓得心悸。除了今天早上一碗粥，接下來他都沒吃東西，必定是餓狠了。

原地站了一會兒，慕羽崢想通是怎麼一回事，隨即釋然地笑了。

本想返回荷花池接柒柒去吃飯，可一想到剛才自己走得太過匆忙，這時候回去，小姑娘怕是要發脾氣，還不如直接回屋等她，然後再說自己忽然想起來有急事……嗯，就這麼辦。

柒柒本以為慕羽崢有什麼急事要辦，結果沒想到她一回自己的院子，就見慕羽崢坐在飯桌前等她，手裡還拿了本書在看，一副悠哉游哉的模樣。

她納悶不已，走過去輕輕踹他一腳道：「哥哥，你剛才怎麼跑那麼快，我喊你那麼大聲，你都沒聽見嗎？」

「剛才忽然想起有件事忘記交代，事關重大，就先走了。」慕羽崢也沒看柒柒，翻了一頁書，隨口解釋了句。

「喔，那好吧，原諒你了。」

正事重要，柒柒也不計較，洗過手後，她挨著慕羽崢坐下，等宮女們把飯菜上齊，兩個人便動筷吃飯。

慕羽崢一向食不言，所以他一直專心吃飯，沒說話、沒看柒柒，柒柒也不覺得有什麼不妥。

只是吃完飯，慕羽崢並未像往日那般留下來陪柒柒聊天，而是直接走了，說是還有事要處理。

堂堂一個儲君，日理萬機是應該的，柒柒也沒留，將人送到院裡，看著他穿過小門後，她便轉身回屋。

看了會兒話本子，柒柒漱洗過後早早睡了，可睡到半夜時突然肚子疼，甚至把她給疼醒，抱著肚子哼哼唧唧。

書蝶聽到動靜，掌燈進來查看，問道：「小娘子怎麼了？」

柒柒睡得迷迷糊糊，也不知道是怎麼回事，只道：「我肚子好疼……」

書蝶見柒柒臉色煞白、額頭直冒冷汗，她嚇了一跳，連忙出去吩咐人去請住在府裡的太醫。

值夜宮女應了是，急匆匆地往外跑。

知道柒柒小娘子在太子殿下心中的地位，書蝶不敢隱瞞，站在小門處喊人，蒼朮聽完便進去稟報。

慕羽崢還沒睡，一聽柒柒身體不適，還請了太醫，臉色一變，出來後門也不走了，翻身過牆，一個閃身就進了屋。

見小姑娘像幼時那樣蜷成一小團，小臉慘白，額頭上一層細密的汗珠，他忙坐在床邊握著她的手。

「柒柒，哪裡不舒服？」

柒柒一向堅強，可肚子真的是太疼了，一見到慕羽崢就覺得委屈，她淚光閃閃、聲音有氣無力。「哥哥，我肚子好疼啊……」

「太醫怎麼還不來，蒼朮你去催。」慕羽崢心疼不已，大聲吩咐。

門外的蒼朮應是，閃身跑走了。

慕羽崢握著小姑娘的手，柔聲問：「哥哥先給妳揉揉可好？」

柒柒委屈巴巴的。「好。」

慕羽崢掀開小姑娘腰間蓋著的薄被，想為她揉肚子，可瞧見小姑娘裙襬上的一片殷紅時，他便驚得身子一晃、指尖發顫。

「柒柒，妳哪裡受了傷，怎麼……怎麼會有血？」

柒柒納悶，低頭一看，也嚇了一大跳，哇的一聲哭道：「哥哥，我是不是要死了？」

一旁站著的書蝶馬上看出問題所在，她紅著臉上前，略顯尷尬地小聲詢問。「柒柒小娘子，您是不是……來月事了？」

慕羽崢一愣，虛心求教。

「月事？何為月事？」

書蝶看著自家傻傻的太子殿下，一陣無語，她求助地看向柒柒，希望她來解釋。

可柒柒竟一臉呆滯狀，濕漉漉的眼睛裡盡是茫然。「我肚子會這麼疼，是因為來月事了嗎？」

書蝶一臉不可思議，也顧不得尷尬了，上前仔細詢問。「小娘子，您從來沒來過嗎？」

柒柒搖頭道：「沒來過。」

都十六歲了還不曾有月事，書蝶十分震驚。「那您知道這是怎麼回事嗎？」
柒柒點點頭說：「知道。」

第五十九章　妳追我躲

書蝶鬆了一口氣，心道幸好小娘子知曉，不然對兩個大迷糊可有得解釋了。她將柒柒的被子蓋回去，問道：「您知道如何應對嗎？」

柒柒繼續點頭。「知道。」

書蝶又問：「您有備著那個嗎？」

柒柒無辜地搖頭說：「沒有，我不知道我要來。」

上回和小翠姊聊起的時候，小翠姊知道她還沒有來，有些著急，還說要帶她去看大夫，可她給自己把了脈，一切正常，便沒當回事，沒想到今日就來了，也沒想過會這麼痛。

書蝶溫聲說：「奴婢去給您取來，再打些熱水，您稍等片刻可好？」

柒柒頭一回來月事，六神無主，自然是聽書蝶的，柔順地點頭說好。

書蝶安撫地拍了拍她的手，轉身出門。

她們隱晦地聊著，慕羽崢聽得一頭霧水，可見書蝶頗為鎮定地離開，柒柒也心中有數的模樣，他便稍微放下心來。

慕羽崢在心裡琢磨著，這個叫「月事」的東西，許是女子身上才會出現的現象，不然他如今都十九歲，馬上就要二十了，為何不見來月事。

可來月事為何會出這麼多血，還會肚子痛？慕羽崢隔著被子盯著柒柒的肚子，眉頭微蹙，困惑不解。

屋內就剩下兩人，柒柒見慕羽崢盯著自己的肚子，後知後覺地害起羞來，雙腿往起蜷了蜷，用手遮住肚子道：「哥哥你走吧，我沒事。」

慕羽崢此刻非常擔心柒柒。「很痛嗎？要不，我還是先給妳揉揉？」

柒柒小臉脹得通紅，連連拒絕。「不用、不用。」

太醫揹著藥箱跑來了，一進門就要請安，慕羽崢免了他的禮，不避諱地說：「小娘子來了月事，肚子疼得厲害，你看看有沒有什麼方法緩解。」

大半夜的被人從床上挖起來，太醫誤以為有人得了重病，嚇得一路狂奔，一聽是月事，心頭一塊石頭落地，他擦了擦額頭的汗，上前拿了帕子為柒柒墊在手上把脈。

最後得出結論，說小姑娘這是初次來，難免有些不適，但最主要的是著涼了。仔細詢問過她這幾日的飲食和起居，一聽今日在池邊赤腳玩了水，近日又吃了幾次綠豆冰沙，甚至方才也吃了，便算找到了原因。

太醫交代了一些注意事項，說熬藥耗時太長，怕小娘子等不及要睡，便先回去取幾粒滋補調理的藥丸頂一頂。

等太醫離開後，慕羽崢便坐回床邊，拿帕子擦著柒柒額頭上的汗，板著臉，語氣霸道。

「日後不得玩水，也不許再吃涼的。」

「喔，知道了。」柒柒應道，沒敢反駁——主要是疼起來太遭罪了。

見小姑娘乖巧得不像話，慕羽崢心裡軟得一塌糊塗，伸手為她將被子蓋好一些，輕輕嘆了口氣，想問幾句，又怕小姑娘害羞，便打算回去找本書查查。

書蝶拿了東西回來，又端來一碗紅糖水。「小娘子，您先喝碗紅糖水。」

「孤來。」慕羽崢將柒柒抱起來靠在自己懷裡，接過溫熱的紅糖水，餵到她嘴邊。

柒柒本想要自己來，可還沒來得及開口呢，碗就到嘴邊了，只好張嘴就著他的手喝下。

一碗熱呼呼的紅糖水下肚，柒柒舒服了些，臉上也有了血色。

慕羽崢心中稍安，把碗遞換給書蝶，將柒柒放在床上。「妳先收拾，我待會兒再來。」

柒柒應了一聲，慕羽崢便摸了摸她的腦袋，轉身離開。

回到自己院子裡，慕羽崢去了書房，在一排排書架上東翻西翻，總算找出幾本醫書，研究一番後，終於曉得是怎麼一回事。

看到書上寫每個月都要來一次，慕羽崢想到小姑娘那副可憐的模樣，頓覺心疼，嘆道：「竟是每個月都要遭一次罪，做女子可真不容易。」

等他看明白，算著柒柒那邊差不多了，就把書揣進懷裡走出門。

到了柒柒屋裡，一切已收拾妥當，柒柒換了衣衫，被褥也換掉了，她正抱著肚子窩在床上發呆。

慕羽崢走過去坐在床邊，輕聲問：「可吃過藥了？」

柒柒點頭道：「太醫送來了，已經吃過。」

慕羽崢摸著她的額頭問：「可還有哪裡不適？」

柒柒先是點點頭，接著又搖搖頭。「女子都這樣，哥哥不用擔心，你回去睡吧。」

慕羽崢不肯走，堅持要在這裡陪她，說等她睡著再走。

柒柒無奈地應下，閉上了眼睛，可肚子又脹又痛，腰也不舒服，實在睡不著，她睜開眼睛，可憐兮兮地看著慕羽崢說：「哥哥你抱著我好嗎，像小時候那樣。」

慕羽崢二話不說，將柒柒連人帶被抱進了懷裡，像從前那樣晃著身子，還一下一下輕輕拍著她。

熟悉的懷抱、熱烘烘的溫度，柒柒既安心又舒服，沒一會兒倦意襲來，睡了過去。

慕羽崢怕柒柒難受，又抱了她好一陣子，這才把人放下，扯過被子為她蓋好，又怕她熱，隨即將被子往下扯了扯。

之後慕羽崢也不走，就那樣坐在床邊靜靜看著小姑娘，看著她雖然柔順很多、但一躺下去就又蓬起來的頭髮，想到年幼時的種種，嘴角緩緩揚起，可很快的，他就抑下嘴角，嘆了口氣。

「殿下，您明日還要上朝，先去歇著吧，有奴婢守著小娘子。」書蝶走進來輕聲說道。

慕羽崢頷首，又看了柒柒一眼，起身離開。

進屋後，慕羽崢沒睡，而是掏出那幾本書接著研究。

看著看著，他瞪大眼睛湊近了些，等看完那一段關於男女之事的講解，他眉心直跳，把書合上丟到一邊，漱洗沐浴，上床睡覺。

睡到半夜，他陡然驚醒，坐起來大口喘氣。

感受著腿上的泥濘，腦海中浮現出夢裡那泛著甜味的嬌豔嘴唇，那雙握在手裡、宛如羊脂玉般細膩的白嫩腳丫，還有小姑娘在他懷裡哭泣著喊他哥哥那嬌滴滴的可人模樣……

慕羽崢眸色變了又變，臉上烏雲密布，一拳狠狠打在床柱上。「你這個畜生，豬狗不如，那可是你妹！」

這一拳，慕羽崢用足力道，直接打斷床柱，床頂塌了下來，床幔蓋了他滿頭滿臉。

他黑著臉把自己從床幔裡扒出來，喊人進來收拾。

慕羽崢的院子沒有宮女，只有護衛，幾人進來後看到那亂七八糟的床，頓時嚇了一跳。

剛剛太子殿下那一句低聲咒罵，雖聽不清罵了什麼，但眾人全都聽到了。他們實在想不透，一向喜怒不顯的太子殿下為何睡著睡著突然發起脾氣，可也沒人敢詢問原因。

想到大半夜的去庫房抬張新床來太折騰，既然沒有床頂也能睡，為了讓太子殿下早些安寢，幾個人便決定由兩人扶著床頂，其他三人抽劍直接砍斷另外三根床柱。

忙碌地將床頂與床幔往外抬的時候，他們打算讓太子殿下讓一讓，可不知為何，太子殿下就那樣黑著臉在床上坐著，腰上還裹著被子。

幾人不敢打擾，小心地繞過太子殿下，費勁地抬著床頂跟床幔走了。

慕羽崢在空曠的床上坐了一會兒，喊人備水，洗了個澡。

身體很容易清洗乾淨，可心底那濃濃的罪惡感，卻怎麼都沖不掉。

慕羽崢躺在拆掉床頂的床上，輾轉反側、徹夜難眠。

後來實在難熬，他便起身穿衣去武場，把各種兵器耍了個遍，出了一身的汗才作罷。

回去又沖了個澡，穿戴整齊，也不管天還沒亮，距離上朝還有好一會兒工夫，慕羽崢就直接出門，往宮門口而去。

臨出門前，他喊了書蝶過去仔細交代一番，書蝶一一應好。

太子殿下這番非比尋常的舉動，驚得太子府的護衛和暗衛們目瞪口呆。

柒柒對隔壁院子這番折騰渾然不知，一覺睡得安穩，等到醒來時，太陽已升得老高。

收拾妥當，吃了早飯，柒柒身體還是有些不舒服，也不出門，就窩在榻上看話本子、嗑瓜子。

等她口渴想喝水，書蝶便端來熱水，柒柒擺了擺手道：「太熱了，我要喝涼水。」

書蝶溫聲勸道：「小娘子，殿下特地交代了，不能給您喝涼的。」

大家都是為她好，柒柒也不為難書蝶，伸手接過杯子，一口一口吹涼慢慢喝下。見她如此配合，書蝶暗暗鬆了一口氣，不然就憑太子殿下寵著小姑娘的勁，她要真是鬧著不肯喝，這事可不好辦。

小翠這幾日都在幫柱子打理新宅子，還沒回來，柒柒一個人實在無聊，看了一會兒話本就躺下。

沒事就睡，這麼一天下來，柒柒睡多了，等到晚上吃完飯，格外有精神。

她站在屋簷下向隔壁院子張望。「哥哥怎麼還沒回來？」

書蝶回道：「殿下方才已經回來了，一直在書房忙，您可要過去？」

柒柒想了想，搖頭道：「算了，不去打擾哥哥了。」

雖說慕羽崢坐在儲君之位上，可朝堂風雲詭譎、暗潮湧動，他有很多事要操心，她就不煩他了。

柒柒本以為慕羽崢忙完會來看她，畢竟昨天她肚子疼成那樣，沒想到直到她睡著，他人都沒出現。

隔天早上聽書蝶一說，柒柒才知道，她睡著後他倒是來了，問了很多，也叮囑了很多，柒柒便沒多想。

可連著五天，柒柒都沒能見著慕羽崢的人影之後，她便覺得有些不對勁了。他就算再忙，也不至於連著五天都恰好等她睡著才來吧？

柒柒直覺慕羽崢在躲她，可又沒有實際的證據，於是每天都主動去找他，可連著找了他幾天都沒見到人。

這一晚，她學聰明了，裝睡。

果不其然，很快的，屋內就傳來腳步聲，柒柒背著身子靜靜躺著，想看慕羽崢究竟在搞什麼鬼。

慕羽崢自那不可告人的一夢之後，就覺得自己無恥、齷齪，褻瀆了他們純真的兄妹之情，不敢面對柒柒。

這麼多天來他一直躲著小姑娘，每晚像個賊一樣，都要等到她睡著，才敢偷偷來看她。

今晚也是，當書蝶讓蒼朮傳話給他，說小姑娘睡著時，他便撂下手上的事務匆匆趕來。

可一走近床鋪，慕羽崢就察覺小姑娘的呼吸不對，立刻反應過來，小東西這是在裝睡呢。

雖然躲了她幾天，不過她做了什麼他卻是清清楚楚，也知道小姑娘這幾日經常打聽他、四處找他，這會兒在這裡裝睡，怕是要逮他。

慕羽崢頓時心虛不已，輕手輕腳、速度極快地往外走。

柒柒本來打算看她哥哥到底要幹麼，可等了一會兒沒動靜，沒忍住轉身去看，這一看，好哇，這傢伙竟然悄悄往外跑呢。

她隨即翻身跪坐起來，大喝一聲。「哥哥！」

慕羽崢心一抖，拔腿就跑。

柒柒跳下地，趿著鞋就去追，可等她跑到門口，卻連個鬼影子都沒能見著，追去隔壁院子裡，也沒見到他人，氣得直跺腳。

這下子，柒柒十分肯定慕羽崢就是在躲她，回屋去把書蝶喊過來問話。

書蝶能坐上太子府管事大宮女這個位置，自然是聰慧過人，察言觀色也是必備技能。

這幾天太子殿下竭盡所能地躲著柒柒小娘子，可人家睡著了，他又坐在床邊傻呆呆地盯著看，一看就是半晌。

如此彆彆扭扭，她已看出一些苗頭來，但還不能確定心中的猜測。

不過書蝶非常明智地認為，哪怕此刻出賣太子殿下，她也不能得罪柒柒小娘子，於是也不隱瞞，如實交代。「殿下先前吩咐奴婢，每晚等您睡著了，就去跟蒼朮說一聲，隨後殿下就過來了，一連幾晚都是如此。」

太子府上下誰敢違背太子殿下的意願，書蝶不過是奉命辦事，柒柒自然不會為難她，問完就讓人下去了。

柒柒一個人躺在床上，翻過來、滾過去、坐起來、躺下去，琢磨了半宿，也沒想清楚慕羽崢到底為什麼要躲著她。

她有些生氣，又好奇不已，用力踹了踹被子，一拳砸在床上，發狠道：「你等著，我明天會抓到你的！」

第二天開始，柒柒展開了追捕太子殿下的大業，她算著他出門上朝的時間，打著哈欠爬起來，睡眼惺忪地去隔壁抓人，可還是晚了一步，等她過去，人早就走了。

這不能怪柒柒起得太晚，怪只怪慕羽崢算準了柒柒的想法，提前跑了。

柒柒以為他有事早點出門，也不灰心，抓著他晚上下值的時間，躲在太子府大門口等。可慕羽崢一下馬車，見到在大門邊探頭探腦的小姑娘，立刻上車跑了。

柒柒追出去，只看到個馬車屁股，氣得扠腰，可她仍舊不氣餒，第二天越發鬥志昂揚。

整個太子府的人都看著太子殿下被柒柒小娘子追得不敢回府，回了府也跟做賊似的東躲西藏，可要問柒柒小娘子為什麼抓太子殿下，太子殿下又為什麼要避著柒柒小娘子，沒人能說出個一二三來。

連著抓了三天無果，第四天柒柒乾脆躲到他床上去了，還特地對兩個院子裡的人一一叮囑過，不許出賣她，不然有他們好果子吃。

太子殿下天天如臨大敵，柒柒小娘子日日精神抖擻，這兩個人一個是一心一意躲，一個是全心全意抓，格外認真，可看在太子府所有人眼中，這兩人就是在玩呢。

見嬌嬌弱弱的小姑娘握著拳頭威脅他們時，眾人都忍不住想笑，自是一口一聲「不敢」。

柒柒怕自己的話不好使，回頭他們把自己賣給他們太子殿下，甚至去柴房找來根棍子，當著眾人的面啪嚓一聲踩斷，當作警告。

等到小姑娘威風凜凜地進了太子殿下的屋，眾人這才捂嘴的捂嘴、抱肚子的抱肚子、抖肩膀的抖肩膀，一溜煙全跑走了。

慕羽崢到了大門口，沒下馬車，先讓蒼術去打探一番，聽說小姑娘在屋裡睡覺，這才下車進門。

他以為小姑娘氣著了，不打算理他了，鬆了一口氣的同時，又有一些失落。兩人已經好幾天沒見著面，也沒說上話了，心中十分想念。

可一想，自己那不可告人的念頭還沒完全消去，暫時還是眼不見心為淨。

慕羽崢面色有點陰沈，慢悠悠地往自己屋裡走去。

柒柒躲在慕羽崢床上蓋著條被子，快被悶死了，等到他進門，她便平躺在床上，一動也不動，生怕驚動了他。

慕羽崢進門後，先在榻上坐了一會兒，拿起書卷，卻怎麼也看不進去，便起身想去床上躺一下。

這幾日在朝堂上勾心鬥角，回家還要和小姑娘鬥智鬥勇，再加上內心煎熬睡不好，實在是疲倦得很，此刻整個人都有些恍惚。

慕羽崢走到床邊，鞋子也不脫，直接往上一躺，闔眼休息。

第六十章　出爾反爾

柒柒屏住呼吸，千等萬等，終於等到慕羽崢，怎麼可能放過這個機會。她被子一掀撲在慕羽崢身上，死死按住他，凶巴巴地質問。「哥哥，為什麼躲我？」床上冷不防突然冒出個大活人，還是他此刻最不想面對的人，慕羽崢心頭一緊，臉色一變，暗道疏忽，一把推開小姑娘，起身就跑。

依照慕羽崢的身高、體格、力氣，柒柒怎麼可能會是他的對手，直接被他推了個四仰八叉，躺在床上。

柒柒惱羞成怒，氣得雙腳猛踢，翻身趴在床上大哭起來。

已經跑到門口的慕羽崢腳步一頓，轉身快步走回來，坐到床邊去摸小姑娘的頭說：「對不起，哥哥不是有意的，可是摔疼了？」

柒柒立刻翻起身，死命抱住他的胳膊，小臉上哪裡有一滴眼淚，反倒是笑得一臉得意。「被我抓到了吧。」

慕羽崢這才意識到自己被騙了，一時之間哭笑不得，嘴角忍不住上揚。

可很快的，他笑不出來了——小姑娘怕他跑，把他半條手臂緊緊抱在懷裡，令他克制不住地心猿意馬。

慕羽崢緊握拳頭，偏過臉去，聲音發澀。「鬆手。」

柒柒好不容易逮到人，哪裡肯放。「我不。」

慕羽崢嘆道：「聽話。」

柒柒囟他。「那你還跑不跑？」

慕羽崢無奈地搖頭道：「不跑，真的不跑。」

「哼，這還差不多。」柒柒大發慈悲地鬆手，以防萬一，她扯住他的袖子，緊緊抓在手裡。

慕羽崢完全不敢看小姑娘，轉過身背對她坐著，目光直視前方，背脊繃得筆直。

柒柒拽拽他的袖子，在他胳膊上掐了一把，開始拷問。「哥哥，你跟我說實話，這幾天為什麼躲著我，你是不是有什麼事情瞞著我？」

心底那不可告人的秘密，怎能宣之於口，慕羽崢敷衍道：「沒有，我就是太忙了。」

柒柒才不相信他的鬼話呢，在他背上搥了一拳道：「老實交代。」

慕羽崢沒想好說詞，沈默不語。

嘿呀，還裝起啞巴來了？

柒柒來了氣，膝行著往前，把腦袋探到他身前去看他。

見他雖然極力保持淡定，卻像是有難言之隱般滿臉愧疚，柒柒不禁皺眉。

仔細琢磨了一會兒，她突然靈光一閃。「哥哥，不會是封公主的事出了問題吧？」

慕羽崢含糊回道：「嗯。」

今日散朝之後，父皇將他叫到了御書房，同他說想明日讓柒柒進宮，之後頒布冊封公主的聖旨，他當時想都沒想，脫口就拒絕了，父皇一愣，他也是。

父皇不解，問他先前那麼著急，怎麼今日又推託起來？

他當時是怎麼說的？喔，對，他說再等等，他還沒想好。

父皇問他什麼沒想好，他半天沒說話，父皇便沒再追問，讓他考慮好究竟想要什麼，再與他說。

可他，到底想要如何呢？

見慕羽崢皺眉發呆，柒柒便以為陛下在此事上反悔了，畢竟陛下算不上什麼大善人，柒柒不希望慕羽崢為難，拉著他的袖子安慰道：「哥哥，要是封公主很難，那我就不當公主了。」

慕羽崢神色一鬆，看向小姑娘，正想說好，可小姑娘又說了。「你跟陛下商量商量，讓我當個郡主、縣主什麼的也行啊，這樣的話，食邑就算沒有八千，好歹也有個三千、八百的，夠用了。」

聞言，慕羽崢再次把臉轉了過去，目不斜視道：「怕是也不行。」

柒柒大失所望，小臉垮了下去。「真的不行嗎？」

慕羽崢掙扎良久，昧著良心點頭道：「嗯。」

見他一副為難的樣子，柒柒臉靠在他胳膊上蹭了蹭，既體貼又溫柔地說：「沒事的哥哥，我有你就夠了。」

慕羽崢只覺得窩心，嘴角徐徐上揚，剛揚到一半，小姑娘又說話了，還刻意壓低了嗓音。「等你以後登基，再封我也可以的，我能等。」

慕羽崢的嘴角瞬間又沉了下去。

柒柒見他好像很難過，哥倆好地拍拍他的肩膀道：「哎呀，你就為這點事躲我這麼多天哪，早跟我說實話就行啦，我是什麼人你還不了解嗎，能吃飽飯、穿暖衣，能好好活著，我就很滿足了。別太介意，我不會怪你的。」

搞清楚慕羽崢躲自己的原因，柒柒還挺高興的，原來哥哥是怕沒辦法交代才這樣呀，唉，他怎麼就對她這麼好呢？

柒柒下了地，蹲著把藏在床底的鞋搆出來，穿好鞋，走到門口時，她回身指著那床，滿臉好奇地問：「哥哥，床頂呢？」

慕羽崢神色晦暗道：「壞了。」

為了時刻提醒自己不要做那覬覦妹妹的卑劣之人，他阻止岳管家換床，打算一直留著這張舊床，留到他心底光明坦蕩那一天，再換新的。

可眼下看來，怕是沒那麼快了。

柒柒嘆道：「誰能想到我們堂堂太子殿下竟然這般節省，哥哥休息吧，我走了喔。」

說完也不等慕羽崢回答，轉身繼續往外走，沒走兩步又轉過頭來，揮拳警告。「你不許再躲著我喔，不然我要打人了！」

慕羽崢艱難地點頭。

柒柒很滿意，笑著走了。

此後，慕羽崢沒再刻意躲著小姑娘，不過他為了早日驅趕心中的邪念，儘量減少兩人見面的次數，只是做得沒那麼明顯罷了。

柒柒只當慕羽崢忙，見他那麼累，便每日去廚房親自熬些藥膳，送去給他補補身子。

慕羽崢收到後十分開心，也不問是什麼，全都吃了，連渣都不剩。

雖然面上不顯，可慕羽崢內心卻陷入了瘋狂的糾結之中。

一會兒冒出個念頭：那是妹妹，他不能不當個人。

一會兒又冒出個念頭：要把那嬌俏可人又貼心的小姑娘藏起來，不給別人看。

柒柒見慕羽崢最近總是陰晴不定的，心情不大好，聽說慕雲檸回來了，便讓素馨去公主府請她過來，想讓她幫忙勸解一下慕羽崢，畢竟朝堂上的事她不懂，也不好過問。

慕雲檸來了，柒柒敘述了慕羽崢最近的情況，慕雲檸卻挑了挑眉，說她弟弟最近在朝中沒遇著什麼難辦的事。

柒柒納悶不解，心想也許朝廷的確是有什麼事，只是公主阿姊剛回來，還不知道而已，便不再問。

想了想，柒柒又隱晦地打聽起來。「阿姊，妳可知陛下為何改口不讓我當公主了？」

望著小姑娘漂亮得讓人挪不開眼的粉嫩小臉蛋，慕雲檸的眉梢再次一挑，忍笑問道：「是崢兒和妳說，父皇改了主意？」

柒柒煩惱地嘆道：「就是說啊，原本陛下都答應了，說過一陣子就會下旨的，可不知道為何，突然又不行了，害哥哥心裡愧疚，躲了好幾日沒敢見我。妳說，這事又不是他說了算，怎麼能怪他是吧？」

看著傻呼呼的小姑娘，慕雲檸前前後後琢磨了一番，突然哈哈大笑，毫不留情地出賣了親弟弟。「柒柒啊，我怎麼聽父皇說，是崢兒不讓他下旨的呢？」

柒柒馬上坐直身子，一臉的難以置信。「是哥哥不讓的？可是給我請封公主這事，不是我說的，是他主動提的啊，他為什麼要變卦？」

慕雲檸看著眼前這個傻姑娘，拍了拍她的肩膀，哈哈笑著起身往外走。「那我就不知道嘍！」

「啊，對了，還有一件事。」到了門口時，慕雲檸轉身走回來，湊近柒柒耳邊小聲說：「周晏和周清兩日前就到了長安，本來外祖母要接妳過去相看的，我聽說，也是妳的太子哥哥說不著急，再等等的。」

不讓陛下封她為公主，還攔著她不讓她去見周家表哥，慕羽崢這傢伙到底想幹什麼？

柒柒怒氣沖天，一拍椅子道：「哥哥！」

聽到小姑娘咬牙切齒那一聲吼叫，慕雲檸心情格外愉悅，笑著離開了。

慕雲檸走了之後，柒柒獨自坐了好一會兒，拚命思考慕羽崢這麼做的目的，卻是百思不得其解。

她越想越生氣、越想越難過，起身收拾行李。

「狼心狗肺的東西，說什麼跟著他就讓我當公主、領食邑，說話不算話。」

「這破妹妹，我不當了。」

「什麼破公主，我才不稀罕呢。」

「我鳳柒這麼好的人，天底下那麼多好兒郎讓我挑呢，不讓我見周家表哥？呸，不見就不見，誰稀罕！」

小姑娘一張小嘴喋喋不休、罵個不停，氣得都有些語無倫次了。

先前慕雲檸過來，柒柒怕談到什麼機密，就讓書蝶她們都下去了，她沒聽到兩人的談話，不知道發生了什麼事。

這會兒書蝶推門進來，見著柒柒抹著眼淚罵人，還在收拾東西，頓時急得不得了，忙上前詢問。「小娘子，您這是怎麼了？是哪個不長眼的下人惹到您了嗎？」

整個太子府都寵著小姑娘，幾乎不可能有人惹她，可問題是，公主殿下是開懷大笑著走的，不像鬧了矛盾的樣子。太子殿下又不在，府裡就只剩下人了，除此之外沒人能惹著小姑娘啊？

書蝶成熟、穩重又體貼，柒柒很喜歡她，哥哥幹下的好事跟她沒什麼關係，她自然不會朝人家發脾氣，不過她也不想解釋太多，只道：「書蝶姊姊，我要走了，等我安頓好，妳有空就來找我玩。」

「小娘子為何要走啊，您要去哪兒，太子殿下可知道？」書蝶提出一連串的問題。

柒柒聽到「太子殿下」這四個字就更氣了，背過身繼續收拾東西。「書蝶姊姊去忙吧，我一個人待一會兒。」

不讓她陪，也不肯說，書蝶無奈之下只好出門，找人火速去給太子殿下送信。

小翠在柱子家忙活了好幾天，把該置辦的都幫他置辦妥當，今日見沒什麼事了，便返回太子府。

回了院子後，小翠先去找柒柒，在門口見到急得團團轉的書蝶，忙問是怎麼回事。

見到小翠，書蝶宛如瞧見了救星，上前說道：「小翠姑娘，您快進去看看吧，小娘子要離開！」

「妳先別急，我去看看。」小翠安撫道，隨後快步進門，拉住正在收拾包袱的小姑娘問：「柒柒，這是怎麼了，怎麼哭了？」

柒柒見到小翠，扁了扁嘴，委屈得很。「小翠姊，收拾東西，咱們搬家。」

這一幕怎麼感覺這麼熟悉呢？小翠一愣，問道：「往哪兒搬？」

柒柒抹了抹眼睛道：「搬去遇兒家裡。」

小翠又問：「那太子殿下呢，他同意嗎？」

柒柒恨恨地說道：「我不要他了！」

說完，她自己也覺得這話熟悉，忙補充一句。「這次我是真的不要了。」

小翠這些天都不在，不知道柒柒跟太子殿下怎麼了，但是看著柒柒通紅的眼睛，猜想小姑娘定是受了極大的委屈。

她伸手為小姑娘擦了擦臉上的淚，二話不說，當即幫她收拾起來。「我跟妳走，妳去哪兒，我就去哪兒。」

「小翠姊，妳是這天底下最好的姊姊。」柒柒抱著小翠嗚咽了一聲。

隨後柒柒擦乾眼淚，去櫃子裡把頗為沈手的錢匣子搬出來，又把慕羽崢送她的那些禮物拿出來，最後又把他從宮裡拉出來的幾箱珠寶也拖出來……

左一箱、右一箱，一箱一箱又一箱，小姑娘也不讓小翠幫忙，自己兀自吭哧吭哧好一頓搬，累得氣喘吁吁，過了一會兒工夫，箱子就擺滿了一地。

小翠被擠到邊上站著，看著一地的箱子，沈默了好一陣子才開口道：「這些……都要搬走？」

柒柒雙手扠腰緩著氣道：「搬……全搬，是他對不起我，我憑什麼要吃虧？」

「好，那就搬。」小翠點點頭，環顧四周。

柒柒所有的衣服都打包好了，足足裝了十來個大包袱，被褥也都摺起來綁好，還有她那一堆妝奩、首飾盒、梳妝鏡，及擺在榻上用的小飯桌、繡凳，甚至一把搖椅也拖到房中央……

屋子裡實在沒什麼能收拾的了，不然就要拆床、搬家具了。

小翠震懾於柒柒的行動力，這才想起來，如今錦衣玉食的小姑娘，骨子裡還是那個六歲便撐起一個家的小丫頭，她心中感慨萬千，便說：「妳先歇一會兒，我去收拾我的行李。」

柒柒坐在箱子上點頭道：「好，小翠姊妳快點，這麼多東西，咱們得搬好半天呢。」

今日慕羽崢在巡城，接到消息說公主殿下去了府裡見柒柒，想到自家阿姊的作風，他心裡一個咯噔，暗道一聲不好，交代幾句後便火速騎馬往太子府衝，走到一半，又聽說公主殿下回去了，他便調轉馬頭，匆匆趕去公主府。

慕雲檸才剛坐下，正在和裴定謀喝茶，就見慕羽崢風塵僕僕地趕來，她笑著招呼。

「唷，太子殿下，來，喝茶。」

也不知是不是和裴定謀朝夕相伴多年的結果，慕羽崢覺得那總是冷著一張臉、不愛言語的姊姊，如今竟是一身匪氣。

裴定謀笑著看了幸災樂禍的娘子一眼，起身給慕羽崢見禮。

慕羽崢匆匆和裴定謀見了禮，就走到慕雲檸面前問：「阿姊，妳和柒柒說了什麼？」

只見慕雲檸放下茶杯，老神在在地拿起一片甜瓜放進嘴裡，嚥下去後才說：「沒說什麼，無非就是你不讓父皇下旨封柒柒為公主，喔，還有，你沒讓她去太尉府見你兩位表哥。」

慕羽崢臉色難看，可又不敢對自家阿姊發作。「阿姊，妳怎麼什麼都跟柒柒說？」

「哈哈哈！」慕雲檸笑得身心舒暢。「怎麼，難道我說錯了嗎，這些事不是你幹的？」

一想到柒柒暴跳如雷的模樣，慕羽崢心裡就發怵。「阿姊，妳怎能如此過分，這不是坑我嗎？」

慕雲檸把腿架在裴定謀的腿上，裴定謀便熟練地為她捏起腿來，她笑著說：「嘖，還有工夫在這兒跟我較勁啊，你小媳婦兒都生氣了，還不快點回去哄。」

一聽「小媳婦兒」幾個字，慕羽崢心虛不已，再也無法像小時候那樣坦蕩地大聲反駁，罵上一句「阿姊妳混蛋」。

他拂袖而去，急忙往太子府趕，身後傳來慕雲檸一串極其開心的笑聲。

等慕羽崢騎馬趕回太子府，馬還未停穩，他便縱身躍下，也不走那七拐八繞的路，直接飛簷走壁，翻牆越戶到了柒柒的院子。

一落地，他差點厥過去。好傢伙，院子裡堆了一地的箱子、包袱還有小件家具。

小姑娘站在屋門口，還在指揮宮女們繼續往外搬，不曾留意院子裡突然多了個人。

慕羽崢黑著臉上前拉住柒柒的胳膊道：「妳要去哪兒？」

「太子殿下。」宮女們見到慕羽崢，連忙請安。

慕羽崢揮手道：「都下去。」

眾人應是，魚貫而出。

第六十一章　冰釋前嫌

見到罪魁禍首，柒柒又氣又怒又委屈，胳膊一甩，偏過頭去。「我不想跟你說話。」

慕羽崢態度難得強硬，雙手握著她的胳膊，不肯撒手。

柒柒掙了兩下掙脫不開，抬腳就踹。「讓你鬆手，我要搬走！」

在院子裡候著的眾人瞧見這一幕，只覺得心驚肉跳。敢踹太子殿下，還大聲吼他的，這天底下除了崇安公主，怕是就柒柒小娘子一個了。

慕羽崢任由小姑娘踢他，就是不撒手，他不知道該怎麼解釋，只說道：「妳不能走。」

柒柒更氣了。「我不要你了，你聽明白了嗎?!」

一句「我不要你了」，慕羽崢的心口彷彿被狠狠扎了一刀，痛得無法呼吸，他把小姑娘往身前一帶，神情有些激動。「妳為什麼不要我？」

柒柒仰著脖子質問。「你做了什麼，你自己不知道嗎？」還有臉在這兒問她為什麼！

慕羽崢啞口無言。

看，又來了，老是裝啞巴。

柒柒不打算就這麼不清不楚地離開，既然人回來了，她還是要問個清楚。「你為什麼那麼做？」

慕羽崢無法開口，繼續保持沈默。

一、二、三、四……

柒柒在心裡默數，心想彼此好歹有這麼多年的交情，再給他一次機會。

可她一直數、一直數，數到了五十，慕羽崢也不吭聲，就那麼低頭看著她，一副要吃人的模樣，好像做錯事的人是她似的。

得了，都這樣了，沒什麼可說的了。

喊了這麼多年的哥哥，一想到以後再也不會來往，柒柒難過得不得了，可人家都這樣了，她也不能死皮賴臉地繼續待著。

柒柒扭著身子用力掙扎，可那雙大手就跟鐵鉗子似的，怎麼都掙脫不開，氣得她眼淚啪嗒啪嗒往下掉，怒吼。「你到底想怎麼樣?!」

書蝶見狀況不對，忙帶著大夥兒退出了院子，不敢再看熱鬧。

小翠雖擔心，但是也不敢上前干涉，轉身就回了屋，畢竟在那兄妹兩人之間，她只是個外人。

見小姑娘哭了，慕羽崢心慌意亂，伸手就要去抱她，想安慰她。

「給我一邊去，我說過不要你了！」柒柒連踢帶踹，哭著不讓他抱。

慕羽崢牙一咬，彎腰抱住小姑娘的雙腿，像小時候那樣把人抱高，強行將她帶進屋。

柒柒放聲大哭道：「你攔著陛下不給我封公主，還、還不讓我見表哥……你說話不算話！」

慕羽崢將小姑娘抱進屋，往榻上一坐，就那麼把人緊緊抱在懷裡，他想說些什麼安慰小姑娘，卻怎麼也找不到說詞為自己開脫。

柒柒掙脫不了，也不掙扎了，坐在他懷裡聲淚俱下地控訴。「你還躲著我……這麼多天你陰晴不定的，我是哪裡得罪你了，你要這麼對我……說，到底是為什麼呀？」

慕羽崢的手在柒柒頭上撫摸著，依舊沈默，看小姑娘梨花帶淚的小臉、兔眼般通紅的水汪汪大眼，他湧起一股衝動，想把她按進懷裡，狠狠地欺負……

邪惡卑劣的念頭一起，慕羽崢的心一陣猛跳，忙別過臉去，不敢再看她。

慕羽崢別過頭這個舉動，讓柒柒徹底傷透了心。

她都哭出花了，這缺德鬼還這麼無動於衷，現在竟連看都不願意看她了。

從小她就把他當哥哥，視他為家人，可他就是不在乎她，說什麼兄妹情深，全都是騙人的！

柒柒心灰意冷，抬手抹了抹眼睛，抽抽噎噎地把眼淚憋了回去，冷聲道：「我知道了，因為我不是你的親妹妹，你就這麼耍著我玩，要是阿姊，我看你會不會這麼對她。行了，既然你不是我親哥哥，我也不是你親妹妹，那從今往後我們就一刀兩斷吧，再也不要來往。」

說完這番話，柒柒傷心欲絕，沒忍住哇一聲又哭了，哭了一下後，揪著他的衣袖擦了擦臉，接著說：「院子裡的那些東西我都帶走，算是你讓我傷心的補償，還有，你得再給我一千兩銀子……」

不是親的！

他不是她親哥哥！

她也不是他親妹妹！

他們兩個壓根兒不是親兄妹！

小姑娘帶著哭腔的話鑽進慕羽崢耳中，宛如天籟之音，剎那間，他頭頂上彷彿有萬千煙花同時炸開，令他醍醐灌頂、豁然開朗。

是了，哪怕過去十年來他們以兄妹相稱，將彼此當成家人在相處，可他們並無血緣關係。

既然如此，那他心底那些邪惡的念頭有何不妥？有何不可？

太子殿下那張黑如鍋底的俊臉瞬間明亮起來，他哈哈大笑，像是發瘋一樣，抱起懷裡哭唧唧還跟他討補償的小姑娘，往空中丟了幾下，接住她後，又抱著她的腰將她舉得老高，在原地不停轉圈……

柒柒被嚇得驚叫連連、被轉得頭昏眼花，雙手緊緊摟住慕羽崢的脖子，生怕他把自己給甩出去。

夏日天氣炎熱，門窗大敞，太子殿下的笑聲太過爽朗，柒柒小娘子的尖叫聲過於刺耳，院外站著的眾人都聽了個一清二楚，面面相覷，不知道兩人之間到底發生了什麼。

在西廂房枯坐著的小翠一聽這動靜，忍不住噗哧一聲笑了，笑過之後無奈地搖了搖頭，把先前收拾好的包袱一一打開，將物品放回原處。

小翠隨後走到院外，笑著對仍舊一臉憂色的書蝶說：「書蝶姑娘，沒事了，讓廚房準備些小娘子愛吃的點心和飲子，估計待會兒殿下會要。」

「沒事就好。」書蝶知道小翠和柒柒雖非親姊妹，卻是自幼一同長大的，對她的話深信不疑，拍著胸口，長吁一口氣道：「我現在就去準備。」

書蝶吩咐其他人各自去忙，又交代他們先不要靠近屋子，以免打擾那兩人交流，接著便腳步匆匆地往廚房而去。

慕羽崢發完了瘋，抱著小姑娘坐回榻上，再也不避諱，在她臉上愛憐地摸了摸，笑得一臉燦爛。

柒柒被慕羽崢轉得頭暈，軟綿綿地靠在他胸口上，也忘了哭，握拳搥他，凶狠地罵道：「我們都已經斷絕關係了，你這是抽什麼風？」

慕羽崢看著大發脾氣的小姑娘，只覺得她怎麼看怎麼可愛，看著看著，實在沒忍住，慢慢俯身。

一看他衝著她低下頭來，柒柒警戒萬分，捂住他的臉用力推，阻止他靠近。「想幹麼，你要是敢咬我，有你好果子吃！」

慕羽崢悶聲輕笑，揉了揉柒柒的頭頂，又捏了捏她那粉嫩的面頰，聲音溫柔得不像話。

「不咬妳。」

先前分明避她如蛇蠍，這會兒卻對她又摸又捏，這莫名其妙的轉變，弄得柒柒一愣一愣。

事出反常必有妖，慕羽崢這傢伙該不會是腦子被驢踢了吧，要不就是……得了什麼瘋病？

這個念頭一起，柒柒顧不上還在暈眩的腦袋，忙從他腿上跳下來，躲到屏風後頭，扒著屏風邊緣，只探出顆腦袋打量他。

慕羽崢往榻上一靠，頭枕在雙手上，神情愜意、悠然自得地看著她說：「柒柒，我們談談。」

談個頭啦談，早幹麼去了，她都要走了他才來談。柒柒在心中暗自腹誹，還是不敢出去，生怕他又發瘋。

看著屏風後露出的那雙濕漉漉的大眼睛，慕羽崢笑了一聲，也不強求，閉目養神。

這麼多天以來，他可謂備受煎熬、寢食難安，此刻安下心來，躺在小姑娘的榻上渾身放鬆，只想好好睡上一覺。

可他不能睡，小姑娘還氣著呢，得把話給說開，她才會留下來。

但是……該怎麼說？直說嗎？怕是不妥。

小姑娘和他一樣，這麼多年只把他當成家人，要是他開門見山，怕是會把她嚇到，覺得他卑鄙無恥，更想跑了，說不定還會恨他。

先緩一緩，哄著人留下來，回頭再慢慢試著說。只要人在眼皮子底下，也就不急在這一時半刻了。

慕羽崢自幼便城府深沈、善於算計人心，先前是著了相，被困住了，此刻想通其中關鍵，一切就游刃有餘起來。

柒柒不過是個外表強硬、內心柔軟的小姑娘，向來單純善良，哪怕聰明能幹，又愛打抱不平，可到底沒經歷過什麼大事，和自出生起便整日活在爾虞我詐中的太子殿下相比，她那點心計，不過是小孩子玩家家酒。

果不其然，慕羽崢閉眼休息，不再理她後，過了一會兒柒柒便按捺不住了，氣呼呼地走到榻邊，踢了他一腳道：「話都沒說完呢，你給我起來！」

慕羽崢開眼，拍了拍榻。「坐過來，我們好好聊。」

見他一本正經，像是真心要聊的樣子，柒柒想了想，脫下鞋子爬上榻，挨著他坐好。

「你說吧。」

慕羽崢長臂一伸，將人攬著躺在他身邊，兩人像小時候在塔布巷的家那樣，臉對著臉躺著。

他攥著小姑娘一縷頭髮，在手指上慢慢捲著。「我攔著父皇不讓他封妳為公主，是因為若妳當了公主，有些事情我就做不了了。」

見他語氣格外嚴肅，柒柒輕聲問道：「事關朝堂？」

慕羽崢點頭說：「是，而且對我來說很重要，所以不能封妳為公主，但那些銀錢哥哥會補給妳，這樣妳能原諒哥哥嗎？」

柒柒不是不講道理的人，知道慕羽崢這個太子當得有多艱難，他要是在朝堂上說了算，當年也不至於被人算計得姊弟倆差點都死掉，也不至於窩在雲中城那小地方那麼多年才敢露面。

他這麼開誠布公地把話說開，她也就不氣了。

更何況，她當公主的目的就是為了那些錢，既然他都說要給她了，那封號什麼的都是虛名，她壓根兒無所謂。

她信他說的話，畢竟在金錢上，這個哥哥對她向來大方至極。

見慕羽崢目不轉睛地看著她，好像怕她再鬧，柒柒心軟了，也掏心掏肺了起來。

「哥哥，你知道我的，現在我衣食無憂，又不用辛苦操勞，這樣的好日子，我小時候可是想都不敢想，我已經很滿足了，當不當公主，其實我沒那麼在意。我就是氣你說話不算話，又不肯跟我好好解釋，你以後有什麼事不能瞞著我，知道嗎？」

慕羽崢順著她的話點頭道：「一定不會。」

柒柒又心平氣和地問道：「那周家兩個表哥呢？為什麼要攔著我不讓見？先前不是都說

好了嗎，讓我從兩個表哥裡面選一個。」

慕羽崢的視線落在小姑娘一張一合的粉嫩嘴唇上，不再躲避，大大方方地盯著看，可看著看著，就有些心不在焉起來，半天沒回話。

柒柒不知道他發什麼呆，在他面前晃了晃手。「哥哥？」

慕羽崢回過神，說道：「我思來想去，還是覺得妳嫁給表哥這事萬分不妥。」

「也是因為朝堂之事嗎？」柒柒皺眉。

說起讓她嫁給周家表哥這件事，柒柒也擔心過不妥，還特地問過慕羽崢，他仔細為她分析過，說無什麼大礙，怎麼突然又不好了？

對於小姑娘自己找來的理由，慕羽崢也不解釋，只點頭道：「嗯。」

周家戰功赫赫、功高震主，惹得陛下忌憚，不得已上交了軍權，周家父子都落了個閒職。

慕雲寧姊弟出事之後，周敞安排周宴與周清隱姓埋名，偷偷摸摸去參軍。

之後慕羽崢平安返回都城，顧及陛下的心情，明面上他不能跟周家來往得太過親密。

這些事，慕羽崢為柒柒解釋過，她全都知道。

柒柒想了想，嘆了口氣，接受現實了。

可心中期盼嫁進周家盼了那麼久，早就把周家當成自己未來的家了，願望突然落空，柒柒還是忍不住惋惜道：「唉，那麼好的表哥，就這麼錯過了。」

見小姑娘鬆了口，不再執著於周家表哥，慕羽崢臉上笑意漸濃。

柒柒十分苦惱，小臉皺成一團道：「那我的夫婿怎麼辦？」

慕羽崢捏了捏她的小臉，胸有成竹道：「妳放心，我定會找個更加合適的人給妳。」

見慕羽崢眉宇間帶了些自豪，柒柒知道被他看上的人定然差不了，其他條件有他把關，她放心，她只關心那人的容貌。「有兩個表哥長得俊嗎？」

慕羽崢笑著點頭說：「那是自然，比他們還俊。」

柒柒滿意了。「那好吧，回頭你讓我見見他，總得說上幾句話，才知道聊不聊得來，要過一輩子呢，萬一是個悶葫蘆，那多無趣。」

慕羽崢胸有成竹道：「此人才華橫溢、文采斐然，說話又十分風趣，你們定然聊得來。」

柒柒最怕悶了，聞言，眼睛一亮道：「還有呢？哥哥你跟我多說說他！」

慕羽崢面不改色，大言不慚道：「此人能文能武、胸懷坦蕩、溫柔可親、古道熱腸。」

柒柒有些激動。「當真？」

慕羽崢鄭重點頭道：「哥哥絕不騙妳。」

柒柒見自家哥哥對此人推崇至極，便明白對方肯定十分優秀。

她頓時迫不及待，推著慕羽崢的胳膊，好聲好氣地央求道：「哥哥，要不你明日就安排我和他見面吧？」

小翠姊自從和柱子哥好上了之後，就整日笑咪咪、甜蜜蜜的，看起來就讓人眼熱，她也想找個夫婿，哪怕不成親，先培養感情也好呀。

慕羽崢擺了擺手，正經八百道：「不可，時機尚未成熟。」

柒柒雖著急，卻也無可奈何。「行吧，那就再等等。哥哥，他叫什麼名字？」

慕羽崢臉不紅、氣不喘地說道：「此時不便透漏，但妳信我，此人著實可靠，是值得託付終身之人。」

柒柒相信慕羽崢的眼光，往前湊了湊，一臉討好地說：「哥哥，要是這回能成，我一定會感謝你一輩子……不，我會感謝你八輩子的，你多使使勁，這麼好的郎君，我不想錯過。」

「成，回頭我多撮合撮合。」慕羽崢嚴肅地點頭，隨後背過身去無聲地笑。

「哥哥你幹麼呢，話都沒說完呢。」

柒柒起身要去拉他，卻被慕羽崢一個回手按回榻上道：「我累了，小憩片刻，妳陪我一會兒。」

「喔，那好吧。」柒柒明白他有多累，也不打擾，就在他身旁躺下來。

和慕羽崢冰釋前嫌、誤會盡除，柒柒心情好得不得了，一雙眼睛彎成了月牙。

一想到不用當公主也能拿到那麼多錢，還有慕羽崢口中那趨近於完美的未來夫婿，小姑娘興奮不已，抱著拳頭在榻上左右滾了兩下。

慕羽崢心事一了，睏意襲來，當真睡了過去。
柒柒怕他熱著，體貼地拿了扇子，使勁為他搧風。
要給她那麼多錢，還替她找那麼好的夫婿，這麼棒的哥哥，可得照顧好了。

第六十二章　毫無所悉

慕羽崢約莫睡了一炷香工夫就醒來，看著撐著腦袋在他身邊打盹、有一下沒一下搖著扇子的小姑娘，他整個人神清氣爽，將人抱起來就往外走。

柒柒正有些迷糊，冷不防騰空，嚇了一跳，踢蹬了兩下腳道：「我沒穿鞋。」

慕羽崢掉頭走回去，撿起小姑娘的鞋給她穿上，柒柒卻不肯讓他抱，從他身上掙脫下來。「不是你說的嗎，我已經是大姑娘了，不能動不動就抱，再說，我未來夫婿要是知道，該不高興了。」

聽到這些話，慕羽崢偏過頭，低笑道：「放心，他不會介意我抱你。」

柒柒才不信他的鬼話，哼了一聲就往外走。

走到門口，看著那一院子的箱子，還有忙碌個不停的下人，柒柒臉一紅，轉身回來，躲在慕羽崢身後道：「哥哥，你走前頭。」

慕羽崢知道她難為情，卻故意逗她。「我為什麼要走前頭？」

柒柒搥著他道：「你去跟他們說，把東西都抬回來。」

先前她指揮眾人往外搬東西，大夥兒一個勁兒地勸，不停地挽留。

她當時下定決心要走，態度決絕，讓大家不必勸了，還放了狠話：這個地方，這輩子不會再來了。

可才那麼會兒工夫，她就……

柒柒只覺得臉疼，沒臉去讓大家把東西收回屋。

慕羽崢忍著笑，伸手把小姑娘從身後撈出來，兜著她後腦勺把她推出門去，高聲說：

「你們柒柒小娘子說，把東西都抬回去放好，她不走了。」

見太子殿下眉目舒展，原本劍拔弩張的兩人重修舊好，下人們全都忍不住笑，高聲應下。

「是，殿下，馬上就搬！」

「遵命！」

聽著大夥兒的笑聲，柒柒氣得跳腳，追著捶他。「你討厭不討厭！」

慕羽崢心情大好，朗聲大笑。

兩人和好之後，慕羽崢喜上眉梢，柒柒也笑意盈盈。

整個太子府的氛圍格外和諧愉悅，下人們走路都踏實了許多，再也不用像前陣子太子殿下陰晴不定那時候，走路都得刻意放輕腳步了。

讓柒柒頗為不解的是，慕羽崢又開始像小時候那樣，每日為她梳頭髮。不過他出門的時間太早，她通常還沒起床，所以他就等忙了再回來幫她梳，有時候她的頭髮明明整齊著呢，他也要梳。

這一日，慕羽崢事情不多，忙完便早早回了府，一進院子，就見柒柒正坐在廊下納涼，一邊吃著甜瓜，一邊和小翠聊天。

其他人見到慕羽崢，連忙行禮請安，小翠見過禮之後，自動自發地避開了。

慕羽崢拉著柒柒坐好，自己則往她身後一坐，開始拆她的髮髻。

這人好像有梳頭癮，一回來就要擺弄她的頭髮，柒柒煩死了，扭著身子躲開。「哥哥你幹麼，我頭髮好好的呢，你又來亂動！」

慕羽崢從懷裡掏出一個精緻的小錦盒，遞到柒柒面前道：「打開看看。」

「什麼？」柒柒好奇地問道。

見慕羽崢只顧擺弄她的頭髮，也不回答，柒柒就放下甜瓜，拿帕子擦了手，打開盒子——裡面放著一支做工精緻的金簪，金蓮花形狀，中間鑲了一顆紅色寶石。

柒柒笑了，拿出來左看右看。「這是給我的嗎，我喜歡，幫我戴上。」

以前在雲中郡，每到夏天，只要去草原上，柒柒都會摘一些金蓮花拿回家插到花瓶裡，說金燦燦的像金子，看著心情就好，沒想到他竟偷偷給她打了支金蓮花的簪子。

慕羽崢熟練地為柒柒梳了個髮髻，從她手裡接過金簪，幫她戴在頭上，隨後又進屋拿鏡子過來讓她照。

柒柒打量著鏡子中的自己，感嘆道：「這是誰家小娘子呀，可真好看。」

慕羽崢忍俊不禁，掐掐她的臉說：「臉皮越來越厚了。」

柒柒不服，拍他胳膊道：「還不都是跟你學的。」

慕羽崢納悶道：「我什麼時候臉皮厚了？」

柒柒對著鏡子調整金簪的位置。「你忘了，當初在雲中郡的時候，你從長安回去，說你在太子殿下身邊當差，我說太子殿下太嚇人了，讓你當心些，你還把太子殿下好一頓誇。」

想起自己幹的那些虧心事，慕羽崢笑了，柔聲道：「柒柒，改日等我得空，我帶妳出城去逛逛可好？皇莊上的瓜果正鮮，妳可以直接摘來吃。」

自從來到長安，柒柒還沒出過城，一聽這話就高興地轉過身來，點頭道：「好，那我要帶小翠姊。」

慕羽崢沒直接答應，只道：「到時候再說，興許柱子會找小翠。」

柒柒想到最近小翠姊和柱子哥兩人是常來往沒錯，也沒多想，應了聲好。

吃過晚飯，慕羽崢帶著柒柒出門消食。

天氣實在炎熱，哪怕入了夜，風也是熱的。

柒柒走了一會兒就耍賴，扯著慕羽崢的袖子不肯再走。「哥哥，我走不動了，咱們回去吧。」

慕羽崢轉過身來道：「我抱妳？」

柒柒擺了擺手。「抱什麼抱。」

慕羽崢想了想，說道：「要不去屋頂上坐一會兒，上面風大。」

柒柒點頭道：「好。」

慕羽崢沒再徵求柒柒的意見，俯身抱住她的雙腿，飛快走了幾步，踩著牆頭、扒著屋簷，幾下就上了屋頂，留下小姑娘一串驚叫。

兩人站到屋頂上，柒柒驚魂未定道：「你幹麼不說一聲啊，嚇死我了。」

慕羽崢使壞，鬆開攬著柒柒的手，柒柒嚇得死死抱緊他的腰，慕羽崢不禁笑出聲。「就這麼點膽子。」

「我又沒站過這麼高，肯定會怕啊。」柒柒氣得掐他的腰。

慕羽崢疼得「嘶」了一聲，故意搖晃起身子，兩人眼看就要掉到底下去，驚得柒柒又是一陣尖叫，顫聲央求道：「哥哥，別鬧了。」

玩笑就開到這裡，慕羽崢扶著柒柒慢慢坐下，屁股挨到了實處，柒柒才鬆了一口氣，可兩隻手還緊緊扒在慕羽崢身上，死活不撒開。

屋頂上確實涼快些，柒柒舒服地將頭靠在慕羽崢胳膊上，仰起頭，望著天上的星星，感嘆道：「哥哥，沒想到長安城也能看到這麼多星星哪。」

慕羽崢攬著她的肩膀道：「自然，都在一片天下面。」

柒柒說道：「那我們以後去江南看星星好不好？」

慕羽崢側頭看著小姑娘夜色下瑩白如玉的臉，喉間滾了滾，道：「好，以後帶妳走遍大興。」

柒柒笑了。「哥哥，做你妹妹我很開心。」

慕羽崢抬手，將她臉頰上的一縷頭髮掖到耳後，順勢摸了摸她的頭，聲音低沈溫柔。「能和妳在一起，我也很開心。」

這話聽起來有點奇怪，可柒柒享受著夜風拂面的感覺，瞇起了眼，並未多想。

隔天，周雅來太子府找柒柒，拉著她神神秘秘說了一會兒話，柒柒就一臉興奮地帶上小翠，跟著周雅急匆匆出門去了。

三個姑娘坐著馬車來到一處茶樓，柒柒讓素馨和百擎在樓下等，三人則上了樓，進了提前訂好的雅間。

周雅拉著柒柒跟小翠進門，朝自己的丫鬟使了個眼色，丫鬟點頭，去了門外守著。

門一關上，周雅就拉著兩人跑到窗戶邊，小聲說：「柒柒姊姊，我真是費了好多工夫才打聽到的……」

話還未說完，她就伸手往下一指。「來了來了，快看！」

只見一輛馬車停在茶樓門前，兩位端莊典雅、容貌秀美的姑娘從馬車裡走了出來。

周雅拉著柒柒跟小翠往後閃了閃，藉由窗戶的遮掩偷偷往下看，輕聲解說。

「紫色衣衫的，是正陽侯家的二娘子蕭羽，黃色衣衫的，是尚書家的獨女令惠心，她們倆都是太子妃的熱門人選，而且彼此還是閨中密友。我聽我外祖母說，太子妃十有八九是她們其中一個。」

「真的？」柒柒瞪大了眼睛，一臉八卦、惋惜不已地說：「可我剛沒看清楚。」

周雅豪邁道：「這有何難，我跟她們也算有些交情，待會兒我帶妳們去打個招呼，到時再仔細瞧瞧。」

「好好好！」柒柒興奮地連連點頭。

門外的丫鬟進來使了個眼色，周雅便知道那兩人上了樓，進了隔壁雅間。

她牽著柒柒，又喊上小翠，小翠笑著說不去，周雅也不強求，留她待在原地，帶著柒柒去了隔壁。

「蕭家姊姊、令家姊姊，好巧啊，妳們也來這兒喝茶，我聽丫鬟說見到妳們兩人，便來打個招呼。」

周雅個性開朗，她滿臉笑容、語氣熱切地一打起招呼，三分交情就變成了五分，何況她是太子殿下的親表妹，蕭羽跟令惠心自然是還以十分熱情，忙起身將人迎了進去。

寒暄幾句後，她們就被周雅身旁的絕色小娘子吸引，目露驚豔，蕭羽忍不住問道：「周家妹妹，這位小娘子是哪家的，怎麼從來不曾見過？」

周雅為幾人介紹了一下，柒柒笑著打招呼，之後就安安靜靜站在那裡，撲閃著一雙大眼睛，暗暗打量起兩位可能的嫂嫂人選，欣賞著她們的美貌。

太子殿下身邊有個容貌絕佳的小娘子，是他流落民間時認的妹妹，這件事在都城的高門大戶間早就不是秘密，在競選太子妃的貴女中更是蔚為話題。

如今一見柒柒竟比傳聞中的更漂亮，蕭羽跟令惠心都心生警戒，生怕這是太子殿下金屋藏嬌。

若真是如此，光憑這副容貌，別說她們兩人，怕是整個長安城中所有貴女都比不過去，何況她還有與太子殿下自幼一同長大的情分。

可當看到小姑娘對她們絲毫沒有敵意，還乖巧地喊她們姊姊時，兩人的戒心稍減；當她們隱晦地提起太子殿下，小姑娘雖不多說，卻一直柔順地笑著時，兩人不動聲色地對視一眼，齊齊放下心來，心道這位小娘子和太子殿下不過是兄妹關係。

只要不是競爭對手，誰不愛漂亮乖巧又可愛的小娘子，蕭羽和令惠心拉著柒柒好一陣聊。

柒柒被嬤嬤和先生們精心教導幾年，舉手投足皆是大家風範。

蕭羽跟令惠心吃驚之餘，更是心生好感，還說改日一定下帖子邀請柒柒和周雅一同去家裡玩，兩人自是答應。

幾個姑娘們親親熱熱地說了會兒話，結束了這場愉快的邂逅，柒柒跟周雅回到自己的雅間，跟小翠喝過茶、吃完果子後就去逛街，還去了齊遇待的首飾鋪。

花。

齊遇見到柒柒十分高興，心知這三人不會收貴重的禮物，便各送她們一朵最新款式的珠花。

這款珠花新穎漂亮，價格又不貴，三個姑娘便沒拒絕，歡喜地收下了，隨後又各自選了一、兩款首飾，為自己的首飾盒添些東西，順便照顧齊遇的生意。

臨走之前，柒柒拉著齊遇到一旁小聲詢問他的近況，知他一切都好，便放下心來，接著逛街。

慕羽崢回府的時候，柒柒還沒返家，得知她是被周雅喊出去玩，便沒放在心上，拿了本書坐在椅子上看起來。

沒過多久，慕羽崢就聽見外頭傳來小姑娘詢問他在哪兒的聲音，護衛說在屋裡，緊接著就是兩道腳步聲朝他走來。

慕羽崢嘴角上揚，靠坐在椅背上閉目裝睡。

柒柒帶著周雅走進門，一看慕羽崢手裡拿著書，靠在椅子上閉目養神，她就朝周雅比了個噤聲的手勢，隨後輕手輕腳地走過去，雙手捂住他的眼睛，粗著嗓門道：「猜猜我是誰？」

慕羽崢輕笑出聲，伸手將人扯到面前。

周雅上前請安。「表哥，柒柒姊姊讓我來陪她玩幾天，這幾日我就在太子府叨擾了。」

「好。」慕羽崢笑著點頭，看著柒柒問道：「去哪兒玩了，這麼晚才回來。」

周雅立刻朝柒柒使眼色，可柒柒只顧著看慕羽崢，沒留意到，笑嘻嘻地說道：「我和雅兒妹妹去看嫂嫂了。」

慕羽崢一臉疑惑。「看什麼嫂嫂？」

兩人天天見面，可柒柒依舊每天把自己的事全告訴慕羽崢，這會兒便興致勃勃地跟他分享起來。「就是你未來的娘子，我的太子嫂嫂啊，我們去見了蕭家姊姊還有令家姊姊，她們兩個都好美，人也和善……」

柒柒嘰嘰喳喳地說著，慕羽崢的嘴角慢慢沈了下去。

周雅觀察著慕羽崢的表情，暗道不好，不動聲色地慢慢往外退。

等柒柒眉飛色舞地說完今日的經歷，慕羽崢就看了已經退到門口的周雅一眼，道：「雅兒，妳先回院子裡去，我有話和柒柒說。」

柒柒不解地看向周雅，周雅給她一個「妳自求多福」的眼神，隨即朝慕羽崢施了一禮道：「表哥，我突然想起我娘讓我繡一條帕子，我還沒繡好，先回家去了。」

說完她撒腿就跑出了門。

柒柒一頭霧水地說道：「說好要住幾天的，雅兒妹妹怎麼跑了？」

慕羽崢冷著臉道：「沒心沒肺的小東西。」

柒柒轉頭看向慕羽崢，納悶地問道：「哥哥是在罵我嗎，為什麼？」

小姑娘講起那些意圖做他太子妃的女人時那興高采烈的樣子，著實讓慕羽崢心塞，她就這麼樂見他和其他女人在一起？

他盯著小姑娘，警告道：「日後不要跑去看別的女人，更不要亂給我拉關係。」

柒柒不解。「怎麼了，我就看了幾眼，又沒跟她們說什麼，聊了幾句而已，我憑什麼不能看？」

慕羽崢很難跟她解釋清楚，只道：「總之，以後不准再胡亂去看。」

長安城的水太深，小姑娘又太過單純，很可能一不小心就被人傷了。

柒柒的性子吃軟不吃硬，慕羽崢強硬起來，她就來了脾氣，非要跟他對槓。「我就看，人家兩個姊姊還沒嫁給你，還不歸你管呢，你憑什麼不讓我看?!」

慕羽崢氣得肝疼，看著扠腰頂嘴的小姑娘，扯過她，在她屁股上拍了一掌。

這一掌雖不重，也不怎麼疼，可還是把柒柒打惱了，她抬腿踢了慕羽崢一腳，臉脹得通紅。「你憑什麼打我……還打我這兒，我是大姑娘了你知不知道?!」

柒柒生氣了，轉身就走。

回到院子裡，見周雅果然不在，柒柒便跑去找小翠說了自己挨揍的事，說完後抱怨道：「雅兒妹妹也去看了，他怎麼不管她，只打我一個？」

看著傻呼呼的小姑娘，小翠嘆了口氣，隱晦地提醒道：「因為太子殿下只把雅兒小娘子當妹妹。」

柒柒不服道：「我也是他妹妹啊，他為什麼這麼偏心?!」

小翠又嘆了口氣。「柒柒啊，妳會不會覺得太子殿下對妳太過親暱了？」

「哪裡親暱？」柒柒不明白。

小翠一一列舉。「為妳梳頭髮、餵妳吃東西、牽妳的手、攬妳的肩、抱妳上屋頂……這還不算親暱？」

第六十三章　表明心意

柒柒不以為然道：「那有什麼，我們小時候就這樣了啊，我和哥哥小時候還一個被窩抱在一起睡覺呢。」

小翠嗔她道：「妳都說那是小時候了，想想妳現在多大了，誰家兄長會對自家妹妹做這些？」

柒柒一愣，結結巴巴道：「小翠姊，妳說哥哥他……他……對我？」

小翠也不說破。「你們之間的事我不清楚，妳自己好好想想吧。」

柒柒頓時汗毛直豎，倏地從榻上站起來，花容失色道：「怎麼可能，他可是我哥哥啊，要是對我、對我……那不是不倫嗎？」

小翠翻了個白眼，拿著手裡的扇子在小姑娘頭上敲了一下。「胡說八道，妳和殿下又不是親兄妹，算哪門子的不倫?!」

柒柒還是無法接受，苦著一張臉說：「可是……他就是我哥哥呀。」

小翠見小姑娘一副被雷劈了的焦灼模樣，既心疼又好笑，便安慰道：「我瞎猜的，妳別全當真，回頭仔細留意一下就好。」

柒柒呆呆木木地點頭道：「好吧。」

小翠又壓低聲音問：「先前妳不是說要去見周家表哥，今日聽雅兒小娘子說他們已經回來了，怎麼不見妳去太尉府？」

柒柒小聲答道：「哥哥說我嫁給周家表哥不合適，他在為我物色新的夫婿人選。」

原本柒柒就好奇今天周雅怎麼沒問她這件事，如今一想，怕是慕羽崢已經和周家說了什麼，周雅才沒像之前那樣一見面就極力推銷她哥哥。

一聽柒柒這話，小翠越發心中有數了，但想到太子殿下沒把話對柒柒說明白，想必是有他自己的打算，便不再多說。

柒柒本來坦坦蕩蕩、光明磊落，可自從小翠為她提了個醒之後，她心裡就有了鬼。

她沒心思再和小翠閒聊，回到自己屋裡，抱著膝蓋坐在榻上，仔細回想著兩人日常相處的細節，尤其是最近慕羽崢的變化，很難不讓人深想。

慕羽崢剛從戰場上回來那陣子，她習慣性地像小時候那樣黏著他，往他懷裡撲、抱他胳膊。

那時，他還提醒她是個大姑娘了，要注意儀態，不能再像以前那樣，兩個人動不動就抱在一起。

前段時間他對她感到愧疚、刻意躲著她的那段先略過不提，這陣子他為什麼又突然跟她親暱了起來呢？

雖然說他如今對她做的事情，像是抱她、為她梳頭、牽她的手之類的，小時候可說是天天做，不過小翠姊說得對，有些事年幼時做的話沒什麼，現在他們都長這麼大了，再做就有些奇怪。

這些生活中的點點滴滴、瑣碎細節，原本柒柒並不覺得有什麼不對，可經小翠這麼一提醒，她也覺得著實不妥。

都說男女授受不親、七歲不同席，他們若是單純的兄妹關係，就不該這般親暱。

再來，兩個人之間發生過的許多事，以前並不認為哪裡有問題，可眼下一旦深究起來，就發覺處處都透著古怪。

比如他突然改變了主意，不讓陛下封她為公主。他說，若是她封了公主，有些事情他就做不了了。

當時她認定事關朝堂，可若是因為他對她有那個意思呢？封了公主、昭告天下，他們就真成了兄妹，那他對她的相思之情不就沒辦法落實了？

還有，他攔著她，不讓她去見周家表哥。他說，是因為表哥們不合適，他在為她物色更好的男子，而且那男子比表哥們更英俊。

可周家兩個表哥外貌出眾，比他們還要俊的本就難得，又被他誇得那麼好……

想到慕羽崢在雲中郡時，也曾那麼不要臉地誇過他自己，柒柒細思極恐，幾乎能肯定小翠的猜測是真的。

她一時之間難以接受，整個人慌亂不已，捂著嘴用氣聲尖叫。「啊——不要，不要，嗚嗚嗚！」

他可是哥哥呀！

藏了心事，柒柒就有些怕看到慕羽崢。

當書蝶進來說太子殿下請她過去吃晚飯時，柒柒就找藉口拒絕了。「書蝶，我今天在街上吃了好多零嘴，我不餓，晚飯就不吃了，我先睡了，妳跟哥哥說一聲。」

生怕慕羽崢過來問她，柒柒從榻上下地，直接上了床，大熱天的，竟然扯過被子把頭蒙上，又交代。「我先睡了喔，不管誰來都不要喊我。」

書蝶一愣，隨後應好，去隔壁院給太子殿下回話。

果然如柒柒所料，慕羽崢一聽她不吃晚飯，當即起身往她屋裡走。「人已經睡著了嗎？」

「應該還沒，奴婢出來的時候，小娘子剛躺下。」書蝶答道。

想起柒柒的交代，書蝶有心攔一攔太子殿下，可她不敢。

慕羽崢只當是自己那一掌把人打生氣了，笑了笑，穿過小門，走進柒柒的屋子，直接走到床邊坐下。

柒柒蓋著被子臉朝內躺著，聽見他的腳步聲，她緊張起來，當感受到他坐在自己身後時，她的心跳竟然莫名其妙地加速，她屏住呼吸，一動也不敢動。

慕羽崢打量著縮在被子裡的小姑娘，看到她僵硬的身體、聽到她紊亂的呼吸，他沒能忍住，輕笑出聲，拍了拍她的胳膊，態度良好地道歉。「還在生氣呢，哥哥錯了，哥哥向妳道歉，以後不打妳。」

心裡有了鬼，柒柒就沒辦法再把身後這個男人單純地當哥哥看了，聽見那低沈的嗓音，她慌得不得了，不想回應，繼續裝死。

慕羽崢見小姑娘不搭理他，笑了一聲，又哄了幾句，可無論怎麼哄，小姑娘還是不肯轉身，也不肯露面。

怕她悶壞了，慕羽崢直接伸手將人扳過來，扒開了被子。

柒柒失去被子的保護，不敢睜眼，長長的睫毛撲閃撲閃的，像蝶翅在發顫。

慕羽崢雙手撐著床，俯身打量小姑娘，看著看著才察覺出不對勁來。

柒柒並不小氣，以往她生氣時，只要他道歉，她最多糾結一會兒就會原諒他。

要是真氣得狠了，頂多拍他個幾掌、踹上他幾腳，也就消了氣。

可今日這是怎麼了？既不打他，也不罵他，更不踹他，就一個人躺在這裡悶著，小臉還泛紅，像是不舒服的樣子。

小半個時辰前，她人明明還好好的，這冷不防是怎麼了。

慕羽崢面露擔憂，往柒柒的額頭跟臉上摸了摸，說道：「臉怎麼這麼熱，可是哪裡不舒服？」

那隻帶著薄繭的溫熱大手在臉上四處撫過，柒柒的身體越發僵硬。

這隻手，撫摸過她的臉無數次，可唯獨這一次，她的心不受控制地劇烈跳動起來，好像馬上就要竄出來了，她想伸手按住胸口，卻想起自己還在裝睡，便沒敢動。

慕羽崢見小姑娘的臉頰紅撲撲，雙手緊緊抓著裙襬，怎麼樣都不像是在生氣，倒像是緊張。

可從小到大，她在他面前何曾緊張過？

別說他現在什麼都沒做，就是以前他冷著臉訓她的時候，她也從來沒怕過他，通常上來就是一腳，理直氣壯地問上一句「哥哥你氣什麼」。

既不是緊張，那這模樣……難道是害羞？

這個念頭一起，慕羽崢雙眸一亮，湊近了些，仔細打量起躺得直挺挺的小姑娘。

感受到他的呼吸漸漸逼近，柒柒的臉越發紅得厲害，她很想像以前那樣不滿地瞪著他，問上一句「哥哥你幹麼」，隨後毫不留情地推開他的臉，或是一腳把他踹走。

可現在，鬼使神差的，她竟然忍住了沒出手。

慕羽崢發現小姑娘細微的表情變化，看著看著，他的嘴角揚了起來，整個人都放鬆了。

或許柒柒對他……也有了什麼邪惡的想法？

慕羽崢並不知道柒柒跟小翠之間的談話，他只當是自己那一掌把沒心沒肺的小姑娘給打開了竅，心中暗自後悔，早知如此，就該快些拍她這一掌的。

他偏過頭去，無聲地悶笑，笑了好一陣子才轉過頭來，俯身湊近柒柒耳邊，輕聲說：

「柒柒，既然妳不餓，那就先睡吧，哥哥回去了。」

想來小姑娘就跟他當初一樣，一時難以接受腦中的邪惡念頭，此刻怕是又羞又惱，他不能逼得太緊了，得給她一些時間。

兩人過去也常像這般咬耳朵說悄悄話，可此刻柒柒只覺得那熟悉的聲音竟變得格外陌生起來，令她耳朵發癢、身體發麻，忍不住縮了縮脖子。

看著小姑娘不同於以往的反應，慕羽崢越發肯定了自己的猜測，眼底的笑意更濃了。他在小姑娘頭頂上揉了揉，不再多說，起身離開。

隨著慕羽崢的腳步聲走遠，柒柒這才睜開眼睛，雙手緊緊捂著胸口，深深喘了幾口氣。

慕羽崢對她有想法這事，她還不是十分肯定，可從今往後，她是沒辦法再像以前那樣光明坦蕩地面對他了。

柒柒為逝去的純潔兄妹之情感到難過，可又覺得這種說不清、道不明的曖昧很新奇。

這一夜，柒柒心慌意亂、輾轉難眠，她把兩個人的過往從頭到尾想了一遍。

想完之後，又不由自主地想像了一下以後兩個人結為夫妻，共同生活、相伴一生的情景。

一想到那麼好看的哥哥可能會是她的情郎，柒柒一顆心就不受控制地怦怦亂跳，猛地坐起身來。

再一想，兩個人若真的成了那種關係，就有可能會做比現在更親密的事，她的臉頰頓時像火燒一般，燙得厲害。

如此折騰了一夜，柒柒快到天亮才睡著，一覺醒來已是下晌——硬生生給餓醒的。

小翠正坐在一邊繡花，見柒柒終於醒過來了，指了指飯桌上的食盒，忍不住笑著問道：「昨晚妳為了躲殿下，連晚飯都沒吃？」

柒柒下床走到飯桌前坐下，抱起碗吃飯，心虛道：「才不是呢，我就是不餓。」

小翠故意逗她。「這就奇了，我們柒柒小娘子可是從來都捨不得落下一頓飯的，竟然還有不餓的時候？」

被戳破了心思，柒柒虛張聲勢道：「小翠姊要是再胡說八道，我就不理妳了。」

小翠笑了。「不理就不理吧，反正等柱子的爹娘都過來，我就要嫁人了。」

柒柒筷子一撂，驚喜道：「真的？」

小翠笑著點頭說：「是啊，原本柱子的爹娘還想著晚兩年再搬來，可柱子寫了信去，他們就決定和呂叔家一起搬來，現在應該已經啟程了，估計再半個月就能到。」

柒柒興奮道：「這麼說蔓雲姊也要來了，那到時候咱們一起去逛街！對了，還得給兩家準備喬遷禮物呢，小翠姊，咱們改日去集市吧。」

小翠放下手中的繡繃道：「行，那買什麼好呢？」

柒柒想了想，說道：「就買一些用品吧，用的放得久，不然回頭咱們問問遇兒，遇兒比咱們見識多……」

兩個姑娘開心地聊著採買禮物的事，正說著，外頭傳來書蝶給太子殿下請安的聲音，緊接著是慕羽崢的問話聲。「柒柒呢？」

書蝶答道：「小娘子昨天晚上沒睡好，剛醒一會兒，現在正在用膳。」

慕羽崢驚奇道：「睡到這時候，難道是整夜沒睡？」

書蝶應道：「奴婢聽動靜，小娘子是到寅時末才睡著的。」

慕羽崢語帶笑意。「好，我進去瞧瞧。」

來了來了，他來了。

柒柒心頭一跳，神色慌張，撂下筷子，跳下地，鞋子也顧不上穿，光腳踩著地板，幾步跑到床上，被子一扯，又把自己給蒙了個嚴嚴實實。

這些動作堪稱行雲流水，看得小翠目瞪口呆，忍不住搖頭直笑。

慕羽崢一進門，就見飯桌上吃了一半的飯，還有一旁樂不可支的小翠，他用眼神詢問，小翠也不出聲，忍笑伸手指了指床，隨後默默行禮，拿上繡筐，退了出去。

又躲他？慕羽崢啼笑皆非，走到床邊坐下，裝作不知發生何事，重複了昨晚那套說詞。

「柒柒，還氣著呢，哥哥不是都跟妳道歉了，怎麼還不肯原諒哥哥，不然哥哥讓妳打一頓？」

柒柒還沒想好怎麼面對慕羽崢，自然不肯和他交流，照舊裝死。

最後，慕羽崢又把人從被子裡扒了出來，湊到她耳邊隨便說了兩句話就走了。

如此這般，柒柒足足躲了慕羽崢三天，慕羽崢極有耐心地每次都哄著她道歉，可柒柒自始至終沒跟他說過一句話，也沒睜眼瞧過他一眼。

第四天，慕羽崢從外頭回府，一進院門，就見在廊下啃瓜納涼和眾人說笑的小姑娘，一見到他，手上瓜一扔，嗖嗖地跑進屋，又窩到床上去躲著了。

慕羽崢笑過之後，覺得再這樣下去也不是辦法，決定不再等了，直接進屋，把臉紅得像蘋果一樣的小姑娘從被子裡揪出來，不顧她的扭動掙扎，強行將人抱進懷裡道：「柒柒，我們談談。」

柒柒滿臉通紅，一顆心狂跳，緊閉雙眼，不願回應。

慕羽崢好笑不已，知道柒柒害羞，也不強迫她，就那樣擁著她，溫柔地哄著。「談談可好？」

柒柒心想總是這麼逃避也不成，談就談吧，她睜開眼，兩隻手抵著慕羽崢的胸口，用力推他。「你放開我，不許動手動腳。」

慕羽崢笑著應好，將人放回床上。

柒柒爬到床角，和他拉開最大距離，抱著膝蓋坐好，低頭看著自己的腳，不看他。「你說吧。」

事情到了這個地步，慕羽崢也不再有顧忌，開門見山道：「柒柒，我喜歡妳。」

果然。

柒柒一張臉脹得通紅，下巴擱在膝蓋上沒說話，因為不知道要說什麼。

為了避免導致誤會的可能性，慕羽崢補充道：「不是那種兄長對妹妹的喜愛，是男子對女子的心悅之情，妳可明白？」

柒柒輕輕點頭。「明白。」

慕羽崢單肘拄床，俯身低頭去看柒柒的臉。「我想迎妳進門，娶妳為妻，妳可同意？」

若是柒柒父母健在，或者有個長輩在，這些話他不會跟小姑娘直接講，可如今柒柒的親人只有一個齊遇，那不過是個十四歲的半大孩子，這事沒辦法跟他談。

更何況，他想當面看看小姑娘是何反應、有何表情，害羞也好、憤怒也罷，他都不想錯過。

然而小姑娘除了害羞，似乎並未因為他的唐突而生氣，慕羽崢心下稍安，靜靜等著柒柒的回應。

柒柒完全沒想到，她還來不及接受兩人關係突如其來的轉變，慕羽崢就開口求娶。

她慌得很，沒有任何主意，搖著頭說：「我不知道。」

慕羽崢自己也是經歷過一番折磨才想通的，小姑娘一時沒了主意，他完全理解，還有些心疼。

他想去摸摸小姑娘的頭，安撫她一下，結果被她頭一歪躲開了。

第六十四章　連拐帶騙

慕羽崢的手一僵，突然意識到一個嚴重的問題——若是他和柒柒最終沒成，兩人怕是連兄妹都做不回去了。

想到兩人有一日可能會漸行漸遠，他不禁感到恐懼。

再一細想，自己從小抱到大的姑娘，有一日會躺在別的男人懷裡，跟人做出各種親密的舉動，慕羽崢心底就竄起一股火來。

此刻，他前所未有地明白自身的心意，打定主意要將小姑娘娶進門，可她現在好像還接受不了。

慕羽崢在「放任柒柒逃避一段時間，讓她慢慢適應兩人的關係變化」，與「逼她此刻就要面對」兩個選項之間，選擇了後者。

他拿出對付難纏朝臣的態度，認真地遊說起來。「柒柒，妳不是一直想要一個長得俊俏、有錢養妳、永遠都不會拋棄妳和娃娃的夫婿嗎，妳仔細想想，普天之下，還有誰比我更合適？」

柒柒沒說話。

慕羽崢再接再厲道：「妳再想想，若是我們沒在一起，日後我娶了其他女人，妳嫁給別的男人，那我們就不可能像現在這般隨意說話跟見面，因為我的娘子會介意，妳的夫婿也會介意，只要我們各自成了親，到時候就不得不生分起來，妳希望那樣嗎？」

長大真的是一瞬間的事情，上次分開的時候，柒柒還是個孩子，那時候她心裡只有慕羽崢這個哥哥。

這回重聚，不過才幾個月的時間，就要面對這麼多轉變。

柒柒沒想過，有朝一日，她會跟一起長大的哥哥變得疏遠，連說句話都得瞻前顧後、顧東顧西。

她搖搖頭，如實道：「不想。」

這是她從草原上撿回家的哥哥，她親手照顧了那麼久才養好的哥哥，日夜陪伴了她那麼多年的哥哥，她不想和他疏遠。

慕羽崢往前挪了挪，湊近了柒柒一些。「那就是了，妳不是說喜歡在太子府的生活嗎，要是嫁給別人，妳到時就要侍奉公婆、維護妯娌關係，高門大院免不了較勁，要是遇到心機深沈的，妳想想有多難熬。但只要妳嫁給我，妳就能一直像現在這般自由自在，這個家永遠是妳說了算，上上下下、裡裡外外，全由妳作主。」

柒柒先前喜歡太尉府，就是因為那裡的人好相處，她沒在大戶人家待過，可當初在雲中城的時候，便耳聞過許多大戶人家後宅的糟心事，想來就令人發怵。

如今她在太子府，想吃就吃、想睡就睡、想玩就玩、想出門就出門，就連發脾氣，大夥兒也都會哄著她，可謂無拘無束。

若是嫁去別戶人家，哪怕是周家，她也不可能這樣過日子。

思來想去，柒柒不得不承認，慕羽崢的話有道理。

見她神色鬆動，慕羽崢又說道：「妳既然喜歡太尉府，也喜歡跟雅兒那丫頭一起玩，回頭讓舅舅認妳當女兒，再以周家女的身分嫁給我，就能跟外祖家的人常來往了。」

在太尉府住了幾天，柒柒是真心喜歡上那耿直爽快的一家人，聽他這麼一說，又心動了一點點。

慕羽崢趁熱打鐵。「哥哥絕對是真心實意喜歡妳這個人，就算妳踹我、打我、罵我、不搭理我，甚至變老、變醜，不管妳怎麼樣，我都喜歡妳。可若是其他男人，就無法保證他們是不是只被妳的美貌吸引，妳說可對？」

這話柒柒不服，抬起頭來懟他。「別人怎麼就不會是單單喜歡我這個人了？我這麼好！」

慕羽崢暗道失言，忙點頭道：「妳說得對，是哥哥說錯了。」

他在這邊談生意似的跟她分析利弊，柒柒便也不那麼害羞了，苦著臉說出了心中最大的顧慮。「可是，我還是覺得你是我哥哥呀。」

慕羽崢的目光深深地盯著小姑娘看了半晌，突然伸手將人一撈，在她額頭上狠狠親了一口，隨後把人鬆開。「現在呢？」

柒柒捂著額頭，又羞又窘。「你幹麼突然這樣？」

慕羽崢兜住她後脖頸，作勢要把人撈過來親。「還覺得我只是哥哥嗎，要不再來一下？」

粗暴野蠻的大混蛋！柒柒一顆心瘋狂亂跳，拚命將脖子往後仰。「不是了、不是了。」

慕羽崢滿意了，鬆開手。「那可還有別的顧慮？」

身材高大的男人嘴角含笑，半歪在床上，依舊是那個她認識多年的人，可柒柒卻感受到從未有過的壓迫感。她突然意識到，這個往日任她踢、任她打的男人，其實是很危險的。

柒柒認真地考慮跟慕羽崢在一起的可能性，以及自己要擔憂的事情，想了一會兒，說道：「我們兩個要是在一起，別人會笑話的。」

別人先不說，周雅就會笑話死她了，前幾天還和人家興致勃勃去看嫂嫂，如今自己成了嫂嫂，她拉不下那個臉。

慕羽崢語氣霸道。「誰敢笑話，孤剮了他。」

柒柒一陣無語。

想了想，她又說：「好，就算別人不敢笑話，可你以後是要當皇帝的，會娶好多個娘子，可是我不想那樣，我會生氣、會難過、會亂發脾氣，到時候你就會討厭我了。」

以前只把他當哥哥，從來沒考慮過他會娶幾個妃子，甚至還覺得她可以和所有的嫂嫂都打好關係，可如今換成自己要跟好幾個女人分丈夫，柒柒就煩惱無比。

見小姑娘終於在意起該在意的事情，慕羽崢淡淡一笑，正了正臉色。「柒柒，我有妳一個就夠了，不會再有其他女人。」

柒柒不敢置信地說：「可你以後會是皇帝，就算你不想，朝臣們也不會同意呀。」

慕羽崢搖頭道：「這點妳別擔心，我自會處理。妳也知道，多年前我和阿姊遭遇那些，就是父皇妃嬪眾多，生下太多皇子引起的，我深受其害，又怎能忍心讓我的孩子也處在那般境地？」

見小姑娘垂眸不語、顧慮重重，慕羽崢坐起身來，雙手捧著她的臉，逼她和自己對視。「柒柒，我說的話一定都會做到，妳別顧慮那麼多，先把我當成妳的情郎，我們試試可好？」

俊美非凡的男人用低沈的嗓音說出「情郎」兩個字，柒柒的心跳又快了起來。望進那雙深邃的眸子裡，她像是被蠱惑了一般，喃喃道：「要怎樣試？」

慕羽崢望著那雙濕漉漉的大眼，視線下移，落在那被他雙手擠得微微嘟起來的粉嫩嘴唇，喉間滾動，腦袋不受控制地往下低去。

柒柒傻愣愣地看著慕羽崢靠近，直到兩個人的臉快貼在一起，她才後知後覺地察覺到他的意圖，呼吸頓時一滯，猛地將他推開，捂著嘴縮回角落裡，臉頰緋紅。「不行、不行。」

小姑娘那雙水汪汪的大眼既無辜又警戒，看得慕羽崢既心動又心虛，偏頭看向他處。「對不起。」

話都說到這分上了，慕羽崢打定主意今天就要個準信，若小姑娘不說話，他也不走。

兩人靜靜坐著，無人開口，空氣中瀰漫著一絲尷尬，還有一縷說不清、道不明的甜蜜。

良久後，就在慕羽崢打算換套說詞再勸說一番時，柒柒開了口。「好。」

慕羽崢猛地轉頭，目露狂喜。「妳答應嫁給我了?!」

柒柒捂著臉頰不敢看他。「我是說，我把你當、當情郎，我們相處試試看。」

這已經是極大的進展，慕羽崢哈哈笑著，伸手握住柒柒的腳踝，就要把她拽過去。

柒柒想起那天被慕羽崢又是往空中丟、又是轉圈圈的，立刻一腳踹開他的手，小脾氣上來了。「你別挨我。」

慕羽崢心中喜悅，被踹了兩腳後，還是將人撈到懷裡，用力抱住，和她親暱地貼了貼臉，甚至紅了眼眶。「柒柒，妳真好。」

把他從鬼門關拽回來，如今又給他一個家。

柒柒本來想賞慕羽崢兩拳，可聽出他的哽咽，攥緊的拳頭沒能狠心落下，任由他將自己緊緊箍在懷裡抱了好一會兒。

過了許久，慕羽崢才將柒柒從懷裡鬆開，在她額頭上親了一下，親得極輕，滿是愛憐。他隨後起身道：「妳先休息，明日我帶妳去皇莊上玩可好？」

柒柒面頰粉撲撲，乖巧地點了頭。「好。」

慕羽崢一步三回頭地走了，等他的身影消失不見，柒柒就撲在床上，抱著被子打起滾來。

短短的時間內，她竟有了個情郎，還是哥哥變的情郎，難免有些茫然無措。

可不知為何，她又莫名興奮，興奮之餘，還夾雜著某種說不出的歡喜。

像隻大蟲子一樣滾來滾去滾了許久，柒柒按捺不住爬了起來，穿鞋走到門口，探頭出去悄悄看向隔壁院子，沒見著慕羽崢的身影，這才一溜煙地跑到西廂房。

一進門，柒柒就把小翠手裡的繡繃拿開，往旁邊一丟，撲進她懷裡撒起了嬌來。「小翠姊，哥哥他說要做我的情郎。」

小翠笑著掐她的臉道：「真沒想到啊，我們拎著棍子打遍塔布巷的柒柒小娘子，竟然也有害羞的時候。」

柒柒撓起小翠的癢。「我怎麼就不能害羞了？小翠姊妳越來越壞了！」

兩個姑娘掐來撓去地鬧了好一陣子，才歪在榻上，頭對著頭說起悄悄話。

柒柒好奇地向「前輩」打聽。「小翠姊，妳和柱子哥現在怎麼相處？」

小翠微微紅了臉道：「還不就以前那樣。」

柒柒才不相信，又撓小翠癢，可小翠卻怎麼都不肯說，柒柒無奈之下，又問：「小翠姊，給情郎要送什麼東西？」

「一般都送荷包。」小翠起身從繡筐裡拿出個繡了一半的荷包說：「這是我為柱子繡的，妳想不想給殿下送一個？」

柒柒點頭道：「妳都這麼說了，那我就繡一個給他吧。」

隔天一早，慕羽崢穿了一身月白色的輕便衣衫來找柒柒吃早飯，目若朗星、神采飛揚，看上去格外俊美，柒柒竟一時看呆了。

慕羽崢對柒柒那略顯癡迷的目光很滿意，笑著走過去挨著柒柒坐下。

想了想，他又搬著椅子稍微調整了一下位置，身體微微偏著、頭稍稍側著，將自己的臉以一個特殊的角度展現在柒柒面前。

柒柒起初沒留意，後來盯著慕羽崢迷人的側臉看了一會兒，突然想起一件事，臉蛋瞬間紅了。

那是前陣子兩人鬧完彆扭剛和好時，她閒來無事要為他畫一張畫，扳著他的臉找了個角度，說「哥哥你這樣看最好看了，我就喜歡這樣看你」，當時隨口那麼一說，沒想到他還記得。

柒柒小小地哼了一聲，想轉過頭去不看他，可慕羽崢這張臉實在是太好看了，讓人移不開眼。

慕羽崢維持著那個角度，為柒柒拿筷子、盛粥，隨後開口。「用膳。」

柒柒這才發現兩人今天還沒說話，她想像往常那樣說一句「哥哥你也吃」，可「哥哥」

兩字如今卻有些燙嘴，怎麼都說不出口，最後她隨便應了一聲，端起碗，小口小口地喝著粥。

兩人默默吃完早飯，慕羽崢掏出帕子為柒柒擦嘴，柒柒不好意思，偏頭躲了一下，小聲說：「大家都看著呢。」

慕羽崢抬眼掃視一圈，書蝶等人忙忍著笑退了下去，慕羽崢這才輕輕捏著柒柒的臉，為她慢慢擦拭。

以前慕羽崢做過許多次、再隨意不過的舉動，此刻他再做，柒柒竟生出陌生的感受來。過去她會嫌他動作慢，不耐煩地催促他快一點，可這會兒她卻連與他對視都不敢，只敢垂眸看著自己的鼻尖。

慕羽崢眉眼含笑，擦了好一會兒才收了帕子，牽著柒柒起身。「走吧，馬車已經備好了。」

柒柒指了指廂房說：「小翠姊不一起去嗎，昨天我都和她說了。」

慕羽崢帶著她往外走。「小翠不去，柱子有事找她。」

話音剛落，柱子就出現在院門口，他向慕羽崢請過安之後，笑著和柒柒打招呼。「柒柒，我那宅子還需要添置一些東西，我找小翠幫我掌掌眼。」

見到了柱子，柒柒很開心，笑著說道：「柱子哥，小翠姊在屋裡呢。」

柱子應好，讓到一邊，柒柒便跟著慕羽崢走了。

兩人乘坐馬車出城，若是以往，柒柒肯定像沒骨頭似的懶洋洋靠在慕羽崢身上，可現在她卻再也沒辦法像以前那樣沒神經。

寬闊的車廂內，一人各坐一邊。

見慕羽崢跟個傻子一樣，看著她就笑，柒柒側過身去，將車簾掀開一條縫，看著街上人來人往，內心卻極度緊張，生怕慕羽崢把她撈過去。

好在一路上慕羽崢都沒做什麼，兩人就那麼安安靜靜地坐著。

馬車走了一會兒，柒柒從腰間解下一個荷包，探身過去，放在慕羽崢腿上道：「喏，給你的。」

慕羽崢雙眸一亮，拿起來仔細端詳道：「這是特地為我繡的？」

柒柒先是點頭，又立刻搖頭。「閒來無事繡著玩的，扔了怪可惜的，給你吧。」彆彆扭扭、口是心非。

慕羽崢忍俊不禁，愛不釋手地看了好半天，才小心地掛在腰間。「柒柒妳真好。」

見他如此高興，柒柒也忍不住，偏過臉去偷偷笑。

兩人沒再說話了，一路沈默著出了城，又沈默著到了皇莊。

皇莊這邊數日前就得知太子殿下要帶著柒柒小娘子來玩，早已備好了各種遊玩項目，黎管事殷勤地介紹著。「殿下，這個時節，園子裡的瓜果蔬菜都新鮮，可以到院子裡去採摘。」

慕羽崢看向柒柒，見她靜靜聽著，並不十分感興趣，便示意黎管事接著說。

黎管事往前頭一指，說道：「荷塘那邊荷花開得正盛，魚兒也肥，可以到荷塘賞花、捉魚。」

柒柒從來都沒抓過魚，聽得心動，拽了拽慕羽崢的袖子說：「我想捉魚。」

慕羽崢笑著點頭，順勢牽住她的手。「好，就去捉魚。」

柒柒拽了兩下，沒能把手拽開，可人那麼多，她也不好踹他，只好由著他。

黎管事帶著眾人來到荷塘前，柒柒本以為會跟太子府那個荷花池規模差不多，可沒想到這裡的池塘如此之大。

片片碧綠荷葉，中間點綴著粉白色的荷花，站在岸上一眼望去，竟是望不到邊，這哪裡是池，分明是湖！

花開滿塘，荷風徐徐，柒柒微微瞇起了眼睛，用力嗅著。「好香啊……」

見柒柒喜歡，慕羽崢笑著牽她上了一條小小的木舟，見護衛要跟上來划船，他抬手阻止。「孤自己來。」

舟身晃動，柒柒不諳水性，心裡緊張，緊緊抓住慕羽崢的胳膊，聲音發慌。「哥哥，快坐下。」

第六十五章　蜻蜓點水

慕羽崢扶著柒柒坐好，自己則坐在她對面，拿起船槳慢慢划著，小舟順利離開岸邊，駛入荷葉深處。

護衛們分成幾批上了其他小舟，遠遠地跟著。

柒柒一手緊抓船舷，一手去搆碩大的荷花，慕羽崢見她歪著身子搆得費勁，便調轉小舟，將柒柒送到那朵荷花前。「摘吧。」

柒柒折下那朵比她臉還要大的荷花，放到鼻下聞著，笑靨如花。

慕羽崢見柒柒笑得燦爛，便也跟著笑，不停地繼續划船，將她送到一朵朵荷花前。

沒一會兒工夫，柒柒懷裡就抱了一捧荷花，手裡還拿著一片荷葉，頂在頭上遮擋陽光。

慕羽崢將小舟划到荷塘深處，問道：「可要捉魚？」

柒柒左右看了看，一臉可惜地說：「剛才忘了問黎管事要捉魚的工具，無法捉。」

慕羽崢笑著說道：「交給我。」隨後朝後方高聲吩咐。「扔個簍子過來！」

話音剛落，凌空飛來一個裝魚的竹簍，慕羽崢伸手接住，遞給柒柒。「等會兒我抓到了魚，妳就放到簍子裡。」

柒柒頭一回捉魚，興奮地點頭，把荷花小心放在一旁，拿好簍子，做好接魚的準備。

見她神情嚴肅、嚴陣以待，慕羽崢忍不住笑了，他又往前划了一下，比了個噤聲的手勢，等柒柒點頭，他便放下船槳，任由小舟在湖面慢慢蕩著。

他捋起袖子俯身看著水面，接著閉上眼睛，微微偏頭側耳傾聽。

看慕羽崢這樣，柒柒就想起他眼睛還沒好的時候，便經常像這樣觀察周遭的動靜。那時候她萬萬沒想到，有朝一日，兩人會成為這樣的關係，她心中既感慨，又歡喜。這個情郎，是她自己撿回來的呢。

慕羽崢聽了一會兒，忽地睜眼，迅速出手，再抬起手時，竟抓了條足足有兩、三斤重的大鯉魚，魚兒奮力掙扎，卻掙脫不了。

「抓到了！」柒柒開心大叫，急忙送出簍子。「快放進來，別讓牠跑了！」

慕羽崢笑著把魚放入簍子。「還要嗎？」

抓到魚的快樂，讓柒柒興奮得滿臉通紅，她抱著簍子拚命點頭道：「要、要！」

慕羽崢點頭應好，再次閉眼傾聽，很快又抓了條草魚上來，比剛才那條還大，柒柒又笑又叫，激動異常。

興許是柒柒的動靜太大，把附近的魚兒都嚇跑了，慕羽崢半天沒再抓到，柒柒慫恿他換個地方，慕羽崢便照做。

小舟慢悠悠地往前走，柒柒也捋了袖子伸手到水裡，目不轉睛地盯著水面，想自己抓條魚上來，她的手指正划著水，就見前方飛快游來一條細長的水蛇，眼看就要挨到她的手指。

「哥哥，哥哥！」柒柒臉色大變，驚聲尖叫，倏地站起來，迅速撲向慕羽崢。

這個動作太突然，重量頓時集中在同一側，小舟劇烈地搖晃，一副要翻船的樣子。

慕羽崢眼明手快地單手將柒柒接住，另一隻手撐著船底穩住重心，接著迅速抱著柒柒躺平，雙腳撐在船身兩側，才勉強將小舟穩住。

確定安全無虞後，慕羽崢這才將驚慌失措、拚命往他懷裡鑽的小姑娘摟緊。「怎麼了？」

柒柒嚇得魂飛魄散，緊緊揪著他的衣襟，聲音帶了哭腔。「蛇，哥哥，水裡有蛇。」

慕羽崢摸著小姑娘的頭安撫。「不怕，有我在呢，蛇上不來。」

藏在周圍荷葉底下的護衛們不知發生何事，紛紛起身冒出頭來查看，一見緊緊疊在一起的兩人，便火速把腦袋縮回去，悄無聲息地消失在荷葉下。

「真的嗎？」柒柒從他懷裡抬起頭來，神色慌亂不安，汗毛依舊豎著。

慕羽崢的大手用力搓了搓她的背。「不會上來，放心，有我呢。」

小姑娘最怕蛇，就連上次廚房做了泥鰍料理她都不敢吃，這是真嚇著了。

聽著他沈穩淡定的語氣，柒柒繃緊的神經一鬆，軟綿綿地趴回他懷裡，委屈地說：「哥哥，我們回去吧，太嚇人了。」

膽小鬼，一條蛇就嚇成這樣。慕羽崢笑道：「好。」

他明明說了好，卻半天沒動作，柒柒納悶地抬起頭看他。「怎麼不走？」

慕羽崢拍拍她的背，無奈地說道：「妳得先從我身上起來，我才能划船。」

柒柒低頭一看，才發現兩人竟是平躺著的，而她整個人都貼在他身上。

她臉一紅，按著慕羽崢的胸口坐起身來，想往後挪一挪，好離他遠一些，可又害怕有蛇，只能兩隻手緊緊抓著他的袖子，不解地嘀咕一句。「好好的怎麼躺著了。」

慕羽崢笑著沒回答，直起身，卻沒看到船槳，這才想起，剛才見小姑娘尖叫著撲過來，他一時心急，手裡的槳扔了。

他朗聲道：「扔支槳來！」

一支船槳騰空飛來，慕羽崢伸手接住，划了起來。

柒柒環顧四周，望著遮天蔽日的碧綠荷葉，一臉窘迫，小聲問：「剛才他們是不是都看見了？」

慕羽崢故作不解地說：「看見什麼？」

柒柒往前湊了湊。「看見我撲在你身上，我們還……」

話說到一半，瞧見慕羽崢嘴角濃濃的笑意，柒柒氣得拍他胳膊，拍得慕羽崢開懷大笑。

回到岸邊，柒柒抱著荷花，慕羽崢扶她上岸，牽著她就走，柒柒回身道：「我的魚還沒拿。」

慕羽崢笑著問她。「想養著，還是吃掉？」

柒柒想都沒想就說：「吃掉。」

慕羽崢笑著吩咐一旁的護衛道：「拿去廚房，中午就吃魚。」

返回下榻處，書蝶送上一碗溫熱的綠豆湯，柒柒喝得頗不開心。「沒有冰的嗎，天這麼熱呢。」

書蝶看向一旁喝茶的太子殿下，悄聲說：「有是有，可殿下一再交代，不讓您喝涼的。」

柒柒來了氣，她把碗放下，走到慕羽崢身邊，用腳背踢了他的小腿一腳。「哥哥，我要喝涼的綠豆湯。」

慕羽崢放下茶杯，將人拉到自己面前說：「太醫都叮囑過了，不能喝涼的，免得肚子又疼。」

柒柒不服。「可是我肚子早就好了。」

慕羽崢還是不允許。「下回呢？算著時日，妳那個又快來了吧。書蝶，看好了，不許小娘子沾涼。」

書蝶忙應道：「是，奴婢記下了。」

柒柒氣結，又踢了慕羽崢一腳，轉身回去把那碗溫熱的綠豆湯給喝了。

吃過飯，柒柒準備睡午覺，慕羽崢就坐在榻上守著她，灼灼的目光盯得柒柒難以安眠，她推著他道：「你背過身去。」

慕羽崢笑著照做了，柒柒縮在他身後，腦門抵在他背上，捂嘴無聲地笑。

等她睡實，慕羽崢便輕輕轉過身來，一手撐頭、一手打扇，保持這個姿勢盯著柒柒看了大半個時辰，直到她翻身，睫毛輕顫，眼看就要醒了。

炎炎夏日，哪怕有人打扇，屋內也放了冰，可柒柒還是熱得不得了，一張小臉像熟透了的水蜜桃，粉嫩可愛，誘惑人去咬上一口。

柒柒睡飽了，伸了個懶腰，睜開眼睛。

一抬眼，就見慕羽崢舉著扇子呆呆地看著她，眼神深沈，好像要吃人。

她警戒地坐起身來，攏了攏睡得亂蓬蓬的頭髮，沒話找話。「哥哥，你不會一直給我搧風吧？」

「嗯。」慕羽崢回過神，緩緩移開視線，試圖起身，卻發現拄著頭的那條胳膊已經徹底麻了，針扎似的難受，他「嘶」了一聲，躺倒在榻上。

柒柒見狀，忙上前給他按穴道。「你是不是傻啊，怎麼不知道換個姿勢。」

慕羽崢但笑不語，躺在榻上，靜靜看著小姑娘賣力地為他按捏。

柒柒自幼學醫，相當了解穴道的位置，在慕羽崢肩上跟胳膊上按了一會兒，按理說狀況該緩解了，可問他，他卻說還沒好，柒柒雖然納悶，卻只能繼續按。

按著捏著，瞥見他那雙滿是笑意的眸子，柒柒才反應過來，這傢伙又在騙她。

她氣得想打人，可想了想，卻放下抬高的手，在他手肘上按了一下。

一陣猛烈的麻意襲來，慕羽崢整條手臂瞬間麻掉，他看向小姑娘，就見她一臉壞笑地晃著腦袋說：「活該。」

慕羽崢起身晃了一下胳膊，笑著誇讚。「我們柒柒當真厲害，兵不血刃就能讓人失去還手之力。」

柒柒哼了一聲，小小得意起來，抓他的肩膀威脅道：「那當然，我還擅長卸胳膊跟卸腿呢，你要不要試試？」

慕羽崢哭笑不得，忙道：「不敢、不敢，還請柒柒小娘子手下留情。」

「知道我的厲害就好。」柒柒滿意道，大發慈悲地鬆開手，拿梳子過來梳頭。

慕羽崢伸出手去。「我來梳？」

柒柒想了想，把梳子放在他手上，背過身坐在他面前。

夏日午後，微風從窗戶吹進來，兩個人靜靜坐在榻上，慕羽崢動作輕柔地梳頭，柒柒抿嘴微笑。

梳好了頭髮，兩人起身出門去果園散步，順便摘了一些甜瓜、桃子跟李子，還有為數不多的晚季櫻桃，林林總總裝了兩大筐，滿載而歸。

晚飯吃的是柒柒親手逮的雞，廚房燉了雞湯，又做了荷葉糯米雞，糯米雞鹹香有嚼勁，柒柒不禁多吃了幾口，吃完後有些撐，兩人便踏著落日餘暉出門，在田埂上散步消食。

一直到日落天黑，看不清路，兩人才返回住處。

他們的院子還是互相挨著，但中間沒了小門，慕羽崢把柒柒送到屋門口，兩人站在廊下說話。

說了一會兒，雖是意猶未盡，不過柒柒還是說：「哥哥，我送你回去吧。」

慕羽崢說好，柒柒便把他送到他屋門口，兩人又說了一會兒話。

抬頭看了看月色，慕羽崢一本正經道：「夜已深，不好讓妳一個小姑娘家獨自回去，要不，我送妳回去？」

就這樣，他們兩人在相鄰的院子間你送過來、我送過去，重複了有五、六趟，這才依依不捨地告別，各自進了屋。

院中的下人和護衛們都抬頭望月，心道：殿下，你們是壓根兒就沒把我們當人啊！

柒柒回到屋裡，見書蝶已經喊人備好了水，上面還撒了荷花瓣，便開心地去沐浴。

舒舒服服地洗了個澡，柒柒換了一身粉色寢衣出來，可一進臥房就嚇了一跳。

原本已經回屋的慕羽崢竟在她榻上坐著，柒柒忙揪了揪領子，嗓子有些發乾。「哥哥，你怎麼來了？」

沐浴過後的小姑娘，渾身泛著水氣，如同出水芙蓉般嬌豔。

慕羽崢看得心頭狂跳，站起身來，開門見山道：「我想抱抱妳。」

方才兩人分別時，他有心抱一抱她，可外頭有人在，他不好唐突。回去之後他坐立難安，總覺得不抱上一下，這個夜晚怕是難以入眠，猶豫了一會兒，最終還是翻牆過來。

看著高大的男人堅定不移地向她走來，柒柒心跳加速，下意識往後退了一步，結結巴巴道：「這……不、不好吧。」

慕羽崢停住腳步，沒再往前，商量著問道：「要不，我給妳搽香膏？」

說完又補充道：「像小時候那樣，妳晚上睡前，不都是要我搽香膏的嘛。」

一提起小時候的事，柒柒就心軟，不忍拒絕，點了點頭道：「那好吧。」

慕羽崢去梳妝檯拿香膏，可面對整桌盒子，他茫然了，回頭看著柒柒問道：「哪個是搽臉的？」

柒柒指了指。「那個繪著蘭花的瓷盒。」

慕羽崢拿好以後走到柒柒面前，伸手去捏她的臉，柒柒不禁又退了一步，慕羽崢便提議。「我們坐下？」

柒柒應了一聲，看了看床，最後還是走到榻邊坐好。

慕羽崢坐在她對面，打開香膏盒子，用手指挖了一塊，捏住柒柒的下巴，為她慢慢塗抹在臉上。

他已經許久沒為她搽香膏了，最後一次還是在青山寨上那晚。後來他去了軍中，再見面就在都城，柒柒已經長成大姑娘，把自己打理得很好，身邊的侍女也伺候得精細，他就沒再做過此事。

慕羽崢在這張細膩如玉的臉上仔細塗抹，想起小姑娘年幼時那張小臉和那些趣事，不禁想笑。

帶著薄繭的手指在臉上塗來抹去，酥酥癢癢的感覺直竄心底，柒柒低垂著眼眸，後來乾脆閉上眼睛。

望著那不停顫動的睫毛，慕羽崢塗抹的動作緩慢了起來。

「好了嗎？」柒柒見他像是要搽到天荒地老，往後縮了縮脖子，小聲提醒。

慕羽崢餘味無窮地鬆手，兩根手指在一起搓了搓，盯著面頰緋紅的小姑娘看。

柒柒心跳如鼓，低著頭不敢看他，拿腳踹了踹他的腿說：「你快走吧。」

見小姑娘趕人了，慕羽崢不得不起身，戀戀不捨地往外走，恨不得一步五回頭。「那我回去了？」

柒柒又好氣又好笑，最後還是心軟了，猶豫片刻後，朝他伸出雙手道：「就抱一下喔。」

慕羽崢面露喜色，兩步就奔了回來，將人用力抱進懷裡，下巴擱在她的頸窩蹭了蹭，輕聲道：「好香啊。」

夏日衣衫輕薄，柒柒又只穿了兜衣和寢衣，整個人被緊緊箍在那寬厚溫熱的懷抱裡，感受到他結實的體魄和強壯有力的心跳。

柒柒清楚地意識到，她喊了這麼多年哥哥的人，確實是個成熟的男人了。

她有些害羞，一顆心狂跳，可那異常熟悉又有些陌生的懷抱，令她十分心安，身體慢慢放鬆下來，任由他抱個夠。

誰都沒說話，就那樣緊緊相擁。

抱了好一陣子，慕羽崢才開口道：「返回都城後，我便進宮請旨賜婚。」

這麼快？可是……好像也不是不行。

柒柒沈默了一瞬，下巴在他肩上點了點，眼睛彎彎道：「嗯。」

慕羽崢開心地笑了，雙手捧起小姑娘的臉，在她額頭上親了又親。「柒柒，妳真好。」

臉被擠成了包子，柒柒去扳他的手，卻沒能扳開。

慕羽崢垂眸看著那嘟起來的可愛小嘴，忍不住低下頭，蜻蜓點水般，朝她嘴唇快速貼了一下。

這一親，慕羽崢和柒柒都是一愣。

兩人的臉近在咫尺，能感受到彼此的氣息，心跳快得無法控制，就那樣久久對望。

慕羽崢目光深邃，嘗試著再次碰觸，柒柒卻推開他，轉過身捂住了臉。

見狀，慕羽崢捏捏她的肩膀，聲音有些沙啞。「那我走了？」

柒柒沒有回應，就那樣捂臉坐著。

見柒柒既沒打他，也沒踹他，慕羽崢猜測她只是害羞，並非生氣，便俯身在她頭頂親了親，依依不捨地起身離開。

聽著腳步聲走遠，柒柒捂著臉轉身，從手指縫裡偷偷看了一眼，見人確實走了，這才下地跑到床上，扯過被子蒙住腦袋，在床上打滾……

第六十六章　懿旨突襲

第二日，晴空萬里、陽光明媚。

昨晚慕羽崢離開以後，柒柒過了好久才睡著，一覺醒來，天已大亮。

她想起慕羽崢說今日要回都城，連忙爬起來穿衣，書蝶聽到動靜進來，服侍她梳頭，柒柒問：「我哥哥呢？」

聽見分外甜蜜的「我哥哥」幾個字，書蝶笑著答道：「殿下一早就起了，來過六次問小娘子可醒了，這會兒說去一趟荷塘。」

柒柒抿嘴笑著說：「書蝶，給我梳一個好看的髮髻。」

書蝶笑著應道：「是。」

「我那金蓮花的簪子可帶來了？」

「帶著呢。」

「那我要簪那個。」

「好。」

「前幾日小翠姊為我做的那身繡了蝴蝶的紫色襦裙帶了嗎？」

「帶了。」

「那我換那條吧，身上這條太素了，連朵花都沒有。」

「好，奴婢去拿。」

「書蝶，給我塗些胭脂吧，只搽香膏，氣色不夠好……」

慕羽崢昨夜同樣興奮得睡不著，早早便醒來，卻是容光煥發、神采奕奕，見柒柒一直沒醒，就去荷塘摘花。

等他抱著花回來，一進院門，就見打扮得精緻的小娘子俏生生地站在門口望著他，臉頰通紅、含羞帶怯。

這是一見到他臉就紅成這樣嗎？

慕羽崢心頭一喜，邁著大步走過去，將帶著露水的荷花送到柒柒面前。「可睡好了？」

柒柒抱過花聞了聞，點點頭，躲開他火熱的目光，轉身往飯桌走。「哥哥，我們什麼時候回去？」

慕羽崢跟著進門。「吃過早飯就走，那時沒那麼熱，能騎一會兒馬。」

柒柒應好，把荷花放在桌上，走到桌邊坐下，兩個人吃起了早飯。

因為昨晚那一吻，兩人心中有鬼，一頓飯下來，視線不知道撞上多少次。

柒柒吃得心不在焉，她怕自己噎著，後來乾脆側過身子不再看慕羽崢。

慕羽崢的視線卻停在柒柒臉上，看著看著，瞧出些不對勁來，伸出手指在她那紅通通的臉上刮了一下。當看到手指上那一抹紅時，他放下勺子，偏頭悶笑個不停，肩膀直抖——小姑娘太可愛了。

他就說小姑娘的臉蛋今日為何特別嬌豔，原來是塗了胭脂。他還在納悶昨晚不過就輕輕親了那麼一下，怎麼就羞成這樣了。

柒柒不解地看著他。「哥哥你笑什麼？」

看著那雙無辜的眼睛，還有被他抹掉一小片的胭脂，慕羽崢笑得無法自抑。

柒柒莫名其妙，直接踹了他一腳，凶巴巴道：「還吃不吃？」

慕羽崢捂著笑得發疼的胸口道：「我吃飽了，你慢慢吃。」

柒柒懶得搭理他，抱著碗，喝完了那碗清甜的荷葉粥。

吃過飯，慕羽崢藉口為柒柒擦嘴，乘機把她臉上被破壞掉的胭脂給抹勻了些，兩人喝了杯茶，這才動身。

看著面前那一匹馬，柒柒不肯上去。「我自己騎。」

慕羽崢說：「沒有多的馬，只有這一匹閒著。」

柒柒指著護衛們牽的馬，還不等她說話，慕羽崢便不由分說地攬著她的腰，抱起她縱身上馬。

以前兩個人也同乘過，可那時候柒柒心中坦蕩，不覺得有什麼，這會兒心生雜念，就有些不自在，挺直了脊背，儘量不跟慕羽崢接觸。

慕羽崢見小姑娘僵硬得像個木偶，單手扣住她的腰身將人往後一提。「躲那麼遠做什麼，我又不會吃妳。」

說罷，像是猜到柒柒要抗議，他湊近她耳邊輕聲說：「聽話，後面那麼多人看著呢。」

貼在那結實寬厚的胸膛上，柒柒臉燒得慌，卻沒掙扎，任由那隻鐵鉗一樣的大手緊緊兜著她。

畢竟這麼多人在呢，動手打太子，確實不太好是吧。

慕羽崢滿面春風，低頭在她頭上親了親，騎著本可以日行千里的駿馬，在鄉間小路上用比步行還要慢的速度蹓躂。

柒柒察覺到他的好心情，回頭偷偷看了一眼，正對上他那雙飽含笑意的眸子，忍不住也笑了，低聲道：「大傻子。」

慕羽崢哈哈笑道：「小傻子。」

一行人像蝸牛似的晃到城門口，慕羽崢這才抱著柒柒下馬，進了馬車。

柒柒不再像來時那樣躲得老遠，而是挨著慕羽崢坐著，還偷偷扯住他袖子。

這個變化讓慕羽崢心花怒放，順勢將人攬進懷裡，隨著馬車晃動，依偎在一起的兩人一起晃悠著，晃著晃著都笑了。

回到太子府，慕羽崢送柒柒回院子，他則去了書房。

柒柒第一時間找到小翠，什麼都沒說，只是抱著她傻笑個不停，惹得小翠也笑了。

等到晌午，慕羽崢陪柒柒吃過飯，就拉著她的手送她到榻上。「妳睡午覺，我進宮去找父皇賜婚。」

柒柒彎著眼睛點頭道：「好。」

慕羽崢將人拉近，在她額頭上親了親。「等妳睡醒，我就回來了。」

柒柒抱著慕羽崢的腰，在他懷裡親暱地蹭了蹭臉，乖巧躺好。

慕羽崢笑著起身，出門進宮。

柒柒本想等慕羽崢回來，可等待的時間實在太過煎熬，她決定先睡覺。

然而一覺醒來，沒等到慕羽崢，卻等來皇后宮裡的大太監，拿著懿旨宣她進宮。

不明緣由、毫無對策，但柒柒還是以最快的速度穿戴整齊，出去接了旨意，隨後回屋。

一向沈穩有度的書蝶神色慌張。「殿下不在，這可如何是好？」

柒柒也一臉愁容道：「我能不去嗎？」

「不好違抗懿旨。」書蝶先是搖頭，隨即又咬牙點頭。「要是您不想去，沒人能把您帶走。」

柒柒愁眉苦臉，重重嘆氣。

如今的孔皇后是繼后，她的姊姊孔貴妃過世之前相當受寵，是一朵極會演戲的白蓮花。

而武藝高強，陪著陛下征戰南北、打下江山的先皇后，也就是慕羽崢的母親，在這朵慣會在陛下面前伏低做小的白蓮花旁邊，就顯得不夠溫柔，也不夠體貼。

哪怕周皇后更美，卻因性子直爽，從不刻意逢迎，便傷害了陛下那可悲又可笑的帝王自尊。

周皇后看透了陛下，在生下慕羽崢後，有子有女萬事足，更不願放低姿態討好那曾與她並肩而立的男人，雙方日益疏遠。

後來，周皇后在戰場上落下的舊傷復發，纏綿病榻。

孔貴妃幸災樂禍地上門嘲諷譏笑，還說了一些分外刺耳的話。

一開始孔貴妃只提帝王寵愛時，周皇后不以為意，只靜靜聽著，直到孔貴妃笑著說往後這皇位說不準是誰的，周皇后才強撐著起身，單手拎著孔貴妃到院中，按著她脖子，將她整個頭浸到水缸中淹了個半死，隨後狠狠抽了她兩巴掌，將她甩在地上，又在她肚子上重重踩了一腳，警告她別動不該有的念頭。

那一腳下去，孔貴妃直接吐血，被抬回去之後，讓人去喊了陛下來，哭哭啼啼好一陣，來個惡人先告狀。

陛下震怒，氣沖沖地趕到皇后宮中，一進門就罵毒婦。

虛弱不堪的周皇后冷著一雙眼眸看他，問他還記不記得，就是她這個毒婦陪他征戰沙場，替他擋過箭、挨過刀，更把他從死人堆裡刨出來，也是為了他的江山，她才落下這一身傷痛，怎麼如今江山坐穩了，就嫌棄她是毒婦了？

陛下啞口無言，快快離去。

回宮之後，陛下喊了兩個宮裡的人來仔細詢問一番，才得知這次衝突的起因是孔貴妃趁周皇后病重上門挑釁，他怒火中燒，又衝去孔貴妃宮裡，抽了她一巴掌，罰她禁足三個月。

不久後，周皇后病逝，而孔貴妃也消停了，不是因為她幡然悔悟，而是因為她死了。

周皇后那一腳雖重，卻不致命，但不知為何，孔貴妃吐血的毛病怎麼治都治不好。

孔貴妃死了，留下唯一一個兒子，也就是比慕羽崢大兩歲的庶出皇長子，現今霸據一方的淮南王。

周皇后跟孔貴妃先後沒了，陛下消沈了一段時間，後來無意間撞見隨孔老夫人進宮向太后請安的孔貴妃之妹，一來二去的，兩人就搞在一起。

陛下納她進宮，對她很寵愛，在她生下一女之後，封她為妃。

孔家一直把孔貴妃的死算在周皇后頭上，送這個女兒進宮，主要目的就是看顧彼時還是孩子的淮南王，順便噁心周家，當孔妃將淮南王認到膝下後，陛下又力排眾議，封她為后。

這位孔家繼后模樣比她姊姊更加柔美，也更會演戲，永遠都是那麼溫柔體貼、善解人意，對慕雲檸跟慕羽崢姊弟倆也常噓寒問暖，說上一輩的恩怨不該牽扯到孩子身上，哪怕被慕雲檸冷言譏諷，也從來不發怒。

不僅如此，她還主動幫陛下廣納妃子，偶爾還會恰到好處地拈酸吃醋，藉此表達她對陛下的在意，惹得陛下對她越發寵愛。
孔皇后手段了得，日益得寵，養在她膝下的淮南王聲勢也跟著水漲船高，陛下隱隱有要立淮南王為太子的徵兆。
周太尉感受到了威脅，聯合朝中大臣，逼迫陛下立慕羽崢這個嫡長子為儲君。
彼時，周太尉仍是手握二十萬大軍的大將軍，周家父子一手帶出來的周家軍驍勇善戰、以一敵十，且只聽命於周家人。
陛下不滿遭受逼迫，卻也無可奈何。
至此，不過是年幼孩童的慕羽崢，坐上了太子之位。
一年之後，周家父子領兵大敗匈奴，陛下下旨命他們回朝領受封賞。
明知是鴻門宴，可念及年幼的太子和長公主在宮中，周太尉父子不得不回朝，這一回，就因種種緣由，被迫交出兵權。
二十萬周家軍也被分成兩批，十萬留在北境，由韓東將軍領兵；十萬被派往南境，震懾蠢蠢欲動的南越諸國。
南境大軍也分成兩批，一半留守，一半遣往北境，和十萬北境大軍換防。
處在磨合期、由南北兩地士兵重新編成的北境大軍再也不是一塊鐵板，戰力大減。
僅僅一年不到，匈奴聞風而動，捲土重來，打得北境大軍節節敗退，匈奴軍隊衝入大興境內燒殺搶掠、無惡不作，北境動盪，民不聊生。

五十多歲的匈奴單于更是不知廉恥，指名大興長公主慕雲檸和親，並要皇子送親，明面上是送嫁，其實就是去當質子，皇子只怕有去無回，這是把大興的臉面放在地上踐踏。

陛下焦頭爛額，可滿朝文武竟毫無頭緒，陛下只得喊周太尉父子進宮商議對策。經歷一番討論後，他們決定將計就計——崇安長公主和親，太子慕羽崢送嫁，藉機斬殺來北境迎親的匈奴最猛戰將左谷蠡王。

太子親自送嫁，這是周太尉和公主、太子姊弟倆共同商討的結果，一是爺孫幾個都信不過其他皇子，怕他們成事不足敗事有餘，更怕他們乘機搞事。

二是慕羽崢年紀小，能讓武功高強的左谷蠡王放鬆警戒，加上他的武功也不差，姊弟倆平時常在一起練武，可謂默契十足，有他配合，慕雲檸有把握迅速拿下左谷蠡王。

只是沒想到，成功完成任務之後，竟遭受「自己人」暗算。

這麼多年過去了，慕羽崢一直沒放棄調查，邊邊角角的小兵小卒已經處理得差不多了，他前陣子還和柒柒說很快就會水落石出。

當時柒柒悄聲問是誰，慕羽崢也不隱瞞，說十之八九與孔皇后跟淮南王脫不了干係。

慕羽崢跟她講過宮裡的事，他一提起孔皇后，用的詞都是蛇蠍心腸、惡毒婦人。周家與孔家、太子跟淮南王，可謂不死不休的深仇大恨。

柒柒不明白，她來都城這麼久了，孔皇后早不召她進宮、晚不召她進宮，卻趁慕羽崢進宮請旨賜婚時喊她進宮，到底是何用意，打的什麼算盤？

難道是陛下同意賜婚，讓皇后喊她進宮去聽封？畢竟皇后是一國之母，也有這個可能。可萬一不是呢？要是有什麼陰謀呢？不然的話，哥哥為什麼沒讓人捎個口信來？

柒柒心中七上八下，不想進宮。

然而孔皇后宮裡的大太監是特地捧著懿旨過來的，此刻等在院中，時不時就催促一聲。

「鳳柒小娘子，皇后娘娘在等著您，您快些。」

倘若只是傳口諭，柒柒還想賴一賴，好歹賴到慕羽崢回來，可孔皇后大概是猜到她不會想進宮，竟直接下了懿旨，她要是不去，就是抗旨不遵。

柒柒知道，只要她說「不想」，太子府的人絕對不會讓人把她帶走，可太子不在府內，太子府的人會落個違逆皇后的罪名，怕是要被砍頭。

雖說柒柒曉得自家哥哥最終定會從中斡旋，保住眾人，可他如今的處境稱不上輕鬆，她不想給他添麻煩。

既然決定嫁給他，那這皇宮早晚要進；再不想見孔皇后那些人，遲早也得見。

再說，孔皇后雖心思歹毒，喜歡背後耍陰招，可表面上卻一直維護著她中宮之主的名聲。

哪怕長公主和太子對她向來是不假辭色，她仍舊維持著一副慈母的面孔，沒當眾撕破臉。

所以，哪怕孔皇后傳她進宮不懷好意，應該不至於直接動手，更何況太子還在宮裡呢。

柒柒前後左右認真分析了一番，終於作出了決定。「書蝶，幫我更衣，再喊素馨過來，讓她陪我進宮。然後讓百擎快馬送信去公主府，把我要進宮的事情跟公主阿姊說一聲，讓她要是得空就進宮一趟，以防萬一。」

慕羽崢即便貴為太子，也非毫無顧忌，他在宮中仍有許多規矩要守，像是不能擅闖後宮。

可得了「瘋病」的長公主卻什麼都不在乎，進了宮可謂隨心所欲，想犯病就犯病。

柒柒知道慕雲檸跟她一樣在乎慕羽崢，有些事情太子不好做，長公主自然會替他做。

若是孔皇后當真扣下她，想要對她做些什麼，像是尋個由頭罰跪、掌嘴之類的，那麼由公主阿姊去把她接出來，比太子哥哥更為方便。

書蝶應是，一一安排。

片刻後，柒柒換上稍微正式一點的衣裳，隨後把她沒事就練手做出來的那堆藥丸拿出來，挑挑揀揀裝了一些放進隨身荷包，又拿幾包藥粉放在另一個荷包。

等她拿了袖箭想藏的時候，卻發現夏日衣衫太薄，根本藏不住。

匆匆趕來的素馨見狀，不知從哪裡抹摸出一把極為小巧的匕首遞給柒柒。「小娘子，袖箭太過明顯，進宮不便攜帶，但這把小刀您可以藏在荷包裡。」

柒柒接過那把還沒她手掌長的匕首，藏進裝著藥粉的荷包裡，捏了捏，確認從外頭完全看不出來，這才稍微安心了些。

第六十七章　惡毒陷阱

一切準備就緒，柒柒深吸一口氣，抬腳出門，看著等在院子裡的大太監，微微笑著說：「公公久等了。」

柒柒先前接下懿旨之後，藉口回屋更衣，一直磨蹭到現在，那大太監早就等得不耐煩了，可一見到柒柒，還是露出笑容道：「柒柒小娘子，請。」

一路上，一行人默默無語，馬車到了宮門口後，眾人下車步行，守門的禁軍看過大太監的令牌後點頭放人，卻把素馨攔住了，素馨亮出太子府的令牌，這才得以通過。

太子府的令牌還能過皇宮的大門口，可到了皇后的明華宮卻不好使了。

柒柒前腳跟著大太監進了門，素馨後腳就被攔在外面，連明華宮的門都不讓進。

素馨黑著臉要跟著柒柒，明華宮的護衛卻迅速抽刀攔在她面前，氣氛霎時劍拔弩張。

眨眼間的工夫，剛進門的柒柒就被早已等在那裡的宮女們隔開，前面又有護衛們擋著，她想退出去，卻已是退不得。

柒柒的臉色難看起來。看樣子，孔皇后這次是打算撕破臉了？

見素馨一臉焦急，柒柒忙給她使眼色道：「素馨，妳去找太子殿下，讓他忙完就來接我。」

素馨知道自己硬闖無用，不但無法把人帶出來，還會惹出更大的麻煩。硬闖中宮，她被亂箭射死也無處說理，說不定皇后還會乘機射殺此刻只是平民的柒柒小娘子。

哪怕過後太子殿下為柒柒小娘子報了仇，可人若沒了，又有何用。

快速思索過後，素馨朝著柒柒點頭，轉身快步離開。

宮女們簇擁著柒柒進入殿內，一進門，見到坐在高處的孔皇后，柒柒立刻行禮請安，禮數周全得讓人絲毫挑不出毛病來。

柒柒俯首跪地，本以為孔皇后會讓她多跪一會兒，沒想到她果然如傳聞中那般和善溫柔，語帶笑意、親切地開口讓她起身，並賜了座。

謝過皇后之後柒柒才起身，在宮女搬來的繡凳上坐下，雖知道不該盯著皇后看，可她還是忍不住悄悄打量。

孔皇后三十出頭，保養得當，加上略顯豐腴的臉，看起來不過二十多歲。

她笑得和善，也正在打量柒柒。「模樣果然生得可人，難怪太子殿下拿妳當親妹妹一般寵愛。」

柒柒笑而不語，心中暗道，看來太子請旨賜婚的事還沒傳到皇后耳中，不然她不會說這種話。

剛才在院門口迎柒柒進門的紫衣宮女湊到孔皇后耳邊，嘀嘀咕咕不知說了什麼，孔皇后臉上的笑意淡了些，吩咐道：「本宮這會兒餓了，去把本宮親手燉的燕窩端來兩碗，本宮和鳳柒小娘子一人一碗。」

想起以前慕羽崢交代過皇后的賞賜不可用，柒柒連忙拒絕。「多謝皇后娘娘厚愛，民女出門前剛用過午膳，此刻還不餓，就不用了。」

還不等孔皇后說話，她身邊的紫衣宮女就大聲喝斥道：「大膽刁民，竟敢推辭皇后娘娘的賞賜，來人，掌嘴！」

柒柒臉色一變，心想果真要挨打了。

孔皇后嗔了那名宮女一眼道：「本宮都沒說話，妳這麼大聲做什麼，鳳柒小娘子是頭一回入宮，有些規矩不知也不怪她。」

紫衣宮女連忙告罪，垂首而立。

燕窩送了過來，孔皇后親自端起一碗，遞到柒柒面前道：「嚐嚐。」

柒柒在心底嘆氣，這主僕兩人一唱一和，無非就是想讓她喝了這碗燕窩，想都不用想，定是加了料的。

她和孔皇后對視著，就在孔皇后臉上的笑意快掛不住、即將變臉時，柒柒伸手接過去，拿起勺子假裝攪拌，順道聞了聞，在心底冷笑。

燕窩是好東西，只是這裡面加的料會讓人四肢無力、任人擺布。

孔皇后這是要迷倒她，然後呢，打算做些什麼？

只見孔皇后端起另外一碗燕窩慢慢吃了起來，見柒柒半天沒動作，她笑著問道：「怎麼不吃，難道怕本宮給妳下毒？」

臭不要臉、無恥至極，自己幹的好事，還能若無其事地說出來。

柒柒在心裡罵著，臉上卻裝作一無所知，憨憨地笑了。「皇后娘娘折煞民女了，民女只是肚子發脹，有些吃不下。」

眼看孔皇后身邊的紫衣宮女眉毛又豎了起來，就要訓斥出聲，柒柒便將碗往桌上一放。「啊，民女想起來了，民女帶了消食丸，容民女先吃兩粒。」

在孔皇后和宮女們錯愕的目光中，柒柒打開腰間的荷包，從裡面掏出兩粒黑漆漆的藥丸來，捧著往孔皇后面前一送，獻寶似的傻笑著說：「皇后娘娘，這藥丸是太子殿下花大價錢買給民女的，健脾養胃，可甜了，您要嚐嚐嗎？」

柒柒眨著一雙波光瀲灩的眸子，眼神天真單純。

上不了檯面的蠢貨！孔皇后在心底罵了句，維持著得體的微笑，說道：「好孩子，妳自己吃。」

柒柒便將兩粒藥丸塞進嘴裡，笑咪咪地嚼著吃了，隨後端起那碗燕窩舀了一口放進嘴裡，笑著誇讚。「皇后娘娘好手藝。」

看著柒柒把那碗燕窩吃得乾乾淨淨，孔皇后和那紫衣宮女都鬆了口氣。

孔皇后吃完自己那碗燕窩，便放下碗，靜靜觀察著柒柒。
柒柒放好碗後隨即起身，笑著說道：「皇后娘娘，民女還得去找太子殿下，先行告退了。」
不管孔皇后想幹什麼，總歸不是好事，燕窩全都吃完，已給了皇后面子，她還是早早離開為好。
見柒柒站得穩穩當當的，孔皇后和那紫衣宮女不禁目露詫異，兩人對視一眼，紫衣宮女忍不住上前詢問。「鳳柒小娘子，您的頭不暈嗎？」
柒柒一臉無辜道：「為何要暈，我好好的呀。」
孔皇后和紫衣宮女都聯想到柒柒剛剛吃的那兩粒消食丸，猜測是那藥丸的原因，才使迷藥沒了作用，但她們先前並未認真調查過柒柒，不曉得她懂醫術，只當她是瞎貓碰見死耗子，湊巧而已。
紫衣宮女看向孔皇后，用眼神詢問她接下來該如何，孔皇后臉色一冷，使了個眼色。
見狀，紫衣宮女立刻招呼一旁站著的幾名宮女一擁而上，架著柒柒就往偏殿的暖閣走。
「鳳柒小娘子，妳頭暈，奴婢等人扶您去歇一會兒。」
幾個宮女顯然經常幹綁人這種事，熟練地配合起來，柒柒一時掙脫不得，直接被她們架走了。
柒柒大驚，高聲怒斥。「皇后娘娘，您這是要做什麼，您想過這麼做，被太子殿下知道的後果嗎？」

孔皇后也不裝了，冷笑一聲道：「本宮就盼著他知道呢！」

柒柒一愣，難道大費周章把她宣進宮來，是為了給太子挖坑？

奇了怪了，孔皇后不是死活不願跟長公主還有太子姊弟倆撕破臉的嗎？

突然來這一齣，這是抽哪門子的風？她不想要表面的和平了？

還不待柒柒想明白，她就被推進了偏殿暖閣，門也從外頭被人拿東西堵上了。

柒柒用力撞了門兩下，沒撞開，一轉身，就見暖閣的榻上正歪著一個男人。

那男人二十多歲，樣貌不差，可衣衫不整，一臉猥瑣，眼神下流地在柒柒身上打量，讓柒柒想到在田邊見到的癩蝦蟆，令人作嘔。

他面上泛著不正常的紅，但室內沒有酒氣，想必是吃了什麼藥。

柒柒懂了，孔皇后這是想毀她清白。事成的話，哥哥一定會發瘋，說不定還會殺人。

難道這就是她的目的？逼得哥哥在皇后的明華宮殺人，再順勢安個別的罪名，好惹得陛下震怒，以此廢儲？

柒柒還沒分析完，那男人就起身撲了過來。「小娘子快來，哥哥定然好生伺候妳！」

「找死。」柒柒眼神凌厲，面色緊繃，在男人的手搭到她肩上的那一刻，她一抓一扭再一扯，咔一聲，男人的手頓時脫臼。

男人淒厲慘叫，柒柒又上前捏住他的下巴，使著巧勁用力往下一扳，男人的下巴就掉了，啊啊啊地哀嚎，話都說不清楚。

門外傳來焦急的詢問聲。「孔郎君，您怎麼了?!」

柒柒冷笑。原來是孔家的，難怪她覺得這男的有點面熟，細細一想，可不就和外頭的孔皇后有些像嘛。

方才柒柒的動作實在太過迅速，男人一不留神才著了她的道，他有武藝在身，等察覺這小娘子壓根兒不像表面看上去那麼柔弱，便強忍著鑽心的疼痛，伸出另外一隻手想抓柒柒。

柒柒矮身一躲，扯著他伸出來的那隻手，往肩上一背，又是咔的一聲，將他整條胳膊給卸了下來。

趁男人疼得無法動彈時，柒柒繞到他身後，朝他膝蓋窩猛力踹了兩腳，男人撲倒在地，壓到先前受創的手與下巴，又是嗚嗚一頓哭嚎。

「哥哥說，面對敵人，下手要狠，絕對不能給他還手的機會。」

柒柒小聲念叨著，蹲下去把他兩條腿從膝蓋處卸了下來，確保他不能起身。

外頭的人見情況不對，開始挪起了擋住門的東西。

想到那些力氣奇大的宮女，還有那些持刀護衛，柒柒神經緊繃，如臨大敵，迅速從腰間荷包裡掏出一包藥粉來，躲到門口旁，嚴陣以待。

很快的，偏殿的門被打開了，那群宮女湧了進來，見到癱在地上的男人，紛紛驚聲尖叫。

「孔郎君您怎麼了？」

「這是怎麼回事？」

「快抓住她，是她弄的！」一個宮女發現躲在門邊的柒柒，撲了過去。

柒柒抬手一揚，白色藥粉瞬間滿天飛散，那些宮女冷不防地吸了幾口進去，開始狂打噴嚏，一個接著一個，打起來沒完沒了，打得彎了腰，無力再管柒柒。

此刻柒柒不禁暗自慶幸自己有先見之明，預先服下迷藥的解藥時，順便吃了一顆解藥，不然這會兒怕是要跟著噴嚏連連。

她乘機閃身出了暖閣，還未出偏殿的門呢，就對上腳步匆匆往這邊走的孔皇后和紫衣宮女。

孔皇后與紫衣宮女瞥見趴在暖閣地上哀嚎的男人，又瞧見裡頭宮女亂成一團，而柒柒則完好無損地站在那邊，兩人齊齊變了臉色。

孔皇后見柒柒又在荷包裡掏東西，迅速地往後退。「給本宮抓住她！」

紫衣宮女意識到她們大大低估了柒柒，不敢赤手空拳上前，而是從一旁抄起一個花瓶朝柒柒揮了過去。

柒柒揚手，又是一包粉末。

紫衣宮女頓時噴嚏震天，手裡的花瓶沒拿住，直接掉落在地，摔破了。

孔皇后退得老遠，卻仍不可避免地吸入藥粉，打了幾個噴嚏後，她忽然捂著肚子坐在地上，臉色煞白、聲音虛弱。「來人……哈啾……」

見孔皇后一臉痛苦，柒柒三兩步跑過去，在她手腕上一搭，把起脈來。

她只想自保，不想傷人，尤其是不能傷害皇后。

自己一個平頭百姓，傷了皇后，就是死罪。要是哥哥想辦法幫她開脫，那他就掉進孔皇后挖的坑裡了。

她不能落下把柄給任何人，不能連累他，所以孔皇后絕不能有事，絕不能在她手裡有事！

孔皇后只當柒柒要害她，一邊不停地打噴嚏，一邊推開柒柒的手。「放肆……哈啾……」

那個紫衣宮女邊打噴嚏邊朝她們跑來，柒柒指著她，冷聲道：「不希望妳們皇后娘娘有事，就站在原地不動，我只想活命，不會害她。」

紫衣宮女和孔皇后對視一眼，見孔皇后點頭，紫衣宮女便停下腳步，站在三步之外警戒地盯著柒柒。

柒柒快速餵了孔皇后一粒解藥，沒多久，她便不再打噴嚏。

見孔皇后還捂著肚子，柒柒抓住她的手腕，等摸清楚脈象後，臉色微微一變。想了想，柒柒從荷包裡又翻出一粒藥丸，強行給她餵下。

過了片刻，孔皇后的臉色慢慢緩和，像是避嫌一樣，手從肚子上拿開了，神色陰沈難看。「妳懂醫術？」

柒柒敷衍道：「略通一二，民女看娘娘肚子痛，給您餵了一顆消食丸，您不是嚐了嘛，酸酸甜甜的。」

說著，她自己又吃了一顆。

雖然孔皇后那想捂肚子又不敢捂、緊張兮兮的樣子讓人看不透，但既然她看起來不想讓人知道她有身孕，那她就裝傻好了。

見狀，孔皇后稍稍放鬆了一些。

此刻待在孔皇后身邊最安全，柒柒不敢離開她，站在一個隨時可以制住她的角度，好聲好氣地跟她談判。「皇后娘娘，民女和您保證，若民女安然無恙地離開明華宮，今日之事，太子殿下絕不會追究。」

追不追究是後面的事，眼下她只想不死不傷地離開。

孔皇后冷笑一聲道：「即便本宮信得過妳，也不信太子。」

慕羽崢是個什麼樣的狼崽子，她清楚得很。

柒柒心頭一涼。「那皇后娘娘究竟想要如何？」

孔皇后想了又想，似乎是沒辦法了，嘆了口氣道：「罷了，本宮就信妳一次，妳走吧。」

柒柒認真觀察孔皇后的表情，但這女人實在太會偽裝，她看了一會兒也看不明白。柒柒不敢信她，可若是留下，又怕再生變故。

她正猶豫不決，就聽外頭傳來刀劍相碰的聲響，還有慕羽崢焦急萬分的呼喊聲。「柒柒，別怕，我來了！」

那一瞬間，柒柒的眼淚差點掉下來，她怕慕羽崢殺人，事情不好收場，便扯著嗓子大喊：「哥哥，我好好的，沒事！」

慕羽崢進宮之時，孔皇后正在陛下那邊，陛下問他何事，他心想聖旨一下，大家都會知道柒柒是他的太子妃，便未隱瞞，當著孔皇后的面請陛下給他和柒柒賜婚。

陛下一愣，沒給準話，只是讓慕羽崢先陪他下棋，孔皇后就笑著說不打擾他們父子兩人，告退離開。

然而慕羽崢沒想到，孔皇后這個毒婦竟然偷偷喊了柒柒進宮，要不是素馨冒死跑到御書房，找了個太監給他往裡面傳話，他還被蒙在鼓裡。

他當即撂下棋子，說了句「兒臣回頭再來請罪」，便匆匆趕來明華宮，誰知到了宮門口竟然被護衛攔住。

只見慕羽崢二話不說，抽劍就砍，護衛們奉命嚴守明華宮，不敢違背皇后命令，但也不敢真的傷害儲君，連連後退。

慕羽崢紅了眼，一邊揮劍，一遍高聲喊柒柒，當聽到柒柒那聲安然無恙的回覆，他頓時放下心中大石，可手下仍舊未停。「柒柒，出來！」

「來了！」柒柒掏出一包藥粉攥在手上，撒腿就往外跑。

第六十八章　大開殺戒

孔皇后對著一旁的紫衣宮女指了指自己的肚子，又指了指向外跑的柒柒，用口形說了個字。「殺。」

紫衣宮女神色一凜，點點頭，抄起地上一個花瓶碎片，不要命似的狂奔追上柒柒，用那鋒利的缺口狠狠往柒柒背上一扎。

柒柒本已跑到偏殿門口，推開了門，見到院子裡的慕羽崢，正揮手準備打招呼，冷不防身後被扎了一下，悶哼一聲，整個人往前一撲，重重摔出門外，趴倒在地。

「柒柒！」慕羽崢看著摔出來的柒柒，瞳孔一縮，一劍解決兩名試圖阻攔他的護衛，飛奔到柒柒面前。

柒柒背上插著破碎的瓷片，鮮血浸透衣衫流了出來，她抬起頭看著慕羽崢，面色蒼白、聲音虛弱，卻是笑著的。「哥哥，我是不是給你惹麻煩了？」

慕羽崢心痛欲裂，劍哐噹一聲掉在地上，他蹲了下去，不敢動那瓷片，更不敢將柒柒翻過來，顫著手將人小心翼翼地抱起，讓她趴在自己胳膊上，對著還在和護衛纏鬥的素馨聲嘶力竭喊道：「快去傳太醫！」

「是，屬下這就去！」素馨應了一聲，飛身就走。

身上血跡斑斑的護衛們被太子殿下那聲嘶吼給嚇到，期盼地看向偏殿門口，卻沒等到皇后出來主持大局。

眾人心中頓時明瞭，皇后已經捨棄他們，擺在眼前的只有死路一條，他們自動放下武器，默默退到一旁，等候發落。

紫衣宮女本以為自己能一擊必殺，即便沒成，太子殿下還被護衛攔著，一時之間趕不到，她再補個幾下也能將人處理掉。

萬萬沒想到柒柒那麼快就打開了殿門，傷是傷了，可若要她死，怕是難。

紫衣宮女站在門內，看著滿身戾氣、瞬間朝柒柒飛撲過來的太子殿下，下意識地後退幾步，不敢再上前。

殿內的孔皇后臉色鐵青，起身走過去幾步，低聲訓斥。「蠢貨，妳的刀呢，拿個碎片殺人，這不是在給本宮找麻煩嗎?!」

紫衣宮女失手，一想到後果，臉色煞白如紙，忙跪在地上磕頭道：「奴婢一時情急，還請娘娘恕罪！」

透過大開的偏殿門，孔皇后看著跪在地上肝膽俱裂的慕羽崢，沈聲道：「還不滾過來。」

紫衣宮女連忙爬起身，上前攙扶著孔皇后匆匆走進內殿，繞到床側，打開一道偽裝成衣櫃的暗門。

孔皇后捂著肚子走進暗門，攔住要跟進去的紫衣宮女，目露警告。「妳知道該怎麼做。」

紫衣宮女滿臉絕望，卻仍是垂死掙扎，跪地哀求。「娘娘饒命……看在奴婢盡心盡力服侍您的分上，就留下奴婢這條賤命吧！」

「放心去吧，妳的父母兄弟，本宮替妳照料。」孔皇后語帶威脅，按下開關。

眼見暗門緩緩闔上，紫衣宮女如同木偶般木然地坐了片刻，接著才爬起來，轉身走回偏殿。

慕羽崢跪在地上，看著趴在他手臂上的柒柒，聲音顫抖。「柒柒……妳和哥哥說句話，哥哥害怕……」

柒柒疼得快失去知覺，額上冷汗直滴，神情有些恍惚，可聽到慕羽崢快哭出來的聲音，還是強撐著開口。「哥哥，一點小傷而已，不怕的，你把我抱進殿內放下，我教你怎麼處理傷口。」

「好。」聽著柒柒那因為疼痛而顫得不成調的聲音，慕羽崢雙目赤紅，慢慢起身，像捧著珍寶一樣把她送入偏殿內。

那些宮女們已經不再打噴，見到太子殿下帶著柒柒進門，全都膽戰心驚地跪趴在地上，儘量往後縮，極力降低自己的存在感。

紫衣宮女則是面若死灰地跪在角落，安靜等死。

此刻，慕羽崢滿心滿眼都是柒柒，他沒有理會那些「死人」，抱著柒柒繞過屏風，將她輕輕放在榻上。

柒柒輕聲開口。「哥哥，我右邊荷包裡有藥丸，你解下來打開，拿那顆暗紅色的餵我。」

見柒柒血流不止，淌了自己一手，慕羽崢慌亂不安地把手在衣服上擦了擦，解下柒柒的荷包，從裡面倒出藥丸，顫手揀了顆暗紅色的餵到她嘴邊。

柒柒張嘴吃了，慢慢嚼著嚥下，又說：「你剪開我的衣裳，在傷口附近施壓，不要鬆手，再把碎片拔掉，拿我左邊荷包裡用黃紙包著的那包藥粉撒在上面。」

慕羽崢從靴子裡摸出一把匕首來，將柒柒背後裡外兩層衣衫慢慢割開。

看著破碎的瓷片一角扎進那細膩如玉的肌膚，鮮血汩汩流淌，慕羽崢心疼得像刀割。

戰場上，他受過大傷小傷無數，有時候中了箭，仗都還沒打完，他便直接將箭拔掉，拿布隨便往傷口上一纏，可此刻他無論如何都下了手。

慕羽崢覺得自己很沒用，偏過頭去。「柒柒，我不敢動。」

柒柒聽出他的哭腔，強忍疼痛，故作輕鬆地安慰道：「哥哥你忘了，我是大夫啊，我這只是皮肉傷，沒傷到要害，你信我，拔掉，撒藥。」

慕羽崢艱難地深呼吸了一下，一手壓住傷口周圍，一手握住瓷片飛快取了出來，鮮血頓時從傷口處快速往外流，好在瓷片尖角的部分不算太長，並未傷及肺腑。

柒柒悶哼一聲，眼淚不受控制地順著眼角流下來，可她硬是笑了一聲出來道：「哥哥，幹得好，我看你是個、學醫的好苗子。」

「別說話。」慕羽崢拿出柒柒交代的藥粉撒在傷口上，藥粉落下的剎那，血流速度肉眼可見地慢了下來，又過了一會兒，終於止了血。

柒柒製藥的本事師出顧奐揚，自己做的藥，她心中有數，感受到背後傷處傳來的感覺，她鬆了一口氣，一直僵著的脖子放鬆下來，整個人軟綿綿地趴在榻上。

慕羽崢嚇了一跳，忙蹲在榻邊打量柒柒的臉，見她還睜著眼睛，面色也稍微緩和了些，他便如劫後餘生一般，腿一軟，跪在地上。

柒柒的嘴角彎了彎。「哥哥，幫我清理一下傷口，找塊乾淨的布纏上，宮裡的太醫我信不過，咱們回家去。」

信不過太醫這話只是幌子，她是想帶他先回太子府。

柒柒怕慕羽崢衝動之下做出什麼傻事，心想回去後等他冷靜下來，和慕雲檸從長計議，再做應對之策更為妥當。

太醫院也有太子府的人，可慕羽崢覺得柒柒說得對，此時此刻還是小心謹慎為上。

他應了聲好，拿帕子為柒柒清理傷口，要包紮時，他不敢也不想用明華宮裡的東西，便掀開衣袍，從自己裡衣上割下一條布為她包紮傷口，隨後又脫下外衫，將她小心裹住。

素馨帶著一名太醫匆匆進門，見慕羽崢僅穿一身浸染了血跡的白色裡衣，先是一愣，再一看柒柒，便問道：「殿下，小娘子的傷處理好了？」

慕羽崢點頭，解下自己的腰牌丟給素馨。「去傳軟轎來。」

素馨接過腰牌後轉身出門，很快就領著八個太監抬了一抬可以平躺的軟轎回來，還帶著一件給慕羽崢的黑色外衫。

慕羽崢接過外衫穿好，輕手輕腳抱起柒柒，走出殿門，將她面朝下地放在軟轎上，放下四周遮擋的簾子，起身看了打頭的太監一眼。

那太監微不可見地點了頭，喊了一聲。「起轎。」

轎子抬起，平穩又快速地朝宮門口前進，慕羽崢跟在轎旁，柒柒看不見他，伸出一隻手道：「哥哥？」

慕羽崢握住她的手說：「我在。」

柒柒安下心來，閉上眼睛。

一行人沈默著到了皇宮門口，慕羽崢將柒柒抱上太子府的馬車，平放在座位上，俯身在她頭頂親了親。「妳先回府，我去去就來。」

柒柒猜到慕羽崢要做什麼，心中一緊，抓住他的手故意撒嬌。「哥哥，我要你陪我。」

「聽話。」慕羽崢慢慢將手抽出來，起身出了車廂。

「你回來。」柒柒手一撈，撈了個空，急得大喊，扯得傷口一陣抽痛，她屏住呼吸趴了回去，不敢再動。

慕羽崢下了馬車，吩咐一直候在馬車邊的書蝶和太子府的護衛們。「先送小娘子回府，照顧好她，孤很快就回來。」

護衛們見慕羽崢神色不對，上前一步齊聲道：「殿下，屬下們陪您去。」

「蒼朮跟著我即可，其他人護送小娘子。」慕羽崢擺手，帶著蒼朮進了宮門。

眾人應是，等書蝶上了馬車後，便往太子府前進。

書蝶看著面無血色的柒柒，蹲在她身邊，心疼得眼淚直落。「小娘子，您可還好？」

「我沒事。」柒柒說：「盯著外頭點，若見到公主阿姊，攔下她，我要和她說幾句話。」

書蝶應了聲，打開車門告訴車夫和護衛們留意公主殿下的身影，便轉身回去為柒柒擦汗、餵水。

慕羽崢面無表情地回到明華宮，一進門便冷漠開口。「殺。」

蒼朮抽出了劍，鬼影般從站在院門口等死的幾個護衛中間飛速穿過，眨眼工夫，幾人捂著脖子倒地，蒼朮收了劍，跟在慕羽崢身後往殿內走。

守在這裡問話的素馨迎上前來。「殿下，屬下翻遍了整個明華宮，沒見到皇后娘娘。皇后娘娘逼小娘子吃了一碗燕窩，裡面加了迷藥，小娘子機靈，先吃了解藥，沒有中招。

「可皇后娘娘下令，讓人把小娘子強行帶到偏殿，孔家那個浪蕩子孔玉郎等在那裡，意圖對小娘子不軌，讓小娘子拆了下巴、卸了手腳。宮女奉皇后娘娘之命要抓小娘子，小娘子撒了藥粉讓她們打噴嚏，這才逃過一劫，最後那個紫衣服的趁小娘子不備，從背後偷襲。」

慕羽崢平靜地走進偏殿，手腕翻飛、劍影閃爍，孔玉郎的雙手雙腳齊根斷了。

孔玉郎偏頭趴在地上，看到突然出現在眼前的斷手斷腳，神情一愣，等斷肢處傳來劇痛，他才意識到那是自己的手腳，頓時淒厲嚎叫。

慕羽崢抬腳往外走。「提他去見皇后。」

蒼術應是，進了偏殿，將血淋淋的「人」提在手裡，拖在地上走。

幾名宮女被偏殿那血腥的一幕嚇得魂飛魄散，全趴在地上瑟瑟發抖，拚命磕頭求饒。

「殿下饒命！」

「奴婢只是奉命行事……」

「殺。」慕羽崢語氣淡漠，還是只有一個字。

「是。」素馨提劍上前。

頃刻之間，幾名宮女的喉嚨被割斷，倒在地上，抽搐幾下斷了氣。

慕羽崢走到跪在最角落的紫衣宮女面前，居高臨下看著她道：「就是妳傷了我的柒柒。」

紫衣宮女身子抖如篩糠，卻梗著脖子視死如歸道：「就是奴婢傷的，誰讓她傷了孔家郎君，奴婢心悅於他，自然要替他報仇。」

此話一出，就變成她為私情而傷害柒柒，把皇后給摘了出來。這裡是明華宮，是皇后的寢殿，若是沒有她主子的同意，一個奴才怎敢傷害太子殿下的人，擺明就是在撒謊。

素馨上前一腳將人踹翻在地，用力踩壓著她的背道：「如實招來。」

紫衣宮女臉色青紫、嘴角溢血，她有心招供求個痛快，可想想家人還捏在皇后娘娘手裡，只能咬牙挺著。「太子殿下明鑑，奴婢句句屬實。」

慕羽崢知道是孔皇后在背後搞鬼，無心跟一個奴才在這裡耗費時間，提劍就往紫衣宮女背上扎去。

他下手的地方，正是柒柒方才受傷之處。

裹著怒火的這一劍，直接將人扎穿，紫衣宮女口鼻流出大量鮮血，當場嚥氣。

慕羽崢提著滴血的劍往外走，素馨跟上，蒼術拎著已經痛暈過去的孔玉郎跟在其後，地上拖出長長的一道血跡。

整個明華宮死屍遍地、血流成河，宛如人間地獄。其他侍奉的宮女與太監們全躲在屋子內，死死捂住嘴，大氣都不敢喘。

姍姍來遲的禁軍攔住慕羽崢的去路，禁軍統領拱手恭敬道：「殿下，陛下命微臣前來傳話，陛下說他知道您今日受了委屈，讓您出完了氣就先回府歇息，明日進宮來，他會給您一個公道。」

慕羽崢抬眸問道：「皇后在陛下那邊？」

禁軍統領頷首，上前一步低聲道：「回殿下，皇后娘娘突然出現在御書房，赤足脫簪請罪。說她只是存了私心，想撮合柒柒小娘子和自家姪子，這樣太子妃之位就能空出來給孔家小娘子，沒想到她的宮女覬覦孔玉郎，這才傷了柒柒小娘子。皇后娘娘還說，她破壞您的姻緣、謀算您的婚事，又御下不嚴，自知犯下大錯，已經自請廢后。」

禁軍統領沒說話。

好一招顛倒黑白、以退為進。慕羽崢語氣平淡。「所以，父皇便信了。」

慕羽崢又說：「父皇並不打算廢后。」

禁軍統領撓了撓鼻子。「微臣不好揣測聖意，但陛下讓您先回府。」

心中瞭然，慕羽崢不再多問，提著劍繼續往前走，眼看就要撞在禁軍統領身上，仍不止步。

禁軍統領面露難色，被迫往後退，語重心長地勸道：「殿下，您冷靜，陛下說會給您一個公道，不妨再多等一日？」

這樣硬闖，恐有謀逆之嫌。

可慕羽崢就像沒聽到似的，不怒、不躁，就那樣拎著劍，一步一步朝御書房的方向走。

禁軍無人不知這位歷經磨難的太子殿下有多狠，他越是平靜，越讓人覺得危險，加上他身後護衛提著那斷手斷腳的活死人，更是讓人不寒而慄。

整隊禁軍，包括禁軍統領在內，全都頭皮發麻，眾人如臨大敵，手齊齊按在劍柄上……

「小娘子，公主殿下在前頭。」馬車外的護衛稟報道。

柒柒趴在座椅上昏昏沈沈，一聽這話，忙睜眼道：「快，喊住公主阿姊，我有話說。」

護衛忙出聲遠遠招呼。

慕雲檸一身紅衣，手提一柄長刀，縱馬飛馳到馬車邊，開口就問：「妳家小娘子何在？太子何在？」

素馨掀開車簾道：「公主殿下，我們小娘子在車上，她……」

不等素馨說完，慕雲檸就把韁繩和長刀往緊隨其後而來的裴定謀那邊一扔，直接從馬上飛身落在車轅上，進入車廂後她打量了柒柒一眼，鬆了口氣道：「還好，沒死。」

柒柒說：「阿姊，我沒事，但是哥哥回宮了，妳快去攔著他，我怕他一個衝動再殺人。」

慕雲檸深知自己那弟弟是什麼性子，也清楚他這小媳婦兒在他心中的地位，估算了一下馬車到皇宮的距離，抱臂往柒柒對面一坐道：「要殺也殺完了，跟我說說，到底是怎麼回事。」

第六十九章　瘋砍洩憤

柒柒言簡意賅地把今日入宮發生的事情講給慕雲檸聽，慕雲檸冷笑一聲道：「賤婦，活膩了。」

她伸手在柒柒肩上拍了拍。「放心，一切有我，妳回府歇著。」

說罷，也不等柒柒回話，起身出了車廂，飛身上馬，對著裴定謀手一伸。「刀。」

「來了，娘子。」裴定謀把長刀丟回慕雲檸手裡，兩人極有默契地一夾馬腹，縱馬離開。

聽到那一聲滿是殺意的「刀」，再聽裴定謀那略顯興奮的聲音，還有外頭狂奔離去的馬蹄聲，柒柒哀嘆一聲，趴在榻上，有些後悔地說：「我怎麼覺得我不該喊阿姊過來的……」

柒柒滿懷擔憂地回了太子府，護衛把馬車從偏門趕進府內，停到柒柒的院子門口。

還沒到府裡時，書蝶就讓護衛先回去安排，等馬車停好，幾個力氣大的粗使侍女已經抬了一塊鋪好軟墊的板子等在那裡了。

「慢點，一定要慢著點。」書蝶招呼幾人一道把柒柒抬到板子上，小心地送進院中。

小翠剛從柱子那裡回來沒多久，聽說柒柒被皇后宣進宮了，也是萬分著急，正坐立不安地等著，一聽到外頭有動靜，忙跑出門，看到柒柒是被抬下馬車的，當即腿一軟，扶著一旁的花架才勉強站穩。

柒柒趴在板子上看到這一幕，忙抬了抬手說：「小翠姊，我好著呢。」

見柒柒還能笑著說話，小翠心下稍安，跑過去幫忙將人抬進屋，眾人又合力謹慎地將柒柒挪到榻上平放好，才依次退了出去。

天氣太熱，柒柒穿著自己的衣裳，又裹了慕羽崢的外衫，悶得一身是汗，她虛弱地開口。「幫我把哥哥的衣服拿掉吧。」

書蝶和小翠上前，一點一點地把慕羽崢的衣服扯下來，看著她背上裹著的白布透出血跡，書蝶紅著眼眶轉身往外走。「奴婢去請太醫。」

小翠蹲在榻邊，看著臉色煞白的小姑娘，忍了又忍，還是沒忍住，趴在榻上哭了起來。「柒柒，咱們回雲中郡吧，長安城太可怕了……」

見小翠哭得難過，柒柒故意「唉唷」一聲，小翠忙抬頭，一臉擔憂道：「可是疼？要吃藥嗎，我去拿。」

小翠站起身，急急忙忙跑到柒柒放藥的櫃子裡，手忙腳亂地抱了一堆藥瓶過來，往柒柒面前一放。「妳要吃哪個？」

柒柒剛在宮裡吃過藥，這會兒還不到再吃的時候，可看著小翠那殷勤的目光，又不忍心拒絕。

想了想，柒柒伸手拿了一瓶真的消食丸，打開瓶蓋倒出一粒放進嘴裡吃了，隨後笑了笑。「好多了。」

小翠見她都傷成這樣了，還在沒心沒肺地笑，一時不知道該說什麼。她坐在地板上，趴在榻邊，和柒柒小聲說話。「是誰害妳的，殿下知道嗎？」

柒柒也不隱瞞，把事情的大概經過對小翠說了，隨後嘆道：「哥哥回宮幫我算帳去了，公主阿姊跟著去，也不知道現在怎麼樣了。」

慕雲檸趕到宮中時，慕羽崢已經距離御書房百步之遙，他帶著蒼朮和素馨，被禁軍團團圍住。

禁軍統領邊退邊苦口婆心地勸道：「殿下，微臣求求您，不要再往前走了。」若再往前五十步，就殿下這手持利刃、殺氣騰騰的模樣，只要陛下一個命令，他們就得揮刀相向，哪怕他更願意效忠這位殺伐果決的儲君，可禁軍的使命就是保護陛下的安危，除非太子殿下此刻就反了，那他願意冒死賭一把。

慕雲檸看著平靜得宛如一灘死水的慕羽崢，輕輕嘆了口氣，高喝一聲。「都給本宮讓開！」

禁軍統領一見長公主駕到，不禁鬆了一口氣，可一看到她肩上扛著的長刀，那口氣又吊了起來。

公主殿下好的時候豁達大度、通情達理，除了愛拉人切磋以外，沒什麼別的毛病，哪怕不小心衝撞了她，她也不會計較。但她一犯起病來，那可真是……教人頭疼。

太子殿下再發狂，也是個正常人，只要別惹到他，他並不會傷及無辜；可公主殿下若是失控，那是真瘋啊，管你是誰，膽敢擋她的路，一刀就能將人掃飛。

禁軍們看看自己的劍，再看看公主殿下的長刀，自動自發地讓出了一條路。

慕雲檸走到慕羽崢面前，把長刀往地上一杵。「這裡交給我，你先回府去照看柒柒。」

自從重新進宮，慕羽崢一直冷靜自制，可看到自家阿姊時，卻像個孩子似的紅了眼眶。「阿姊，剛才我若是晚去一步，柒柒就要被他們害了。」

慕雲檸拍了拍慕羽崢胳膊。「我知道，你聽阿姊的話，先回去看看柒柒，這裡阿姊先替你出口氣，明天你再進宮來找父皇要說法。」

誰知慕羽崢不肯走，攥著劍的手泛起了青筋。「我此刻就要去找那毒婦算帳。」

慕雲檸問道：「怎麼算帳，直接殺了？別忘了，她是皇后，是中宮之主。」

只見慕羽崢目光狠戾。「皇后又怎麼樣，我殺不得嗎？」

這話大逆不道，他這是連名聲都不要了。

陛下若有意包庇，即便想殺，又怎麼殺得了。若當真任由他闖進御書房，怕是著了那毒婦的道、順了她的意。

慕雲檸冷聲道：「太子。」

姊弟兩人一個提刀，一個拎劍，站在那裡默默對視，周圍眾人屏氣斂息，呼吸都放輕了。

許久後，慕雲檸嘆道：「我不是攔著你討公道，你先回去看看柒柒，我遇見她的時候，她正疼得大哭，直喊著要你，後來還暈了過去。」

慕羽崢神色一變。「當真?!」

聞言，慕雲檸面不改色道：「不信你問裴定謀，他也在場。」

裴定謀立刻上前，神態自若地附和道：「你阿姊說的全是真的。」

慕羽崢再也顧不得其他，轉身朝宮外飛奔，飛簷走壁，眨眼工夫，就消失在眾人的視線中。

望向還在發呆的蒼朮和素馨，慕雲檸道：「行了，你們也回去吧。」

兩人應是，施禮告退，出了宮門，哪裡還有太子殿下的影子。

素馨回了太子府，蒼朮則提著孔玉郎翻牆越戶去了孔府，按照太子殿下的命令，直接把人丟在孔玉郎父親的床上，孔府上上下下頓時人仰馬翻，亂成一團。

送走幾人後，慕雲檸看了禁軍統領一眼，嚇得他後退兩步，擺出格鬥的姿勢道：「殿下，您要做什麼？」

慕雲檸沒搭理他，扛起長刀，帶著裴定謀去了皇后的明華宮，讓裴定謀站在宮門口等著她，她一個人進門，揮刀就砍。
從外砍到內，從裡砍到外，幾個回合下來，富麗堂皇的明華宮一片狼藉，嚇得原本就躲在屋內的那些宮女、太監們鑽到床底跟桌底，把自己藏了起來。
禁軍們生怕她胡來，跟了過來，可看著那被耍得虎虎生風的長刀，居然沒人敢攔。
唯獨裴定謀看得兩眼直發光，滿心滿眼的崇拜，要不是場合不允許，他都要喊上幾嗓子「娘子威武」來助助威了。
砸了明華宮，慕雲檸猶不解氣，拎著刀，帶著裴定謀去了孔皇后唯一的女兒靜雲公主的宮殿，照舊進門就砸。
十五歲的靜雲公主和她母親如出一轍，同樣擅長演戲，每每見到慕雲檸姊弟倆都要親切地喊聲皇姊、皇兄，哪怕他們不搭理她，她也一副兄弟姊妹情深的樣子，時日一長，便博了個溫柔賢德的好名聲。世人提起她，皆是讚揚有佳，可提起長公主慕雲檸，卻是嘖聲搖頭。
慕雲檸不分緣由進門就砸，但凡是個正常人，即便脾氣再好，也得黑著臉問上一句為什麼。
可靜雲公主竟一臉惶恐地跑出來說道：「皇姊，可是靜雲哪裡做錯了，您只管說出來，靜雲一定改。」
慕雲檸單手拎刀，一步一步將靜雲公主逼退到牆邊，再拿刀抵在她脖頸上說：「收起妳這副嘴臉，本宮不愛看。」

靜雲公主嚇得臉色煞白，泫然欲泣道：「皇姊，定是靜雲哪裡做錯了，妳想砸就砸個夠，好讓靜雲長長記性。」

慕雲檸微微用力，刀刃便割破靜雲公主脖子上的皮膚，滲出血珠。

她冷笑一聲說：「當本宮不敢殺妳？別忘了，全大興皆知，本宮是有瘋病在身。喔，還有，上次我立功回來，找父皇要了枚免死金牌，今日是妳母后犯賤在先，若是我一個『錯手』殺了妳，妳猜，妳的好父皇會拿我怎樣？」

這下靜雲公主當真怕了，嘴唇哆嗦著，想說些什麼，卻是發不出聲來。

慕雲檸滿意地拿刀背拍拍她的臉道：「以後見著我和太子，妳躲著走，若是讓本宮再見著妳這副賤兮兮的嘴臉，別怪本宮手抖。」

靜雲公主面色蒼白如紙，滑坐在地上。

放完話，慕雲檸接著到處劈，還把最愛打扮的靜雲公主的衣櫃砍了個稀巴爛，首飾盒也都剁碎了，隨後她就在靜雲公主崩潰的大哭聲中扛著刀揚長而去，出宮去了太子府。

慕羽崢騎馬飛奔回府，神色慌張地趕到柒柒的院子中，還沒進門就大喊：「柒柒！柒柒！」

由於柒柒受了驚嚇，太醫熬了一副安神湯讓她服下，藥效發作後她便睡著了，聽到慕羽崢驚慌失措的大喊，她猛地驚醒，一臉茫然地轉過頭去。

瞧見那高大的男人步履匆匆地朝她走來時，柒柒笑了，伸出手道：「哥哥，你回來了。」

慕羽崢只當柒柒暈過去又醒了，飛身奔到榻邊，單膝跪地，握著她的手，在她手背上連親了幾口說：「別怕，我回來了。」

守在一旁的小翠和書蝶，看著滿身血腥味的太子殿下飛身進屋，還來不及請安，就看到這親暱的一幕，兩人不敢再留，忙低頭退了出去。

柒柒有些害羞，又很開心，把臉埋在慕羽崢手心上蹭了蹭。「有人在呢。」

慕羽崢又在柒柒頭頂親了親，等她抬起頭來，柔聲問：「妳好些沒，傷口還疼不疼？」

柒柒搖頭道：「府裡的太醫檢查了傷口，重新上過藥，現在不疼了。哥哥，你還好嗎，有沒有遇到什麼麻煩？」

「沒有遇到麻煩，但我還沒能為妳討回公道，皇后躲到父皇那裡去了。」慕羽崢萬分懊惱。

柒柒的小臉蛋磨著他的手心。「哥哥，沒事的，反正只要她活著，早晚能算到這筆帳，不急在這一天。你先陪陪我好嗎，我想讓你陪著我。」

一向暴躁的小姑娘乖巧無比地說著軟話，慕羽崢的心都要化了，他俯身在她臉頰上親了親。「好，我哪裡都不去，就陪著妳。」

柒柒拍了拍身旁的空位。「那你上來摟著我。」

慕羽崢脫了鞋子，挨著柒柒躺下，胳膊輕輕搭在她肩上，見她還穿著那身破衣裳，便輕聲問：「可要換衣裳？」

睏意襲來，柒柒閉上眼睛，咕噥一句。「我好睏，晚上再說。」

柒柒趴在慕羽崢身邊，聞著那混著血腥味的熟悉味道，慢慢陷入夢鄉。

慕雲檸帶著裴定謀找來時，就見兩人在榻上躺著，不過睡著的只有柒柒，慕羽崢在一旁輕輕打著扇子。

見慕羽崢醒著，慕雲檸上前詢問柒柒的傷勢，聽到情況還好，便把慕羽崢喊了出來，姊弟倆和裴定謀一起討論，分析一向熱愛維護表面和平的孔皇后到底是發哪門子的瘋，連個徵兆都沒有，忽然做出此等爛事來。

可討論來討論去，也沒討論出個結果來。

柒柒熱醒了，咕噥著喊了一句哥哥，慕羽崢便扔下兩人，一個閃身就進了內室，撲到榻邊說：「我在呢。」

「要喝水。」柒柒睜開了眼。

慕羽崢去端了杯溫水過來，遞到柒柒面前，柒柒抬起頭喝了，隨後伸出胳膊說：「哥哥，你抱我一會兒，我肚子都趴麻了。」

從受傷後她就一直趴著，不過麻的其實不是肚子，而是胸，但這話不好直說。

慕羽崢貼著榻將手伸進去，將柒柒整個人穩穩地托起來，隨後就像抱孩子那樣，將她豎起來貼到自己身上，避開她的傷口，抱著她在地上來回走動。

站在門口看到這一幕，慕雲檸嫌棄地搖了搖頭，牽著裴定謀出去，自己在太子府內找院子住了下來。

慕羽崢抱著柒柒走了好一會兒，直到她說餓了，他就吩咐人送飯菜上來，柒柒不敢亂動，兩人嘗試了幾個方式，最後柒柒還是趴回榻上，由慕羽崢餵她吃。

吃過飯，柒柒說要擦身體，慕羽崢便讓書蝶跟小翠進來幫她，他躲去外間匆匆吃了幾口飯，又洗了個澡，換掉滿是血跡的衣衫。

等書蝶與小翠幫柒柒簡單擦掉身上的汗水與髒污，又為她換了身乾淨的寢衣，慕羽崢才再次進來。

他不放心，非要看一下柒柒的傷口，柒柒拗不過他，只好由著他掀開罩衫，獨留了一件兜衣在身上。

柒柒羞得滿臉通紅，趴在枕頭上裝死。她感受到那隻大手拆開繃布，又為她裹好，隨後一手柔軟的溫熱貼在她背上。柒柒身子一僵，腦袋轟的一聲響，接下來就感受到一滴一滴的淚砸在她身上。

她艱難地回過頭。「哥哥，你哭了？」

「沒有。」慕羽崢大手扣住柒柒的臉，輕輕將她的頭轉回原本的方向，接著拿袖子將落在柒柒身上的淚水抹掉，替她把罩衫扯好。

他挨著柒柒側身躺下，摸著她的頭，自責萬分道：「對不起，是我連累了妳。」

柒柒偏頭看他。「胡說八道，你是我的情郎啊，你的事就是我的事，我的事也是你的事，談何連累。」

慕羽崢湊了過去。「是我大意，孔皇后從不正面撕破臉，我沒料到她會突然發難，沒有防備，才讓妳陷入此等危險的境地。」

柒柒不解。「她為什麼突然抽風？」

慕羽崢眉頭微蹙道：「我和阿姊還有姊夫一同商議了許久，都找不到她這麼做的理由，妳再仔細跟我說說妳在明華宮的事。」

柒柒趴在枕頭上，揪著慕羽崢衣服上的帶子玩，慢慢地回想，把今日入宮的所有細節都說給慕羽崢聽。

慕羽崢聽完之後，還是沒找出孔皇后行為反常的理由。

柒柒也幫忙想，想著想著，納悶道：「不知道為什麼，皇后明明懷了身孕，卻一副不願宣揚的樣子，連摸肚子都不大敢，像是怕誰看出來。怎麼，她這是怕懷了龍胎招人陷害？她還說就是要讓你知道我受了委屈，哥哥，你知道她想怎麼挖坑嗎？」

慕羽崢猛地坐起身來，震驚無比道：「妳說什麼，皇后怎麼了？」

第七十章　製藥應急

柒柒嚇了一跳，歪著腦袋看他道：「皇后懷孕了啊，有兩個月了吧。」

慕羽崢哈哈大笑，俯身下去，捧著柒柒的臉，在她臉上狠狠親了三口。「柒柒，妳可真是我的大福星！」

柒柒抹著臉，無語道：「皇后若誕下皇子，你就多了個競爭對手，這麼高興做什麼？」

慕羽崢湊到柒柒耳邊輕聲說：「父皇的身體去年就壞了。」

柒柒眼睛一亮。「所以皇后這孩子……不是陛下的？」

慕羽崢頷首。「定然不是，我看過太醫院的手札，那病沒得治了。」

柒柒眼中燃起八卦的火花，興奮得半個身子都支了起來，痛得「嘶」了一聲又老實地趴了回去。「皇后給陛下戴了綠帽子，姦夫會是誰？」

慕羽崢答道：「尚且不知，不過她在入宮前本有個情投意合的青梅竹馬，據說當年兩家已經在議親，後來孔貴妃死了，她才進了宮。

「她那青梅竹馬的夫人上半年剛過世，若我沒猜錯，姦夫便是他。難怪她出此昏招，看來是急著將我趕下儲君之位，回頭好立淮南王為太子，到時再來個逼宮，只有這樣，那孽種才保得住。」

柒柒有些興奮地說：「要是把這事捅到陛下那裡去，那她不就完了？」

慕羽崢急匆匆穿鞋下地。「我得去找阿姊，即刻入宮，免得夜長夢多，若孩子沒了，便是口說無憑。她既已出招，那麼淮南王也一定做好了準備，怕是要反。」

他穿好了鞋，單膝跪在榻前，握著柒柒的手，愧疚不已。「今晚我不能陪妳了。」

柒柒想了一下，紅著臉嘟起嘴說：「那你親我一口再走。」

過去這種事都是慕羽崢主動，這還是柒柒頭一回主動要求，害羞得不得了。

慕羽崢心中歡喜，若不是情況緊急，他實在捨不得走。

他湊過去在她嘴上輕輕親了一口。「等我回來。」

柒柒趴回枕頭上，哼了一聲，不滿慕羽崢的敷衍，可也知道正事要緊。「那你萬事當心，我給你的那些藥記得帶上。」

「好，妳好好睡，我讓小翠跟書蝶過來陪妳。」慕羽崢起身走了。

在書蝶與小翠的陪伴下，柒柒安安穩穩地睡了一個晚上。

第二天早上醒來，還不見慕羽崢回來，柒柒忍不住問了書蝶。

書蝶不知宮中情況，正準備去打聽，就見素馨急匆匆地走進來說：「小娘子，殿下讓人傳信回來……」

昨天夜裡，慕羽崢找到慕雲檸，一說孔皇后有孕，姊弟倆就分頭行動。

慕雲檸先一步進宮，控制住正準備從皇宮密道逃走的孔皇后；慕羽崢則去了孔皇后的青梅竹馬家中，將人提到宮中，連同太醫一併送到陛下面前。

鐵證如山，孔皇后無法狡辯，陛下震怒，當即抽劍親手將兩人當場捅死。陛下餘怒未消、恨屋及烏，懷疑靜雲公主也非他親生，將她禁足在破舊的宮室中，等待日後發落。

慕羽崢跟慕雲檸請旨讓陛下藉此抄了孔家，可孔家畢竟有功勛在身，陛下擔心被戴了綠帽子這事傳出去有損龍顏，想找個合適的理由再處置。

然而還不等他下定決心，八百里加急軍報傳來——淮南王反了。

不光反了，還聯合衡山王攻下汝南與淮陽兩郡，正帶著叛軍朝長安城攻來。

陛下氣得吐血，直接暈厥。

「這麼快就反了！」

這一切雖在慕羽崢意料之中，但柒柒還是相當震驚。

孔皇后才剛被陛下刺死，淮南王這麼突然就造反了，顯然是沒將孔家人的安危放在心上。

柒柒問：「那哥哥和公主阿姊呢？」

素馨答道：「陛下今晨才轉醒，仍舊臥床不起，太子殿下臨時代理朝政，公主殿下在陛下身邊侍疾。殿下怕您著急，差人先一步回來送信。」

柒柒又問道：「可有說讓誰去平叛？」

素馨搖了搖頭。「暫且不知，朝堂上還在商議。」

想到慕羽崢和淮南王之間的仇恨，柒柒猜測他要親自出征平叛，當即要了紙筆，寫下一串藥材的名字與用量，交代素馨。「去幫我買這些藥材回來，我要做一些藥丸，要快。」

素馨領命而去。

柒柒對一旁的小翠說：「小翠姊，呂叔一家和柱子哥一家都還在來長安的路上，妳快去找柱子哥跟在山哥，就說天下怕是要亂一陣子，讓他們安排人手過去接，若是撥不出人，就讓他們去找哥哥要人，趕緊把人接來。」

「我正想著這事，那妳好生在家養著，我這就去。若是那邊需要我，我就留下；若是不用我，我就回來。」小翠匆忙地走了。

柒柒想了想，喊了書蝶過來拆開自己的繃布，再扶自己坐起來，讓她與另一名宮女一前一後舉著兩面鏡子照著。

檢查過自己的背部，柒柒確認傷口已經在癒合，放下心來，讓書蝶為她上藥，重新纏好繃布，接著漱洗、吃飯，再讓大夥兒用軟轎把她抬到府裡特地為她修的小藥房去。

等素馨火速帶著柒柒要的藥材回來，柒柒就靠坐在鋪著厚厚軟墊的躺椅上，指揮府裡的方太醫煉製藥丸。

方太醫聽柒柒熟練異常地報出幾道精妙的藥方，震驚得一愣道：「小娘子，您不怕老夫將您這藥方記去了？」

柒柒擺手道：「都是治病救人的方子，記去了又何妨，您若想要，回頭我寫給您。」神醫伯伯教她的時候，她也問過同樣的話，神醫伯伯就是這麼回答的。更何況，方太醫是哥哥的人，既然是自己人，就更沒什麼好隱瞞的。

「老夫自愧弗如。」方太醫頗為動容，對著柒柒深深鞠了一躬。

隨後方太醫沈默不語地按照柒柒交代的開始煉製藥丸，後來他一個人忙不過來，徵得了柒柒的同意，去喊了兩個徒弟過來。

柒柒負責指導，三人動手製作，忙忙碌碌一整天，做出了一大批治療外傷與內傷的藥丸。

趁他們忙活的時候，柒柒拿紙筆將這些藥效奇佳的治傷藥方寫下來，遞給方太醫道：「這幾個方子您拿好，去跟岳管家申請經費買藥材，抓緊時間再做一些藥丸，興許太子殿下要用。」

太子府上下都知道，柒柒小娘子雖然名義上是太子殿下的妹妹，可實際上已經當著太子府的家，方太醫二話不說地接過藥方，帶著兩個徒弟匆匆走了。

等他們離開後，柒柒讓人把門關上，獨自一人配了一些毒藥，這是神醫伯伯一再交代她不要外傳的東西。

當年那個給慕羽崢下毒的人沒再有過動作，但她心裡總是發毛，做一些毒藥給他帶在身上，算是有備無患。

隨後，柒柒又調製了一些她想得到的毒藥的解藥，分成小瓶仔細裝好。

傍晚時分，慕羽崢回府的時候，柒柒剛從小藥房被抬出來，他幾步上前將人小心地抱了起來。「怎麼出來了？」

柒柒問：「哥哥，你是不是要出征？」

慕羽崢點頭，頗為意氣風發地說：「對，明日我就要去軍營，三日後大軍開拔。」

柒柒摟上他的脖子。「我猜到了，今天我帶著方太醫他們做了很多治傷的藥丸，不僅方便攜帶，也能隨時服用。剛剛我又讓他們去買藥材了，這兩日再做一批出來，回頭你都帶著。」

慕羽崢顧不得還沒走到屋內，便低頭在柒柒額頭上親了一口。「妳真是我的賢內助。」

身後傳來眾人的輕笑聲，柒柒在他胸口拍了一掌道：「這麼多人呢，你矜持點。」

慕羽崢哈哈一笑，抱著柒柒進了屋，為她檢查了一下傷口，見已經消腫，稍稍放下心來，一邊往回包紮，一邊絮絮叨叨地交代。「等我走了，妳這傷口可要盯好，千萬不能沾水，每日要好好吃飯、好好睡覺，等我回來要是發現妳瘦了，定要罰妳。」

柒柒對慕羽崢這種上來就掀衣服的行為相當無語，她破罐子破摔地趴在枕頭上，一臉生無可戀地聽他嘮叨。

慕羽崢整理好柒柒的衣衫，掐了掐她的臉，好笑地問：「妳這是什麼表情？」

柒柒一雙水汪汪的眼睛含羞帶怯地嗔道：「誰家情郎像你這樣，還沒成親呢，上來就扒人家小娘子的衣裳。」

慕羽崢忍俊不禁。「早晚的事。」

不要臉。柒柒哼了一聲，把頭轉到另一側，懶得看他。

慕羽崢將柒柒抱起來往裡挪了挪，挨著她躺好。「陪我睡一會兒，昨晚一夜未睡。」

柒柒本來還想問問宮裡的事，見慕羽崢閉上眼睛，滿臉倦色，便不吵他。

今日趕製藥丸，柒柒午覺沒睡，這會兒趴在慕羽崢身邊，只覺得安心，沒一會兒也睡著了。

兩人睡了大半個時辰才醒，起來的時候，慕雲檸帶著裴定謀來了，四人一起吃了飯。

吃過飯之後，慕雲檸說起陛下的病，看著慕羽崢說道：「我總覺得父皇這病來得蹊蹺，可太醫又查不出什麼，不如讓柒柒去給他瞧瞧？」

明華宮發生的事還讓人心有餘悸，慕羽崢抓著柒柒的手，冷聲拒絕。「不行，沒有我的陪伴，柒柒不能再進宮。」

柒柒納悶道：「是懷疑中毒嗎，那為什麼不讓神醫伯伯去給陛下看看？」

慕雲檸耐心解釋。「顧大夫曾經是宮中的太醫，後來因為一些原因被冤枉責罰，便立下誓言，此生再不入宮。」

柒柒訝異道：「還有這樣一段過往？」

慕羽崢湊近柒柒耳邊輕聲說：「阿姊說的都是明面上的緣由，當年孔貴妃之死，興許有顧大夫的手筆，算是為了我母后報仇。後來他給自己挖了個坑跳，藉機出宮，也算保全自己。當然，這不過是猜測，無人能證實，就連顧大夫自己也不認，所以我們不能再讓他入宮，哪怕是為了父皇診病也不行。」

柒柒感動地說：「神醫伯伯真好。」

慕雲檸看著柒柒，慫恿道：「怎麼樣，妳想入宮嗎，阿姊陪妳。」

柒柒想了想，點頭道：「我想去，若陛下真是中了毒，那這下毒之人當真厲害，會不會是當年給哥哥下毒那人幹的？」

慕羽崢輕輕捏著柒柒的脖頸，態度堅決。「不行，我馬上就要出征，妳哪裡都不能去，就在太子府待著。」

聞言，慕雲檸嘖了一聲道：「你這是把柒柒當鳥養呢，她沒你想的那麼弱，再說了，以後你要娶她，總不能一輩子把她藏在身後護著吧，有我這個阿姊在，你怕什麼？」

裴定謀也說：「還有我呢，我跟你阿姊兩個，再加上你給柒柒派的百擎與素馨兩人，我們四個定能護住柒柒一個。」

慕雲檸接著道：「何況父皇如今躺在床上動彈不得，柒柒是大夫，是去為他瞧病的，他不會怎麼樣。」

柒柒一心揪出那個幕後下毒之人，拉著慕羽崢的袖子晃啊晃。「哥哥，你就讓我去看看吧，我不想當鳥，而且你看我的背沒事了，我都能坐起來了呢。」

慕羽崢認真地思考了一番，終是鬆了口。「那明日我先送妳進宮，再去軍營。」

說罷，他看著慕雲檸說：「阿姊，等我出門之後，柒柒就交給妳了，妳得護好她。」

慕雲檸拍了慕羽崢肩膀一下道：「行了，知道你這小媳婦兒重要。」

柒柒扯了扯慕雲檸的袖子，小聲提醒道：「阿姊，還不是，妳別亂說。」

小姑娘害羞的樣子惹得幾人忍不住笑了。

約好明日進宮的時間，慕雲檸跟裴定謀便去休息，柒柒突然想起一件事。「小翠姊還沒回來呢。」

慕羽崢抱起她往屋裡走。「她今晚不會回來，柱子跟在山同我告假，去接家人了，說是明天就能到。」

柒柒放下心來，又問：「柱子哥和在山哥也要跟你去嗎？」

慕羽崢點頭。「都去，立功的好機會，他們不能錯過。」

柒柒又問：「那雲實跟知風呢？」

慕雲檸將柒柒放在床上。「也去。」

柒柒很高興地說：「那就好，好歹是一起長大的，得讓他們多多攢些軍功，回頭當上大官好輔佐你，你以後做皇帝，總得有自己的人才行。」

慕羽崢見小姑娘說得頭頭是道，忍不住笑著逗她。「真沒想到啊，我們柒柒如今坐在屋裡都能對朝中大事運籌帷幄了。」

柒柒得意地抬起臉道：「那當然，你還當我是那個連洗馬是什麼都不知道的小丫頭啊！」

提起舊時趣事，兩人都笑了，柒柒笑得傷口疼，不禁一陣痛呼。

慕羽崢既好笑又心疼，不敢再逗她。

兩人說了一會兒話，臨睡時，柒柒想到慕羽崢這一去萬分凶險，又不知道什麼時候能再見，便拉著他的手哼哼唧唧，一會兒說熱，一會兒說背疼，一會兒又說手麻，總之找各種藉口拖著他，不讓他走。

慕羽崢被柒柒弄得團團轉，後來反應過來，笑了一聲，躺在她身邊看她的臉，輕聲說：「是不是想要我留下來陪妳？」

心思被拆穿，柒柒看著他嘴角的笑，有些窘迫，口是心非道：「你愛留不留，誰稀罕。」

慕羽崢把臉湊過去道：「只要親我一口，我就不走。」

柒柒氣得推他的臉。「快走。」

慕羽崢故意嘆氣，起身作勢要走。「好吧，那我走了。」

「哥哥！」

見慕羽崢當真要下地，柒柒忙伸手拉住他，慕羽崢便即刻躺回去，湊到柒柒面前，一副做好準備的樣子。

柒柒忍不住笑了，用胳膊撐著床往前爬了爬，湊上去在慕羽崢臉上親了一口。「行了吧。」

慕羽崢不滿意，指了指自己的嘴。

她就知道。柒柒又湊過去飛快在他嘴上親了一口，隨後趴在床上抿嘴偷笑。

慕羽崢眸色暗沈，顯然還不滿意，他盯著鵪鶉一樣趴在那裡的小姑娘，輕聲問：「柒柒，白天妳靠在躺椅上，傷口不疼嗎？」

柒柒不明所以，只當他在關心她，抬起頭傻呼呼地答道：「背後墊著軟墊，不疼。」

慕羽崢便起身去榻上抱了一堆軟墊過來，仔細地鋪在床上。

「你做什麼？」柒柒看他忙活，不甚理解。

慕羽崢沒說話，小心地抱起柒柒，將她翻了個面放在軟墊上，隨後雙臂撐在她兩側，低頭看她。

柒柒心中警鈴大作，雙手抵著他胸口道：「你想、想幹麼……我身上還有傷呢，你可不能胡來啊！」

慕羽崢仍舊不語，一手撐床，一手抓著柒柒的手按在自己胸口，隨後俯身，對著那張喋喋不休的粉嫩嘴唇親了上去……

第七十一章　請旨賜婚

這是兩人第三回親吻，可頭兩回都是淺嚐輒止、一觸既離，這一回才算是正經的吻。不知道過了多久，這個漫長的吻才結束，慕羽崢雙手撐著自己的身體，頭埋在柒柒的頸窩，久久不動。

柒柒頭暈目眩、四肢發軟，找不到說話的調子。

好一陣子，柒柒才推了推慕羽崢道：「你這樣撐著累不累？」

慕羽崢聽著小姑娘那軟軟甜甜的聲音，身體一酥，差點砸在她身上，忙翻身躺到一旁，在柒柒耳邊親了親，嗓音有些沙啞。「好甜。」

柒柒臉紅心跳，故作不懂道：「什麼好甜。」

慕羽崢點點她的鼻尖。「妳。」

柒柒蒙住臉，小聲地笑。

慕羽崢也跟著笑，兩個人像傻子一樣，就那樣一直笑，直到柒柒疲倦地睡了過去，慕羽崢才擁著她，跟著闔眼。

隔日，慕羽崢穿盔戴甲、一身戎裝，柒柒看著面前那一身黑甲的高大男人，捧著臉，笑得一臉花癡。「哥哥，你好俊呀。」

慕羽崢曲指敲她額頭，隨後將人抱起來，一直抱到外面馬車上，在慕雲檸和裴定謀的陪同下進宮。

太子府的馬車停到皇宮門口，慕羽崢抱著柒柒上了軟轎，一路抬到皇帝的寢宮，慕羽崢再將她抱進殿內，放在軟椅上。

陛下那日氣得吐血暈厥，經由太醫診治過後雖是醒了，卻總是昏昏沈沈的。

見突然進來這麼多人，陛下愣了片刻才認出慕雲檸、慕羽崢還有裴定謀，視線最後落在柒柒身上。「妳就是鳳柒？」

柒柒想起身行禮，被慕羽崢按住。「回父皇，她就是鳳柒。」

這是柒柒第一次見陛下，本以為他有多麼威風凜凜，來之前心裡還犯怵，可如今看他躺在床上，披散著花白的頭髮，既憔悴又虛弱，心道這也不過是個妻出軌、兒造反的可憐老頭罷了，心中的緊張頓時消散。

她坐在椅子上，不卑不亢地鞠躬行了個禮道：「陛下，民女就是鳳柒，今日進宮是來給您診病的。」

陛下說：「朕聽聞妳師從顧大夫。」

柒柒點頭道：「正是。」

陛下伸出手說：「那就替朕瞧瞧吧。」

慕羽崢將柒柒連人椅抱到床前，柒柒伸手搭在陛下的手腕上，診起脈來。

診完一隻又換了一隻，隨後她從腰間別著的荷包裡取出一根銀針，在陛下手指上扎了一下，擠出一滴血，沾在帕子上聞了又聞，又從荷包掏出一包藥粉撒在上面再聞，才道：「陛下，您確實中毒了，不過這毒是慢性的，且有些年頭了。」

柒柒也不賣關子，說道：「這毒會讓人無法生育，最終還會壞了身體。」

簡單地說，相當於是藥物閹割了。

陛下想到宮中妃嬪眾多，這幾年卻無一有出，而他的身體從去年開始就力不從心，臉色頓時陰沈可怖。「可能查出這毒是怎麼下的？」

柒柒道：「這毒陳舊，怕是難查，而且陛下還新中了一種毒……確切地說，不是毒，是讓人情緒激動失控的藥物。民女猜測，您氣得吐血暈厥，就是此藥引起的，您想想近日的飲食、身邊伺候的人可有什麼異常？」

陛下仔細回想，氣得胸口劇烈起伏道：「是那毒婦，她最近日日親手送上一碗補藥，朕從不曾懷疑過她，咳咳咳……」

說著，陛下劇烈咳嗽起來，貼身大太監忙上前幫他順氣，餵他喝水。

柒柒等人視線交錯，瞬間想通了孔皇后看似愚蠢莽撞、實則心機深沈的行為。

她先給陛下下毒，利用柒柒惹慕羽崢發狂，引他殺到御書房，若父子兩人起了爭執，那把陛下氣得吐血暈厥的人，就成了慕羽崢這個太子。

不僅如此，孔皇后肯定還有後招等著害死陛下，到時她站在道德制高點，聯合孔家還有淮南王的擁護者，一同彈劾太子，為他扣上害死君王的罪名，淮南王再以誅殺逆賊、為陛下報仇的名義殺進長安城，奪位一事就變得順利成章。

淮南王提前造反，並非不在乎孔皇后的死，而是他們早就計劃好了，只是沒料到柒柒這麼難對付，一個人就鬧得明華宮人仰馬翻。

但凡柒柒是個不通藥理、不懂醫術的尋常弱女子，那日必定難逃一劫。若孔皇后陰謀得逞、柒柒被害，慕羽崢暴怒之下必定一路殺到御書房，說不定真就掉進了孔皇后他們挖的坑裡。

這事不光幾人想通，陛下也想明白了，一陣劇烈咳嗽之後，他又吐出一口血，拍著床怒罵。「逆子，枉費朕這麼寵愛他！」

罵完，他指著慕羽崢道：「你在這裡傻站著做什麼，還不快去軍營領兵，把他抓到長安來，朕要親自問問朕哪裡對不起他！」

慕羽崢無動於衷，指了指柒柒說：「父皇，兒臣要娶她，您的旨意還沒下。」

柒柒扯了扯慕羽崢的袖子，抬眼看他——沒看陛下都要氣死了，你怎麼趕這時候說這事？

慕羽崢握住她的手，就那樣看著陛下說：「父皇，請您下旨。」

陛下氣得指著慕羽崢又咳了好幾聲，但到底沒罵出什麼，他口述，讓太監執筆，寫了一份冊封柒柒為太子妃的聖旨。

慕羽崢親自盯著陛下蓋好了玉璽，隨後笑著給他磕了個頭，真心實意道：「多謝父皇恩典。」

見慕羽崢笑得合不攏嘴，柒柒也忍不住開心地笑，坐在椅子上鞠躬行禮道：「多謝陛下恩典。」

慕雲檸和裴定謀也在一旁跟著笑。

陛下終究消了怒，嘆了口氣，揮了揮手道：「都先下去吧，朕一個人待一會兒。」

眾人行禮告退。

慕羽崢把聖旨交給慕雲檸，他抱起柒柒，一行人走到外頭。

等陛下身邊的大太監把皇宮能召集的人都召集到一起，慕羽崢就抱著柒柒跪在地上，慕雲檸親自宣讀了聖旨。

兩人謝恩起身後，周圍響起一片恭賀聲與道喜聲。

慕羽崢一臉春風得意，柒柒摸著他的鎧甲，笑得眉眼彎彎。

如願拿到賜婚聖旨，慕羽崢心情大好，叮囑慕雲檸一定要將此事昭告天下，隨後萬分不捨地和柒柒道別。「我要去軍營了，妳在家乖乖等我回來。」

柒柒被抱到軟轎上，淚光閃閃道：「哥哥，你要盡快回來，我會想你的。」

慕羽崢想親一親小姑娘，可身邊有一群人看著，他強行忍住，摸摸她的頭，又捏捏她的手，心一狠，轉身往外走。
柒柒笑著目送他離開，直到看不見他的身影，眼淚才掉下來。
慕雲檸壓根兒就不給她傷感的時間，招呼幾個太監抬起軟轎就走。「行了，別哭了，妳郎君打完天下很快就會回來。」
冷不防被抬起來，柒柒嚇了一跳，拍著胸口問：「阿姊，咱們去哪兒？」
慕雲檸道：「去抓下毒之人。」
柒柒驚訝地說：「阿姊，妳知道他在哪兒？」
慕雲檸說：「去了就知道了。」

到了太醫院，眾人一見是長公主帶著禁軍闖進來，忙膽戰心驚跪地請安。
唯獨一名花白鬍子的老者仍舊坐在書桌前寫字，慕雲檸逕自走過去，一腳踹翻書桌道：「左院判，天牢裡頭走一趟吧。」
「待老夫寫完罪狀。」左院判朱兆懷從地上撿起沒寫完的紙，走到另外一個書桌旁繼續寫。
慕雲檸抱臂等著，等他寫完畫押，拿起來一看，冷笑一聲。「顧大夫猜得沒錯，太子中的毒果然是你下的，奈何先前父皇並不信我，而是信了那毒婦，這才讓你苟活到今日。」
朱兆懷苦笑道：「顧師兄的醫術還是勝我一籌，一猜便猜到了。」

柒柒看著這老頭，氣得想給他幾棍子。「神醫伯伯不光醫術比你好，心地也比你善良千萬倍，你拿著皇家俸祿，竟敢謀害陛下和儲君，真是該死！」

朱兆懷笑了一下，嘴角忽然溢出烏血，直接倒地，他看著慕雲檸哀求道：「公主殿下，老夫無妻無子，孑然一身，不求別的，只求將我的屍首交予顧師兄，讓他送我還鄉。」

他這是提前服毒了，柒柒看著慕雲檸問道：「阿姊，要救嗎？」

看著七竅流血的朱兆懷，慕雲檸冷聲道：「不必。來人，將他的屍首抬出宮去，隨便找個地方挖坑埋了。害太子瞎了那麼久，讓他入土為安都算我大發善心了。」

柒柒十分贊同慕雲檸的做法，慕羽崢瞎的那段時間有多難熬，她感同身受，害了人還要讓神醫伯伯送他還鄉，也想得太美。

一行人從太醫院出來，慕雲檸直接帶柒柒出宮，送她回太子府。

柒柒不解地問道：「阿姊，那個左院判為什麼要給哥哥下毒？」

慕雲檸答道：「朱兆懷和顧大夫是師兄弟，他卻心術不正，所以他們師父把醫術傾囊相授給顧大夫，對他卻有所保留。朱兆懷心生不滿，和顧大夫明裡暗裡爭鬥，他跟隨顧大夫的腳步當上太醫，可進宮後他藏得太深，顧大夫還當他改邪歸正了，這才疏於防範，沒察覺到他竟投靠了孔家。

「顧大夫早就跟我說過，有可能是他配的毒，幾年前崢兒一回宮，我們就告訴父皇這個猜測，可父皇寵信孔皇后，被她三言兩語一說，這事就那麼過去了。如今倒好，他自己著了那毒婦的道，也算他不相信我們得到的報應。」
聽慕雲檸罵陛下，柒柒分外解氣，可還是很懂事地沒接話，又問：「毒是他配的，那是誰給哥哥下的？」
慕雲檸冷臉道：「是太子身邊一個護衛，父母妻兒被孔皇后抓了，以此要挾，那護衛想必是被蒙騙他們只想讓太子眼瞎，無緣儲君之位，沒想到他們是要太子的命。」
柒柒想到慕羽崢當初的樣子，小臉緊繃道：「那護衛後來怎樣？」
慕雲檸接著說：「那護衛後來拚死揹著太子離開，他雖害了太子，卻也為了保護太子而死，他的家人在我們離開長安城那日，全死在孔皇后手中。」
柒柒道：「這些事陛下都不管？」
慕雲檸冷哼道：「儲位爭奪本就是你死我活，有本事的人就能站到最後。對父皇來說，崢兒和其他皇子一樣，在他心中無什麼差別，只不過他更偏愛淮南王一些罷了。」
柒柒又小聲問道：「阿姊，現在太子府的人可信嗎？」
慕雲檸點頭。「我提前回來那幾年，把太子府內外仔細查了一遍，如今留下的都是乾淨的，妳大可放心。」
柒柒鬆了一口氣。「那就好。」
「當初顧大夫傳授妳醫術，也是想著妳留在崢兒身邊能照顧他。」慕雲檸拍拍柒柒肩膀，起身準備離開。「這陣子妳就留在太子府養傷，阿姊要住到宮裡幫父皇打理朝政，還要鎮著一些心懷不軌的小鬼，妳若有事，就讓人進宮來尋我。」

柒柒乖巧地應下。「阿姊妳也要處處留心。」

慕雲檸笑著掐掐柒柒的臉道：「放心，妳阿姊是誰啊，不怕死的儘管送上門來。」

待慕雲檸與裴定謀都走了，柒柒望著空蕩蕩的屋子，心裡空落落的。「哥哥，柒柒想你了。」

隔天，整個長安城沸沸揚揚傳著幾件大事——

淮南王聯合衡山王起兵謀反，孔皇后配合淮南王行刺陛下，事跡敗露，被當場誅殺。皇后母家孔家被抄，財產充公，所有人都進了天牢。

太子殿下親自領兵平叛，即日便要出征；陛下身體有恙，崇安公主代理朝政。

在這些讓人人心惶惶的家國大事面前，陛下下旨賜婚鳳柒小娘子為太子妃這件喜事便顯得有些突兀，自然引發了一陣熱議，大家都在猜測這位鳳柒小娘子是誰，為何能夠獲得太子殿下青睞，還能讓陛下在這緊要關頭賜婚。

朝堂上的大臣們則各有各的心思，很多人都對柒柒這個太子妃不滿，尤其是那些家有女兒待嫁的臣子，文謅謅地說了許多廢話，總結起來就是柒柒無父無母、無家無業，配不上太子殿下，不堪為太子妃，頂多當個側妃。

這要是遇著陛下，怕是還要勸慰幾句，安撫一下大臣們躁動失望的心，可眼下是慕雲檸代理朝政，她才不慣著那些吃飽了撐著，不管天下大事，卻盯著太子家事不放的臣子。

慕雲檸提著長刀走下龍椅，一陣刀風掃過，刀刃對著那些囉哩囉嗦的老頭子，挨個兒問過去。

「說柒柒不配，怎麼的，你配？還是你配？」

「柒柒是我認的妹妹，說她無家，這是在咒本宮死啊？」

「又說柒柒無業，是你們這些臣子養不起太子了，要堂堂儲君找個女人吃軟飯？那大興要你們何用？」

「別以為我不知道你們打的什麼鬼主意，當年柒柒一口水、一口飯照顧傷重的太子時，你們家姑娘還在那鋪滿了錦緞的床上，讓下人服侍著穿衣吃飯吧！」

「太子在受苦受難，你們家的女兒在享樂享福，現在想當太子妃，本宮就問，她們配嗎？」

「就憑柒柒當年把太子從鬼門關拽回來，這個太子妃就是她的，誰也別想搶！」

慕雲檸拎著長刀一頓橫懟，把一群臣子懟得啞口無言，再不敢多說一個字。

聽素馨繪聲繪影地說完，柒柒笑得眉眼彎彎，滿心崇拜道：「阿姊真的帥氣。」

笑了好一會兒，柒柒又說：「素馨，往後妳每天出去打聽一圈。」

她如今是正經的御賜太子妃了，對這些事總得上起心來。

素馨應好，又說道：「奴婢按您的吩咐去見了小翠小娘子，她說兩家人都安全抵達長安，正在休整，等安頓好了，您的傷勢也痊癒，就帶他們來見您。」

柒柒點頭道：「妳明日出門的時候去見一下遇兒，別提我受傷的事，就說我這陣子忙，不方便出門，讓他買些禮物先替我給他們兩家送過去。」

素馨一一應好。

柒柒窩在太子府專心養傷，終於熬到傷口癒合，結痂、掉痂，這才痛痛快快地洗了個澡，接下來就提著禮物，喊上齊遇，一起去拜訪呂家和柱子家。

兩家宅子挨在一起，見柒柒到來，大夥兒便聚在呂家吃了頓飯。在山跟柱子都在外打仗，眾人難免有些擔憂，不過久別重聚還是令人開心的。

柒柒見柱子的爹娘拿小翠當親閨女一樣疼愛，柱子的弟弟妹妹更纏著小翠喊姊姊，也替小翠高興。

第七十二章　百年之好

在山與柱子都有了官職，家裡也請了下人，不需要蔓雲費心，柒柒就邀請蔓雲跟她回去住幾日。恰好周雅來找柒柒玩，當天晚上，四個姑娘就擠到一張床上說悄悄話。

柒柒跟小翠的婚事有了著落，蔓雲和周雅還沒有，但周雅覺得自己還小，還不想嫁，大家就問起了蔓雲。

蔓雲笑著說在山已經為她介紹了一位同袍，那日在山去接他們的時候，那位郎君也跟著去了，兩人匆匆見了一面，對方身材高大、模樣不錯，約定等仗打完回來，兩人再好好聊聊。

聞言，柒柒和小翠連掐帶推非逼著蔓雲多說一些，周雅看她們三個鬧得開心，便像個爭寵的小孩子，非擠到三人中間去坐著，幾人嘻嘻哈哈鬧成一團，鬧著鬧著，一想到那幾個男人都在戰場上，又不禁齊聲嘆氣。

柒柒好笑地拍拍周雅道：「妳嘆什麼氣？」

周雅一臉愁容道：「我兩個哥哥也在打仗啊。」

柒柒一想也是，點頭道：「是啊，兩位表哥那頭也打起來了。」

大興內亂，蠢蠢欲動多年的南越國想趁亂分一杯羹，打了過來，周晏和周清兩人所在的南境軍也正在抗敵。

四個姑娘並排躺好，望著床頂滿心憂愁，柒柒嘆了口氣道：「這仗什麼時候能打完，哥哥們什麼時候能回來啊？」

小翠挨著柒柒，偏頭看著她說：「很快。」

柒柒笑著點頭說：「對，一定很快就能回來。」

夏去秋來，秋去冬來。

數個月過去，慕羽崢領軍消滅叛軍，生擒淮南王、斬殺衡山王，淮南與衡山兩地取消郡國，改為郡縣。

慕羽崢差人押送淮南王入長安，他則帶著大軍一路南下，同南境軍一起大敗南越國，南越王派出使臣求和，兩國休戰。

年關將近，至此，打了大半年的仗終於結束了。

當柒柒得知大勝的消息後，便日日盼著慕羽崢回來。本以為要等到過了年才能相見，可臘月二十九這晚，她睡得正迷糊，就落入一個裹著寒氣的懷抱。

柒柒頓時嚇醒，當她就著微弱的燭火看清半夜鑽入她閨房的男人，正是日思夜想的太子殿下時，柒柒笑了，伸手摟住他的脖子道：「哥哥，你回來了。」

慕羽崢擁著朝思暮想的姑娘，低聲道：「可有想我？」

柒柒在他肩膀上點點下巴，乖巧地應道：「想了。」

慕羽崢笑了，抱著柒柒抱著將她面朝下放在床上，去掀她寢衣。「傷可好了？」

「好了好了，早好了！」柒柒一慌，回手死死捂著後背，掙扎著想爬開，奈何那隻又粗糙了些的大手輕輕鬆鬆將她按得無法挪動分毫，氣得她抬腳踹他。「你起開！」

慕羽崢摸摸她的頭道：「聽話，讓我看一眼，不然我不放心。」

說罷，他拿開柒柒的手，掀開她的衣角，微涼的手指在那早已癒合的傷口上輕輕掠過，隨後輕輕在疤痕上碰觸了一下，聲音低沈又滿是心痛。「還是留疤了。」

一陣溫熱襲來，柒柒只覺一股電流從背脊竄入腳底，整個人向後彎成蝦米狀。「你、你登徒子！」

慕羽崢聽著那微微發顫的嬌斥，這才反應過來自己幹了什麼，再仔細一看，小姑娘連兜衣都沒穿，寬鬆的寢衣裡頭空蕩蕩，他心頭一陣狂跳，忙將人鬆開。

柒柒重獲自由，連滾帶爬跑到角落，扯好寢衣，抱著被子把自己裹得嚴嚴實實，面頰緋紅、警戒萬分地看著這個危險的男人，趕起人來。「你快走。」

慕羽崢本意只是想檢查她的傷處，畢竟在他離開之前也不只看過一次，沒想到竟鬧成這樣，他伸出手去。「對不起，我不是有意……」

她剛受傷那陣子疼得要命，他也毫無雜念，不管是看、親、落淚，都是出於心疼，可她這都好了，他還這樣……柒柒又抬腳踹他。「還說……你還說！」

半年未見，慕羽崢本還想好好與小姑娘親熱一番的，這下可好，直接把她惹惱了。他不敢再上前，好聲好氣地打著商量。「好，我不說，那妳讓我親一口可好？」

經過方才那一遭，柒柒哪裡還敢讓他親，攥緊被子搖頭道：「不要。」

慕羽崢無奈地嘆了口氣，在她頭上揉了揉道：「明日我們進宮去請婚期。」說罷，起身離開了。

帷幔落下，柒柒等了一會兒，爬到床邊探出腦袋去看，見人當真走了，她便捂著臉躺回床上。

躺了一會兒，她裹著被子來回滾了滾，再抬起臉來時卻是滿面笑容。「哥哥回來了。」

隔天一早，柒柒醒來，就發現慕羽崢早早等在屋內，看著懶洋洋靠在榻上笑著看她的高大男人，柒柒想起昨晚那一遭，一顆心不禁亂跳。

慕羽崢坐起來，伸出手道：「過來。」

柒柒小小地哼了一聲，彆扭了一下下，還是忍不住走過去，撲進他懷裡，巧笑嫣然道：「哥哥。」

慕羽崢將人抱在腿上坐著，扳著她的臉仔細打量道：「不錯，胖了些。」

柒柒不滿，抬手拍他說：「你才胖了呢！」

被拍了幾下，慕羽崢身心舒暢，哈哈笑著，抱著她的腿將人舉高往外走。「走，進宮。」

朝中早已封筆，慕羽崢帶著柒柒入宮，和慕雲檸夫婦一起陪陛下過年。

才半年未見，陛下就老得不成樣子，不過四十多歲，已是銀髮蒼蒼。

先前淮南王被押進天牢，陛下去看過一次，他出了天牢之後，淮南王自盡，陛下也病得越發重了。

多日過去，陛下竟是連坐起身來都難，幾個人跪在床前給他磕頭請安、恭賀新年，陛下也只是抬眼看了看，便揮手讓太監給幾人送上壓歲荷包。

慕羽崢跪在床前簡單匯報軍情，陛下只是點點頭；慕羽崢說打算年後成親，他也沒有意見，精神不濟到連說話都沒什麼力氣。

等慕羽崢說完，陛下便傳了早就等候在偏殿的諸位重臣進來，當著眾人的面把玉璽傳給慕羽崢，又拿出一份早就寫好的傳位詔書，讓太監宣讀，言明自己病重無法理政，即日起由太子慕羽崢全權主持朝政，待他死後，由太子接任帝位。

慕羽崢叩頭謝恩，眾人叩首領命，陛下便疲憊地揮手，示意眾人離開。

出了殿門，眾臣朝慕羽崢行禮恭賀，隨後一一告辭出宮，返家過年。

對柒柒來說，這是件令人高興的事，可礙於陛下還臥病在床，她不好笑出來，只是攥著慕羽崢的袖子扯了扯，慕羽崢則握住她的手捏了捏。

雖說陛下無法起床，可四人還是留在宮中吃了午宴，接著出宮各回各府。

柒柒和慕羽崢在太子府安靜又溫馨地過了除夕，到了夜裡，慕羽崢以陪柒柒守歲的藉口，賴在她屋裡沒走，一番親親抱抱自是難免，但慕羽崢克制住自己，沒有再進一步。

親暱過後，慕羽崢心滿意足卻又意猶未盡地擁著柒柒說：「真想快些成親。」

柒柒見他嗓音不對，生怕他情難自禁，回頭收不了場，忙拿了被子隔在兩人中間，轉移話題。「哥哥，當初在驛站時，你和阿姊被害，查清楚是誰幹的了嗎？」

慕羽崢點頭道：「是淮南王和孔皇后一同下的手。」

柒柒問：「那陛下知道嗎？」

慕羽崢輕輕捏著她白潤的手指，嘆了口氣道：「起初應是不知，但在我們出事之後，他想必是知道了。」

柒柒生氣了。「那你沒有問問陛下，他為什麼不找你和阿姊？」

慕羽崢戳了戳她氣鼓鼓的臉頰道：「最是無情帝王家，有什麼好問的。父皇本就不滿外祖父逼迫他立我為儲，這事在他心中始終是根刺，他還擔心我同周家聯合起來奪他的權。身為父親，哪怕他不曾想過害我，可他另外一個好兒子替他拔了這根刺，他心裡應當是舒坦的。」

柒柒怒道：「你可從來沒有不臣之心，最終還是他的好兒子淮南王造了反，他的好繼后給他戴了綠帽子。」

慕羽崢笑了。「過去的事我已不在意了，別氣了啊。」

柒柒一想也是，有些人生來就不是好父母，犯不著為這種人生氣難過，她往慕羽崢懷裡拱了拱。「那我們說點高興的事。」

慕羽崢點頭道：「好，就說高興的事。」

柒柒抬起頭，看著慕羽崢，小小聲說：「哥哥，我喜歡你。」

「再說一遍。」慕羽崢眼睛一亮，抓著柒柒哄她再說，可柒柒不肯，兩個人頓時滾成一團……

正月十五，周晏和周清以周太尉義孫的身分回到長安城。

說是周老夫人過度思念兩位孫兒，導致病重，周太尉不得已，才託舊時部下找了兩位和周家人容貌相似的郎君認為義孫，以此寬慰周老夫人的心。

誰都看得出這兩位「義孫」和周家人長得有多相像，可硬是沒人提起，全都裝瞎子、裝啞巴。

和周家交好者，自然樂得周家兩位郎君還活著，提了禮物上門道喜；和周家素來不和的，也識時務地閉了嘴。

畢竟如今陛下一日之內大半時間都處於昏迷狀態，未來大興的君王是太子慕羽崢，周家兩位郎君明目張膽地「詐屍」，定是太子殿下默許，在太子殿下即將大婚的喜慶關頭，誰也不會去觸那個霉頭。

周晏與周清回來後，柒柒就被認到周四郎名下，成了周錦林和顧夕荷夫婦的義女，柒柒再次有了疼愛她的爹娘。

柒柒搬進周家待嫁，慕羽崢則搬入宮中，兩人暫時分開。

一如不見，如隔三秋，每日忙完政務之後，若時間上允許，慕羽崢就會出宮，披星戴月地潛入太尉府去看柒柒。

柒柒見過了兩位英武不凡的表哥，悄悄對來看她的慕羽崢開玩笑，說要不是他從中作梗，她現在就嫁進周家了，結果被慕羽崢按在榻上好一頓收拾，她不禁淚眼汪汪地保證，自己再也不亂說話了。

在柒柒搬入太尉府的前幾日，小翠認了呂叔為乾爹，柒柒為小翠準備的嫁妝都拉去呂家了。

二月末，柱子與小翠成親，小翠從呂家出嫁，柒柒和慕羽崢都去觀禮，看著小翠上了花轎那一刻，柒柒和蔓雲手拉著手，高興得又哭又笑。

春暖花開，慕雲檸跟裴定謀親自帶人去了一趟北境，找到當年那不知所蹤的五千親衛骸骨，連同被青山寨等人掩埋的送親隊伍屍骨一同重新裝棺安葬，建了一座陵園，種上一排排青松。

慕羽崢以陛下的名義頒布旨意，將當年之事昭告天下，為那些將士正名，並在城外寺廟為他們點上長明燈。

至此，舊事已了。

五月初，慕雲檸和裴定謀從北境趕了回來，參加慕羽崢與鳳柒成婚的儀式。

柒柒鳳冠霞帔，十里紅妝，從太尉府出嫁，慕羽崢並未按照禮制在宮中等待，而是上門親迎。

接親隊伍接了新娘子，一路朝觀禮的百姓送糖、撒錢，吹吹打打、鑼鼓喧天，整座城池都喜氣洋洋。

兩人在皇宮舉行了盛大的婚儀，隨後柒柒被送入新房。

宮中設晚宴招待百官和家眷，絲竹歌舞、熱鬧非凡，但沒人敢來鬧太子的洞房。

慕羽崢陪眾人喝了幾杯，便藉口酒勁上頭，匆匆離席回了新房。他揮手讓屋內伺候的人下去，直接進了內室。

一進門，就見一身嫁衣的小娘子，手拿圓扇，安安靜靜地坐在紅紗纏繞的床邊，慕羽崢的心頭狂跳，慢慢走過去，將扇子推開，露出後面一個紅唇皓齒、百媚千嬌的美人來。

他喉間滾動、心頭發熱，按捺不住地伸臂去抱，卻被美人推開，他順勢坐下，湊過去在她頸間嗅了嗅，低聲喃喃。「娘子好香啊……」

柒柒一顆心撲通撲通跳得厲害，她低垂眼眸、睫羽輕顫，縮著脖子躲閃道：「還沒喝酒。」

「好，那就先喝酒。」慕羽崢起身去桌邊倒了兩杯酒端過來，一人一杯，手臂交疊，將合巹酒一飲而盡。

柒柒把酒杯遞給慕羽崢，示意他放回桌上，慕羽崢照做了，走回來問：「妳可餓？」只見柒柒搖頭道：「先前書蝶給我拿了些吃的，我還不餓。」

「可是我餓。」慕羽崢靠近柒柒身邊，拉著她的手，目光灼灼地看著她羞得通紅的臉，怎麼也看不夠。

一聽他餓，柒柒鬆了一口氣，指著桌上擺著的飯菜道：「那你先吃點。」

「好，我先吃點。」

慕羽崢輕笑了一聲，卻沒去桌子那邊，而是直接將柒柒按倒在被褥之上，嚇得柒柒低聲驚呼。「你想幹什麼？」

「洞房花燭夜，妳說我想幹什麼？」

「可你不是說餓，要先吃點嗎……哎呀，你別咬我啊，我是說讓你吃飯……」

紅色紗幔摞下，一室旖旎、滿床繾綣……

柒柒素來有些小脾氣，平日和慕羽崢在一起，向來都是他讓著她，不管怎樣他都說好。慕羽崢眼睛看不見、腿也受傷的時候，柒柒心疼他尚且來不及，從來不打他。

可後來他長大了，有時候惹得柒柒不快，柒柒就抬手拍他，真惹急了，踹他幾腳也是常有的事。

可小姑娘的力氣在一個人高馬大的習武之人面前，簡直就是在搔癢，每每踹得慕羽崢哈哈笑。

不過，柒柒若真的生氣，他也很識時務地順著她的意，不敢胡來。

一直以來，兩個人都是這種相處模式，柒柒早就習慣了。

柒柒從來沒想過，對她可謂百依百順的男人在床榻上竟然是這般霸道，不管她是拍他、踹他，抑或是軟聲細語地喊他哥哥、向他討饒，他非要心滿意足了才肯罷休。

偏偏慕羽崢精力充沛、體力極好，她又是初經人事，難免要吃些苦頭。

大婚過後，一連好幾日，天一擦黑，慕羽崢就張羅著歇下，每晚都要鬧騰到大半夜。

隔天他容光煥發、神采奕奕，該上朝就上朝，該練武就練武，該處理政務就處理政務，柒柒則要補上大半天的覺，一睡就要到晌午。

這已經是柒柒第五日沒見到早上的太陽了，一覺醒來，只覺得腰痠腿軟，渾身都沒力氣。

她躺在床上望著床頂，一臉生無可戀地說道：「這樣的日子什麼時候是個頭啊？」

正在屏風外批奏摺的慕羽崢聽見那聲哀嘆，忍不住悶笑出聲。

柒柒聽到罪魁禍首的笑聲，翻身爬到床邊，伸手撩起帷幔，氣哼哼道：「你還笑！」

第七十三章　婚後日常

慕羽崢放下摺子，起身走過去，看著床邊那條白嫩如玉的手臂，還有上頭殘留著的清晰手指印，眸色又是一深，他坐到床邊，俯身下去在柒柒鬢邊嗅了嗅，隨後又親了親她的耳朵。

柒柒翻身捂住他的嘴，阻止他不懷好意的親近。「太子殿下，這可是光天化日。」

慕羽崢握著她的手在她手心親了親。「光天化日又如何，誰敢攔著孤不成？」

柒柒知道一旦讓他得逞，怕是一時半刻又沒得歇，只好揪著他的衣襟軟聲撒嬌。「哥哥，我餓了，真的好餓，我想吃烤羊腿，還想喝甜羹。」

慕羽崢最怕柒柒挨餓，聞言打消心中邪念，先出去吩咐了一聲，回來就把那軟綿綿的人抱起來，替她穿衣、抱她下地，幫她洗臉、梳頭、搽香膏。

柒柒坐在他對面，仰著臉，眉眼彎彎道：「哥哥，還記不記得以前你幫我搽香膏，當時我不知道你是太子，香膏捨不得用，就讓你給我搽臉上一小圈。」

慕羽崢忍不住笑道：「那時候妳臉上就那一圈格外細膩，我看不見，一摸都能摸出來。」

小時候不覺得有什麼，可現在一想，柒柒就覺得格外有趣，笑得前仰後合。「我那時候好傻。」

慕羽崢點點她的鼻子說：「是個小傻姑娘，連我是什麼人都不知道，就敢往家裡救。」

柒柒抱住慕羽崢的腰，窩在他懷裡蹭了蹭臉。「哥哥，當時雲中城的城西那麼多流民，也有許多無家可歸的孤兒，可我只把你帶回家了，你說這是不是緣分？」

慕羽崢低頭親吻她的頭髮道：「是緣分，妳說那麼多地方，我為什麼不往別的地方爬，偏偏爬到妳面前去了呢？」

柒柒也笑著說：「是啊，草原上那麼大，我就跑到你跟前去挖菜，還一眼就看到你手裡的髮帶了。」

說完，兩個人相擁著一起傻笑。

吃過飯，柒柒想出去透透氣，可她不想自己走，慕羽崢便將人打橫一抱，送到御花園新搭的鞦韆旁去坐。

柒柒坐在鞦韆上，慕羽崢在後面慢慢推了一會兒，便挨著柒柒坐下，用腳踩著地慢慢晃著。

瞇眼看著午後還有些刺眼的目光，柒柒感嘆道：「現在的日子可真好。」

慕羽崢側頭看著她，滿眼笑意。「以後會更好。」

柒柒說：「哥哥，我希望這世道永遠太平，百姓總能吃上飽飯。」

慕羽崢想起多年前，塔布巷裡吃了上頓沒下頓的小柒柒和小鳳伍，那時兩人只能喝野菜粥果腹，晚上窩在炕上聊天，柒柒就問他。「哥哥，你說這世道還能好嗎，大家還有吃上飽飯的那一天嗎？」

他記得他回的是：「會的，會有那麼一日的。」

想起舊事，慕羽崢捧起柒柒的臉，斂起了笑意，語氣格外認真。「柒柒，妳放心，別的地方我不敢說，但大興一定會的。」

柒柒和小時候一樣，笑著說：「哥哥，我信你。」

往後的許多年，慕羽崢勵精圖治、任人唯賢，又佐以雷霆手段，使大興兵強馬壯、國富民安。

當然，這都是後話了。

蕩完鞦韆，兩人就返回寢宮，慕羽崢接著批摺子，柒柒就靠在他身邊為他研墨、看他忙碌，看著看著就趴在他腿上睡著了，慕羽崢便將她輕輕抱到床上歇息。

見柒柒實在疲倦，慕羽崢晚上就沒鬧她，只是抱著她。

這麼多天來，難得迎來一個安穩寧靜的夜晚，柒柒格外珍惜，生怕慕羽崢見色起意，拿被子把自己裹得嚴嚴實實，才肯窩在他懷裡。

慕羽崢看得好笑，屈指敲她額頭。「妳夫君是狼嗎，就這麼防著我？」

柒柒哼了一聲，道：「太子殿下，你跟狼有什麼區別嗎？」

聽她這麼說，慕羽崢便故意去咬她脖頸，咬得柒柒笑著躲，兩個人鬧了一會兒，又抱在一起說話。

柒柒的手指在他結實的胸膛上畫圈玩。「哥哥。」

「嗯？」

「我想和你說件事。」

慕羽崢抓起她不老實的手指，放在唇邊親了親。「妳說，我聽著。」

柒柒看著他，問道：「哥哥……你相信人有前世嗎？」

慕羽崢想了想，點頭道：「不知，許是有吧。」

柒柒說：「我信。」

慕羽崢低頭說：「妳信，我便信。」

柒柒笑了。「我記得我的前世。」

慕羽崢想到小時候柒柒睡著後作噩夢說的那些話，感興趣地問：「說給我聽聽？」

柒柒早就想和慕羽崢說了，聞言點頭道：「這麼多年過去，其實很多事我都記不清了，那個世界……」

上一世，柒柒活在現代，也叫鳳柒，小名叫果果，她的父母一開始很恩愛，她也是被父母捧在手心上的幸福寶寶。

可後來父親生意失敗，兩人的感情日益惡化，從分房睡，到後來分居，但凡見面必定吵吵嚷嚷，一吵架就什麼狠話都說。

母親怪父親沒本事，給不了他承諾過的幸福生活；父親說母親愛慕虛榮、見錢眼開。母親說想過好一點的生活有什麼錯，父親說那妳當時不要選我；母親說我怎麼知道你家會破產，還說沒這孩子我早跟你離婚了……

起初兩人還避著柒柒吵，可後來吵的次數一多起來，就什麼都不管了。

小小年紀的柒柒，聽多了要是沒有她，他們早就離了這種話，便努力做個乖巧懂事的孩子，自己穿衣吃飯，連幼兒園都是自己去，儘量不給父母添麻煩，生怕他們離婚不要自己。這樣吵了幾年，從柒柒四歲吵到她六歲，終究離了婚。父親淨身出戶，把車子、房子、為數不多的存款還有她留給母親，遠赴海外做生意，多年未歸。

離婚後不過半年，母親再婚，帶著柒柒嫁進豪門。

母親為了站穩腳跟，拚命討好富豪繼父與繼女，忽略了柒柒。其他大人對待孩子的態度，很大程度取決於父母，因為母親的不上心，柒柒在這個重組家庭受了數不清的委屈。

繼姊是天生的富家女，從小驕縱跋扈，又有父親寵著，要所有人都圍著她轉，一旦母親對柒柒稍顯關懷，她就躲起來哭個不停，說母親不喜歡她了。

母親貪戀豪門的奢華生活，而繼女會影響再婚的丈夫對她的想法，為此她選擇委屈柒柒，不敢再公開對柒柒好。

繼姊的年紀比柒柒大不了幾歲，母親刻意的討好，很快俘獲了繼姊的心，繼姊越發想獨占母親的寵愛，有人在的時候對柒柒還算過得去，可背地裡總是欺負她，罵她窮鬼、小要飯的、拖油瓶。

柒柒跟母親說了，母親卻讓她忍，說等以後她生了弟弟，到時候在家裡說話有底氣，一切就好了。

然而，有一次母親和朋友打電話的時候，無意間抱怨了一句，說要不是帶了個拖油瓶，也不至於要對新的家人低聲下氣，柒柒聽了非常傷心。

繼父的生意很忙，日理萬機，幾乎把柒柒當成陌生人，每次見面都很嚴肅，彼此從來不親近。柒柒不喊他父親，是不願也不敢，主要是因為繼姊暗地裡警告過她，她要是敢叫那人父親，就把她跟她母親趕出去。

柒柒知道母親有多想留在這個家，就只喊叔叔，可母親卻生氣，說她蠢得要死，嘴不甜，連聲父親都不肯叫，可她不能跟母親說是繼姊不讓她叫的。

進入豪門不過一年，天災就來了，冰天雪地，還有突然不知道從哪裡冒出來的喪屍。

柒柒和母親跟隨繼父與繼姊四處逃亡，逃亡的路上，車子拋錨。柒柒和繼姊同時受了傷，繼父揹著物資，母親則揹起十二歲的繼姊，放棄了傷得更輕的柒柒，說很快便來接她，哭著走了。

那一年，柒柒才九歲。

柒柒獨自留在拋錨的車中，雖然車子是防彈玻璃，喪屍進不來，可透過窗戶看著那些恐怖血腥的畫面，她瑟瑟發抖，尤其是夜晚來臨，四周一片漆黑，那種孤獨等死的滋味，哪怕時隔多年，她依舊難忘。

聽著柒柒用講故事的語調平靜講完她的上一世，慕羽崢心疼得不得了，下顎緊繃，將柒柒緊緊箍在懷裡，力氣大得恨不得把她按進身體裡去。

柒柒忍不住提醒道：「哥哥，你勒疼我了。」

慕羽崢雙眸泛紅，放輕了力道，將臉埋在柒柒的頸窩。「所以，妳才那麼怕黑，身上隨時帶著火摺子？」

柒柒輕聲應道：「嗯。」

「所以，妳才一再跟我說永遠都不會丟下我？」

「是，被拋棄的感覺真的太糟糕了。」

慕羽崢又問：「妳知道我是太子的時候，是真的想過離開我對嗎？」

在那種環境下成長的柒柒，很怕自己成為累贅，不希望自己是拖油瓶，所以她一直幫助並拯救別人，比如他跟小翠。當時柒柒是更強的那一方，只有這樣，她才不會被拋棄，這令她心安。

所以，當初他若是沒那麼死皮賴臉地纏著柒柒要她當妹妹，哪怕表現出那麼一丁點太子的高傲派頭，柒柒是真的不會要他。

柒柒沒想到慕羽崢真的懂她，往他懷裡窩了窩，傻傻地笑著說：「那時候是那樣想過，不過後來我還是貪你的財，跟著你走了。」

慕羽崢心中堵得慌，用力把人抱緊。「對不起，上一世妳遭遇那麼多，我卻不在妳身邊；在塔布巷時妳那麼不安，我還隱瞞我的身分，對不起。」

柒柒聽出慕羽崢的難過，摸了摸他的頭髮道：「哥哥，都過去了，你別難過。」

慕羽崢問道：「那妳可還恨妳的母親？」

柒柒搖搖頭說：「早就不在意了，我曾作過一個夢，夢到我母親最後還是被那父女倆拋棄了，她臨死前朝我留下來的方向懊悔痛哭，說對不起我，還說若有機會重來一次，她絕不會拋棄我。雖然那是個夢，但我覺得是真的。

「再說，我來到這裡之後，我爹娘很愛我，還有蔓雲姊、在山哥、柱子哥、小翠姊跟呂叔他們，大夥兒都對我很好。

「還有，最最最重要的，」柒柒扯掉被子，翻身趴到慕羽崢身上。「哥哥，最最最重要的是，我遇見了你。」

兩人額頭抵著額頭，慕羽崢動容地說：「我也感謝老天讓我遇見了妳。可妳吃了那麼多苦、受了那麼多罪，我一想就……」

柒柒往慕羽崢嘴上一親，打斷他後面的話，隨後抬起頭來，面頰緋紅道：「哥哥，你要是心裡難過，就疼疼我吧，但要輕一些，也不要那麼多花樣，就這樣抱著我，面對面抱著我。」

說完，柒柒摟住慕羽崢的脖子，把臉埋在他胸口，羞得抬不起頭來。

「好，我輕輕的。」慕羽崢不再等待，翻身把人壓在身下，低頭吻了上去……

陛下先前病得很嚴重，整日昏睡，柒柒本以為他熬不了多久了。

然而，或許是因為放下朝政，得以安心休養，後來他的身體情況竟慢慢好轉，到了中秋時分，已經能下地到御花園散步了。

當時慕羽崢在前朝，柒柒正在御花園盪鞦韆，見到陛下突然出現，她頗為驚訝，忙從鞦韆上下來行禮請安。

她和以前一樣喊他陛下，並沒喊父皇，在她心裡，他不配當慕羽崢的父親，很抗拒喊他父皇，好在慕羽崢姊弟倆偶爾也會喊他陛下，她這麼喊不算突兀。

陛下倒不在意柒柒的過分客氣，抬手示意柒柒起來。「陪朕走走。」

柒柒應是，跟在陛下後面兩步的距離，慢慢往前走。

沈默良久後，陛下才開口。「給朕說說崢兒在北境的事。」

先前不管不問，現在來打聽有什麼用？

按照柒柒的性子，她是不願意搭理他的，可畢竟他還是皇帝，哪怕慕羽崢如今手握玉璽，全權打理朝政，可他仍舊是太子，柒柒不想得罪大興名義上的主君，免得給慕羽崢惹什麼麻煩。

見柒柒沈默，陛下也不催促，靜靜地等著。

柒柒故意問道：「陛下想從何聽起，從太子被兒媳撿回家開始講嗎？」

陛下頷首。「就從那裡開始講吧。」

柒柒提醒道：「陛下，那就說來話長了，一時半刻怕是講不完。」

陛下走到亭子裡面坐下，將隨侍的太監和宮女都打發得遠些，讓柒柒也坐下。「無妨，妳只管講。」

聞言，柒柒開了口。「那幾年，北境兵荒馬亂，尋常百姓家連飯都吃不上，孩子們得空就要去草原上挖野菜填肚子，那是一個晴天……」

柒柒的語氣平淡，完全不像給慕羽崢講事情那般繪聲繪影，她看著天上的雲朵，回憶著過往說了起來，從撿到慕羽崢，講到他瞞著她……

她沒刻意加油添醋博得陛下的同情，也沒故意隱瞞或粉飾太平，只如實傳達慕羽崢當時的狀況——斷了的腿、錯位的腿骨、瞎了的雙眼、塞滿了泥土的指甲，還有滿是倒刺、鮮血直流的手指……

當然，柒柒與慕羽崢、慕雲檸等人早就通過氣，面對陛下時，哪些事能講、哪些話不能說，她記得牢牢的，一點錯都沒出。

柒柒儘量言簡意賅，可陛下時不時地就問上一句，她不得不細說分明，這一講就是一個時辰過去，講得柒柒口乾舌燥，陛下聽得神色晦暗不明。

等柒柒一講完，陛下便一言不發，起身逕自離開了，也不知道他是什麼意思。

看著陛下在太監的攙扶下走遠，柒柒沒心情再待下去，腳步匆匆返回宮殿。

等了一會兒，前朝散會，慕羽崢一回來，柒柒就拉了他到內室，把剛才在御花園發生的事情跟他說了，末了擔心地問道：「哥哥，這麼多年來，陛下從沒跟你打聽過當年你是怎麼活下來的，你說他突然問我這些做什麼？」

慕羽崢把人拉到懷裡坐下，在柒柒頸間嗅著，不甚在意地說：「許是閒的，終於想起他除了是君，還是我的父親。」

柒柒小聲嘮叨。「這算什麼啊，遲來的父愛嗎，誰稀罕呢。」

慕羽崢輕聲笑道：「我都不介意了，妳還在這裡生氣，別氣了，咱們做點高興的事。」

說著兜住柒柒的後腦勺，用唇堵住她的嘴。

過了好一陣子，慕羽崢才鬆開，柒柒已經軟綿綿地趴在他身上了，慕羽崢笑著說：「就這點本事，才親一下呢。」

柒柒拍了拍他的胳膊，嬌嗔道：「要你管。」

慕羽崢忍俊不禁，將人扶著坐好，伸手往她腹部一摸。「這裡可有動靜？」

第七十四章　繼承大位

柒柒搖頭嘆道：「還沒呢，我的寶寶不知什麼時候能來。」

慕羽崢見她垂頭喪氣的模樣，覺得煞是可愛，笑著親了親她。「別擔心，顧大夫不都說了沒事。再說，娃娃晚一點來也好。」

「好什麼好？」柒柒不解，抬眼瞪慕羽崢，對上一雙笑意滿滿的眸子，她頓時反應過來他是什麼意思，氣得掐他的腰。「你就只想著那件事！」

慕羽崢也不閃躲，笑著由著她掐。「妳年紀還小，晚些生也好。」

自從兩人成親以來，慕羽崢看了很多醫書，仔細研究了一番女子如何生子，越看越是心驚，心想生孩子著實是件凶險的事。

他問了太醫，又問了顧奐揚，都說等女子年紀大些、身體成熟一點時再生更為安穩。

慕羽崢對柒柒說過，可柒柒覺得自己沒問題，說大家都這麼生呢，她也能，他便未刻意做什麼措施。

興許是柒柒月事來得太晚，身體還沒長好，數月過去，兩人親熱無數，柒柒卻一直不曾懷上，慕羽崢微微鬆了一口氣，覺得這樣剛好。

可柒柒一提起這事，卻總是唉聲嘆氣。

慕羽崢知道柒柒的心結，她就想要個女兒，寵著她、護著她長大，不讓她吃一點苦、受一點難。

對她來說，表面上是在養孩子，其實更像在養過去的自己。

見柒柒蔫蔫地窩在他懷裡，他也不勸，就那樣抱著她，柔聲安慰。「會有的，日後我再勤懇些。」

柒柒瞪他。「你要是再勤懇，我就得散架。」

想到某種可能，柒柒小臉一紅，悄聲說：「哥哥，你說是不是你把我肚子撞壞了，我才懷不上的。」

慕羽崢忍不住笑了。「胡說八道，妳除了累些，腰痠些、腿軟些，不見有哪裡不適，太醫每日來請平安脈也說一切安好，哪裡會撞壞？」

柒柒摸著肚子，認認真真感受了一下。「也是喔。」

慕羽崢掐掐她的臉道：「放寬心，緣分到了自然就來了。」

柒柒點頭道：「好吧。」

憂愁也沒用，柒柒把煩惱拋到腦後，兩人又是甜甜蜜蜜地過了一天。

讓柒柒震驚的是，早已不管政務的陛下，隔天竟上朝了。

聽到這個消息的時候，柒柒很擔心，生怕陛下心血來潮，又把朝政處置權收回去。

慕羽崢在軍中的威望是靠打仗打出來的，他運籌帷幄、能征善戰，帶兵圍擊匈奴、剿滅叛軍、打敗南越。

曾經並肩作戰的情誼，讓大興南北的將士們對這個會劈柴生火、煮飯烤肉，餓了從野地裡拔起一把野菜就往嘴裡塞，和他們一樣吃得了各種苦、充滿了煙火氣的太子殿下忠心耿耿。

加上這段時日以來，慕羽崢在處理政務方面高瞻遠矚、雷厲風行，早已贏得滿朝文武真心實意的認可和佩服。

大興下一任皇帝鐵定是慕羽崢，即便陛下此刻抽風再把權力要回去，皇位早晚都是慕羽崢的，只不過是還要再等多少年的問題。

可柒柒打心眼裡不想讓陛下這麼做，慕羽崢心懷百姓、胸懷大志，頒布很多利國利民的新舉措，不過短短時日，已初見成效。

他需要帝王的權力在手，才能早日讓大興繁榮昌盛，給百姓們一個太平盛世。

只要有眼睛的人都看得出來，慕羽崢這個朝氣蓬勃的太子，比暮氣沈沈的陛下更適合管理大興。

陛下如今還不到五十歲，若是他重返朝堂，又在皇位上坐個十幾二十年，那慕羽崢的光陰豈不是蹉跎了？

平日柒柒從來不管前朝的事，此刻卻是坐立難安，在屋內轉了幾圈後，她喊了百擎過來，讓他悄悄去打探一番。

百擎領命匆匆離去，柒柒一顆心七上八下，最終站到院門口去等。

很快的，一向冷靜沈穩的百擎面帶喜色地回來，到了柒柒近前跪地賀喜道：「恭賀太子妃，太上皇今日在大殿上傳位給陛下了。」

素馨與書蝶等人一聽，全都樂得笑容滿面，跟著跪地恭賀。

柒柒一愣，隨即笑出聲。「那可真是件開心的事，書蝶，快去御膳房張羅，晚上加餐慶賀，記得要烤全羊。」

「是，奴婢這就去。」書蝶笑著應道，起身小碎步跑走了。

柒柒也不在院子裡等了，特地跑到後宮和前朝交界的地方去守候，不知過了多久，才見一身黑袍的慕羽崢面帶笑意走了過來，柒柒顧不得他身後還跟著太監和護衛，立刻上前抱住他道：「哥哥，恭喜你！」

慕羽崢朗聲大笑，伸手把人抱起來走回去，一路上兩人都沒說話，可彼此一對望就忍不住要笑出聲。

回到宮殿，進了門，柒柒想從慕羽崢身上下來，卻被他抱著往空中丟了好幾下，隨後又抱著她的腿轉了好幾圈，轉得柒柒頭昏眼花，他才把人抱在懷裡坐下。

慕羽崢緊緊擁著柒柒，語氣頗為感慨。「其實我早就做好了準備，不會再把玉璽還回去。今天父皇走入大殿那一瞬間，我已在考慮要用哪種方法奪權，沒想到他竟主動傳位於我。」

柒柒摟著慕羽崢的脖子，親了親他的嘴，又親了親他的臉，毫不吝嗇地誇讚。「誰都知道我家哥哥是能幹的明君，太上皇自然也看得到，但凡他還有點為人父的良心，就不該和你爭這個位置。」

慕羽崢被誇得笑出聲，親了柒柒的額頭道：「在妳心裡面，我就這麼好？」

柒柒也親他的額頭。「那當然，你是我一手養大的呢。」

慕羽崢悶笑不止。「胡說八道，明明是我把妳一手養大的。」

想起自己替他餵飯、餵藥的那些日子，柒柒不服道：「哪裡……」

話還沒說完，慕羽崢的手就開始不老實。「這裡，還有這裡，都是我養大的。」

柒柒臉蛋一紅，掙扎著躲開。「你這個登徒子！」

慕羽崢故意嚇唬她，把人往肩上一扛，大步流星往內室走。「何為登徒子，我們細細探討一番。」

最近慕羽崢不知道從哪裡弄了一些夫妻看的畫冊，每晚都要拉著她研究一番，惹得柒柒一聽「探討」兩字都心顫。

她大驚失色，踢著腿道：「還是白天呢，你剛登上皇位就那樣，傳出去有損你的名聲，快放我下來，我不要做那禍國妖女！」

慕羽崢哈哈大笑，將柒柒放下，捧著她的臉仔細打量。「禍國妖女……嗯，這臉倒是綽綽有餘，可妳這性子實在太過野蠻粗暴，不適合當妖女。」

柒柒瞪他，瞪著瞪著不禁笑了，她抱住他的腰，把臉貼在他胸口道：「哥哥，你要一直當個好皇帝，這樣我跟咱們的娃娃才能一直吃吃喝喝開心度日。」

慕羽崢摸著她的頭髮，語氣認真。「我向妳保證一定會的，若是我哪日走歪了，妳記得拿棍子抽我，就像當初妳在塔布巷趕跑壞人那樣。」

柒柒仰頭笑了。「好。」

慕羽崢順利登基，不到半個月，就舉行了盛大的封后大典。

整個後宮除了慕羽崢和柒柒以外，還住著太上皇與眾位太妃，另有太妃們生的幾個未成年公主及皇子。

先前柒柒雖以太子妃的身分住進皇宮，卻不曾插手管理過後宮，每日只是吃喝玩樂。

後宮諸項事宜，一直是兩位太妃奉太上皇的命令打理，如今柒柒入主中宮，按照規矩，兩位太妃隔天就把鳳印、帳冊、庫房鑰匙等一應物品全交到柒柒手裡。

柒柒還不太明白該怎麼做，但客套了兩句之後，便接過了東西。

太子府的人都能幹至極，柒柒也請了先前去北境教她規矩的嬤嬤來幫忙，還有素馨、書蝶等一干人，她全委以重任。

不是說柒柒用人唯親，主要是上一輩那些恩恩怨怨實在太過糟心，她真的不敢再用太上皇的人，免得回頭誰又耍什麼陰招。

太子府出身的舊人，都跟著慕羽崢沈沈浮浮、一同共患過難，對他忠心耿耿，先不說能力如何，至少不會有人動了歪心思。

慕羽崢在前朝的手段可謂殺伐果決，難免讓人對他心生懼怕。

柒柒心想，那她就做個溫柔的皇后，對於宮人們犯的小錯小過，睜一隻眼、閉一隻眼。或許是這樣，她給人一種錯覺，就是「軟弱可欺」。

又或許是天底下總是有看不清形勢、腦袋拎不清的人，仗著自己是太妃，在太上皇那裡還算得寵，就不怎麼把她這個年紀輕輕、平民出身、沒有母族當作靠山的皇后放在眼裡。

目前，每個太妃都占著一個宮殿，由一大群人伺候一個人，柒柒認為這樣單純是浪費人力與物力。為了方便管理，更為了節省開支，她想將太妃們的住處都挪在一起。

當然，柒柒事先徵詢過慕羽崢的意見，慕羽崢說隨她安排，如今她是後宮之主，她說了算。

然而好歹太上皇還在，這些太妃們也是長輩，柒柒便又特地跑了一趟太上皇的宮殿，徵求他的同意。

柒柒給出的理由是，大興剛經歷過幾番戰火，百廢待興，百姓生活仍舊艱難，身為皇族理應作為表率，削減用度，與大興子民們一同度過難關。

這話柒柒可不是說著玩的，她和慕羽崢也很節約，雖不會刻意苛待自己，但從不浪費。這點太上皇也很清楚，聞言便點頭，說了和慕羽崢差不多的話。

獲得了皇上和太上皇的支持，柒柒規劃好一切之後，親自上門挨個兒和太妃們解釋一遍，希望她們能理解並配合。

太妃們明面上沒說什麼，可到了搬家合宮之日，竟有兩個太妃藉口住慣了原本的地方，完全不肯挪動。

負責此事的書蝶苦勸無果，無計可施之下，只得回來找柒柒。

柒柒帶上素馨，喊上慕羽崢特地留給她的那隊禁軍過去查看情況，一過去才發現，兩位比鄰而居的太妃竟然連行李都沒收拾。

上梁不正下梁歪，兩個太妃的宮裡，幾個進宮有些年頭的宮女與太監也被自家主子帶得目中無人，見柒柒來了，竟不知死活地面露不忿，說他們太妃娘娘自從入宮就一直住在這裡，太上皇都沒發話，他們不會搬。

柒柒從小就知道了，有些人就愛欺軟怕硬，不給對方一點顏色瞧瞧，他們還以為她是個軟柿子。

她也不多說，讓人搬了把椅子來，往院子裡一坐，指著那兩個多嘴多舌的宮女與太監，簡簡單單吐出一個字。「打。」

禁軍們二話不說，將人按到地上就是十個板子，打得他們鬼哭狼嚎、血肉模糊。

見狀，兩個太妃嚇得臉色蒼白如紙，柒柒起身走到她們面前道：「太妃娘娘，日後再有這樣不聽話的宮人，就讓人來跟本宮說一聲，本宮代妳們打發了。」

兩人哆嗦著連忙應好，柒柒也不多說，轉身帶著人就走，禁軍們則提著幾個受過處罰的宮人跟在其後。

書蝶滿臉崇拜，悄聲和素馨說：「娘娘真威風。」

素馨忍不住笑了，小聲回道：「這算什麼，聽陛下說，娘娘還是個娃娃的時候，拎著根棍子就打遍一條街無敵手了。」

更何況，娘娘連陛下都要打的，還怕了兩個太妃不成。

柒柒離開後，兩位太妃雖然心中不滿，卻再也不敢磨蹭，急忙招呼人收拾東西，以最快的速度搬到提前規劃好的宮殿。

那天之後，皇后的凶名就傳了出去，說她連太妃的面子都不給，太妃身邊的太監與宮女都被打了。

晚上兩人躺在床上，柒柒趴在慕羽崢汗濕的胸口上嘆了口氣。「唉，我本來想做個賢德溫柔的皇后，這下可好，和你一樣落下個凶名。」

「看來是不累。」慕羽崢對柒柒剛親熱完就說這些瑣事十分不滿，兩手一掐她的腰，將她扶著坐起來。

柒柒頓時驚呼出聲，身子一軟又趴回他胸口。「我累了，真的累了。」

可這時候求饒已經晚了，慕羽崢一個翻身，兩人就換了位置，柒柒眼中的世界又搖搖晃晃起來……

韶華如駛，彈指間，又是兩年過去。

慕羽崢的各項舉措得以順利實施，大興日漸昌盛。

這些日子來，柒柒除了偶爾微服上街去逛逛，或等慕羽崢忙裡偷閒帶她出城走走，在皇莊上住一晚之外，大部分時間都待在宮裡。

身為中宮之主，哪怕後宮只有她一人，可柒柒仍少不了要處理一些有的沒的事，就連她想見蔓雲、小翠、遇兒跟周雅，也得讓人把他們接進宮來。

柒柒倒是想去各家走走，可她如今身分不同，即便她不講究排場，只帶素馨或書蝶一人出現，可還是會引起不必要的麻煩，因為除了慕羽崢，沒人會再把她只當成塔布巷裡的柒柒。

好在，大家的日子都過得很好。

小翠姊跟柱子哥成親，兩人和和美美，一家人和和睦睦。

蔓雲姊嫁給在山的同袍，日子也很甜蜜，由於她既能幹又賢慧，目前已經當了家，很受公婆器重。

在山哥前年也娶了一位大家閨秀，最初聽說那姑娘嫌棄他是個不會作詩彈琴的莽夫，哪怕在山英武不凡，又備受陛下器重，她也看不上，出嫁之前狠狠大哭了一場。可成親之後，也不知在山是怎麼哄的，竟哄得那嬌滴滴的姑娘滿心滿眼都是他，成親都那麼久了，還是一看他就臉紅。

在江還有柱子的弟弟妹妹一同被送去正規的書院讀書，個個乖巧懂事。

齊遇的生意越做越好，如今在他義父家裡擔任大掌櫃，柒柒也會照顧他的生意，宮裡有些採買，她就指定去齊遇那裡置辦。

幸好齊遇知分寸，不僅價格公道，品質也屬上乘，從不辜負柒柒的照拂，不讓她有一絲為難。

每每外出辦事回來，齊遇都會為柒柒帶份禮物送進宮，順便探望她。每次過來，他都開開心心的，柒柒看著就高興。

見齊遇成了玉樹臨風的少年郎，柒柒本想為他張羅一門婚事，可提起這事的時候，他竟紅了臉，支支吾吾說有喜歡的人了，但還不確定對方心意。

柒柒哈哈大笑，八卦地拉著齊遇好一陣打聽，把人家小夥子羞得臉通紅跑了。

周雅一直揚言一輩子不嫁，說反正陛下是她表哥，誰敢硬塞給她一個夫君。

可周家人卻不允許她這麼離經叛道，不能仗著是陛下的外家就帶頭違反律法，前年硬是給她訂了門親事。

周雅一氣之下，竟然揹著把劍偷跑出門，闖蕩江湖去了。

第七十五章　天長地久

旅途中路見不平，周雅打跑了一夥調戲民女的惡霸，遇到一個同時出手的俠客，兩人看對了眼，結伴同行，後來感情越來越好，一同返回都城，說要和家人抗爭到底，誓死退婚，她非他不嫁，他非她不娶。

兩人各自回家之後好一頓鬧騰，最後才發現，對方就是家裡定下的未婚夫跟未婚妻，鬧出個天大的笑話，兩家長輩笑逐顏開，說這就叫緣分。

雙方半夜約在屋頂見面，吹著風、喝著酒，想到他們各自把家裡搞得雞飛狗跳，都忍不住一口酒噴了出來。今年春天，這兩人也成了親。

這幾年大興安穩，長公主慕雲檸和駙馬裴定謀啥也不管，常年在外頭四處遊玩，偶爾玩累了就回都城住一陣子，兩人還如當初剛認識那般蜜裡調油、恩愛異常，簡直羨煞旁人。

小翠與蔓雲都生了孩子，小翠生了個女兒，蔓雲生了個兒子，現在都兩歲了，胖乎乎的，煞是可愛。

今日她們又抱著孩子結伴入宮來看柒柒，柒柒抱抱這個、親親那個，稀罕得不行，後來甚至想把兩個孩子留下來玩幾天，小翠和蔓雲哈哈笑著搶過孩子就跑了，氣得柒柒想打人。

到了晚上睡覺時，她就對慕羽崢抱怨。「小翠姊跟蔓雲姊簡直太小氣了，她們天天帶著孩子，就不能給我帶幾天嗎？唉，我就是沒有，我要是有，我饞人家的幹麼！」

慕羽崢聽著既心疼又好笑，搓了搓她的背說道：「我和阿姊說好了，她回來替我頂上幾個月，咱們出去走走。」

柒柒驚喜地抬頭道：「當真？去哪兒走走？」

慕羽崢捋了捋她的頭髮說：「早就答應過妳的，要帶妳去江南看雨，去東邊看海。」

柒柒心花怒放，熱情地撲上去給他一個吻。「哥哥你真好。」

慕羽崢將她拖到自己身上用力抱緊，愛憐地說：「這麼多年來把妳關在宮裡，人都快悶壞了，我過意不去。」

柒柒笑著搖頭道：「雖然皇宮待久了很無聊，可和你在一起，我不覺得悶。」

慕羽崢摟緊了柒柒，嘴角揚了起來。

半個月過後，慕雲檸與裴定謀回到長安，搬入皇宮暫住。

慕羽崢安排好政務，姊弟倆交接過後，他便帶著歡欣雀躍的柒柒出了城，去看大興的山山水水。

兩人一路向南，柒柒沿途看得驚奇不已。「這個時節，雲中郡還是冰天雪地呢，江南竟然一片碧綠。」

慕羽崢覺得柒柒瞪圓了眼睛、沒見過世面的樣子甚是可愛，卻又不禁心疼。

他南征北討，見過各地的景色，可柒柒從小就一直待在雲中城，到了都城之後，更是被困在城裡，最遠只到過城外的皇莊。

所以這一路上，慕羽崢是能騎馬就一定會騎馬，生怕錯過任何一處風景，除非天氣不好或行夜路，他們才會待在馬車裡。

慕羽崢對柒柒伸出手，柒柒把手交到他手裡，他另一隻手兜住她的腰，用力一帶，把人抱到自己馬上，兩人共騎一乘。「妳喜歡這裡，我們就在這裡多住一陣子。」

柒柒看著眼前的青山綠水，笑著點頭道：「好。」

一行人微服出行，抵達豫章郡一個風景秀美的小城，護衛、隨從們各自散開，以不同的身分在城中安頓下來。

柒柒跟著慕羽崢來到一處僻靜的宅院，進門之後，看著院內鬱鬱蔥蔥的植物，她突然問道：「這裡可是你那年為我準備的去處？」

兩人心有靈犀，慕羽崢也同時開口道：「這是那年為妳準備的。」

對視一眼後，他們會心一笑。

柒柒很開心。「真沒想到這個院子還留著，怎麼沒聽你說起呢？」

慕羽崢笑著應道：「一時忘了。」

柒柒鬆開慕羽崢的手，小碎步快走進去，四處觀看，聲音歡快。「我喜歡這裡。」

在院子裡逛過，兩人又進門，當柒柒看到炕時，跑過去一摸——竟然是熱的，應該是剛燒過。

她忍不住笑出聲，往炕上一躺道：「這一路上就沒見著江南哪裡有炕的，你怎麼想到在這裡搭炕？」

慕羽崢走過去挨著她躺下。「江南常年有雨，天氣潮濕，當時我就想，萬一搬過來時妳不適應，有個炕的話，妳睡著也舒服些，總不至於那麼想家。」

柒柒翻身爬到慕羽崢身上趴著，摸著他的臉龐，認真地說：「如果當時你沒回來，我應該不會跟著雲實他們走。」

慕羽崢點頭道：「我猜到了，我跟雲實交代過，要是妳不肯，就把妳和小翠打暈強行帶走，畢竟，若是我沒了，和我扯上關係的人都很危險。」

柒柒想像了一下自己一醒來就在這裡的情景，說道：「若是那樣，我一睡這炕大概就會大哭，還會一邊罵你，一邊想你。」

慕羽崢在柒柒額頭親了親。「好在妳郎君運氣好，本事也大，化險為夷。」

柒柒瞧他一眼。「哥哥，你大概是這天底下最喜歡自誇的皇帝了。」

慕羽崢哈哈大笑，拍了拍柒柒的屁股道：「這屋裡藏了寶貝，妳去找找看，找到了都是妳的。」

柒柒立刻來了精神，翻身坐起來道：「什麼寶貝？」

慕羽崢頭枕雙手，但笑不語。

柒柒下了地，在屋裡四處翻找，找著找著，看到靠牆放著的桌子和櫃子有些熟悉，她走近仔細打量，驚喜道：「你把塔布巷的桌子跟櫃子搬來了？」

說著，她又道：「不對啊，我們走的時候東西都還在，這些的尺寸也比塔布巷的大……是你讓人重做的？」

慕羽崢笑著頷首。「當時想著若妳搬來，能有熟悉的家具，應當會開心些。」

柒柒打開櫃門，在裡板上敲了敲，果然是空心的。她摸索著找到暗處藏著的開關，一拉，裡面的夾層就露了出來，夾層裡放著一個大大的木盒，一打開，裡面滿滿一箱銀錠子，上頭還有一封信。

她坐在櫃子裡，打開信讀了起來。

「柒柒，見字如晤，展信舒顏。當妳看到這封信時，我已不在人間……」

這信是那年他回都城之前寫好的，裡面坦白了他的身分，還有他丟下她不得已的苦衷，他向她道歉，又替她安排好未來的一切，更祝她找到如意郎君，生個胖娃娃……

柒柒看著看著，眼淚啪嗒啪嗒往下掉，走過去撲到慕羽崢身上，先是狠狠給他一拳，隨後抱著他脖子，狠狠親了他一口。「哥哥，你真是個混蛋。」

慕羽崢笑了，摟著人翻身一轉。「既然是混蛋，那就做些混蛋該做的事。」

「大白天的，外頭大家都在安置行李呢，你給我起開。」柒柒馬上推開他，下地跑了。

柒柒白天逃過一劫，可晚上卻被加倍索取了回去，哭得淒淒慘慘，最後趁慕羽崢一個不留神，裹著被子跑到櫃子夾層去，把門從裡面一鎖，死活不出來。

慕羽崢哭笑不得，穿上寢衣坐到空蕩蕩的櫃子外層，和柒柒說起當年外祖父找來那晚的事。

柒柒聽得心疼，按捺不住，自己鑽了出來，往他懷裡一坐。「原來你還把我藏起來過，你怎麼從來沒跟我提過？」

慕羽崢的大手探進被子，觸及一片細膩光滑。「都是過去的事了，有什麼好說的。」

柒柒皺眉道：「哥哥，當時你很怕吧？」

慕羽崢點頭道：「怕，怕連累了妳，也怕我死了，妳會難過。」

柒柒緊緊抱住他，許久說不出話，最後她將被子一扯，用難得一見的熱情安慰他……

兩人在湖光山色如畫的小城足足逗留了一個月，這才啟程往東，奔著丹陽去看海。

柒柒從未見過真正的大海，當她赤腳站在沙灘上，看著一望無際的大海，感受海浪拍在腳上的感覺時，竟然有些發暈，身體前後搖晃，險些站不住，忍不住驚呼。「哥哥，我暈海，快扶著我！」

慕羽崢笑著伸手把柒柒扶好。「妳不是要撿海螺嗎，我們往那邊走走。」

兩人手牽手，赤腳走在軟綿綿的沙灘上，柒柒像個快樂的孩子，邊走邊用腳指頭弄著沙子玩，慕羽崢笑著看她。

前面拎著簍子撿海貨的書蝶等人一陣開心尖叫，像是撿到什麼寶貝。

柒柒放開慕羽崢的手，拎著裙襬小跑過去，走近一看，是一個比她臉還要大的漂亮海螺，柒柒接過來，開懷大笑道：「哥哥快來，和你的臉比比！」

慕羽崢吹著海風、踩著細沙，搖頭無奈地笑了。

在丹陽待了十幾日，吃遍了各式海鮮，眾人動身沿著海岸線往北走。

誰知才走了不到十日，一日早上從客棧醒來以後，柒柒突然間嘔吐起來。

慕羽崢緊張得不行，張羅著讓隨行太醫來為柒柒請脈，柒柒攔住他，自己搭起了脈，隨後眼中露出難以置信的狂喜，讓慕羽崢趕緊去請太醫。

太醫過來診脈後，一臉歡喜地向兩人道喜，說柒柒有了。

「有了，真的有了？」慕羽崢驚喜不已。

柒柒盼了那麼久，終於盼來了，淚光閃閃，笑著點頭道：「有了。」

「柒柒，妳真厲害！」慕羽崢神采飛揚，抱起柒柒就想往空中丟，可馬上反應過來不能這麼做，抱著柒柒在地上來回走動，傻了似的不停大笑。

得知這個消息，眾人全都喜上眉梢。

喜悅過後，慕羽崢就把柒柒當成易碎品保護了起來，柒柒自己也很小心，兩人一商量，直接改變路線，打道回宮。

慕羽崢一天十二時辰不讓柒柒離開視線，所有行程都提前安排得穩穩當當。

怕柒柒顛著，寬大的馬車內鋪了厚厚的被褥，柒柒是坐是臥都行；怕柒柒累著，一天只在白天趕幾個時辰的路，日頭一偏西，早早就找地方落腳。

終於，在慢騰騰地趕了一個月的路之後，大夥兒返回宮中。

慕雲檸還納悶他們怎麼提前回來了，一得知柒柒有孕，她格外高興，和裴定謀決定繼續留在宮中住著，說要待到娃娃出生。

八個月之後，春暖花開之時。

柒柒順利誕下一對龍鳳胎，看著兩個生下來就白白淨淨、漂漂亮亮的嬰兒，柒柒喜極而泣道：「哥哥，我有娃娃了。」

先前柒柒生產時，慕羽崢就在外面一直落淚，這會兒見柒柒哭，他也跟著哭，兩人哭著又開始笑，笑著笑著又開始哭……

看著執手相望、一起發瘋的夫妻倆，慕雲檸直翻白眼，上前去抱兩個孩子。「你們慢慢哭，孩子我抱走養了。」

夫妻倆默契十足，齊齊伸手按住她的手。

柒柒警戒地說：「這是我的娃。」

慕羽崢嫌棄地揮了揮手道：「要養自己生去。」

聞言，慕雲檸抱臂道：「我看你們哭哭笑笑個沒完，還以為孩子你們不要了呢。」

柒柒看向慕羽崢，正好慕羽崢也望向她，兩人相視一笑，異口同聲道：「要。」

當柒柒與慕羽崢還在外面遊玩時，慕雲檸擔起了代理朝政的大任。

慕雲檸從前朝回來，看完奏疏之後，往榻上一躺，招呼在外頭不知道忙什麼的裴定謀進來。

「娘子，怎麼了？」裴定謀匆匆進門，往榻上一坐，習慣性地為慕雲檸按起了肩膀。

慕雲檸被他按到舒服得直嘆氣。「這皇帝真不是人當的。」

裴定謀聽著這每日都相同的感慨，忍不住笑道：「辛苦我家娘子了。」

慕雲檸又問：「阿崢他們走了多久了？」

裴定謀算了算。「快兩個月了，昨日來信說剛到豫章，怕是沒那麼快回來。」

慕雲檸道：「按照他們事先規劃好的路線，在豫章待上一陣子，回頭還得往丹陽去看海，之後一路沿海北上，過臨淮、東海，才能往長安來，這樣一算，最快要到年底才能回來了。這日子，還有得熬啊。」

見她一臉倦色，裴定謀為她按完肩膀，又為她按起額角。「可是朝堂上有不長眼的惹娘子生氣了？妳說給我聽，我今晚出宮將人套個麻袋狠揍一頓，給妳出出氣。」

慕雲檸被他氣笑了。「土匪作風。」

裴定謀一捂胸口，故作震驚。「娘子，妳可是大當家，說這話良心不會痛嗎？再說了，當初妳拿長刀連砍兩座宮殿的時候，可比我野蠻多了，我都沒說什麼。」

慕雲檸噗哧一笑道：「也是，好久沒回北境，我都忘了我是青山寨大當家了。」

裴定謀俯身在她額頭親了親。「是啊，這幾年咱們遊遍大興，都沒回去看看，裴吉前幾天還說饞熊燔醃的鹹菜了。」

慕雲檸笑道：「我也饞了，等阿崢他們回來，咱們就回青山寨去住一陣子。」

裴定謀笑著應道：「娘子去哪兒我就去哪兒，反正我眼下靠娘子養。」

軟飯吃得理直氣壯。

慕雲檸道：「先前阿崢要封你官職，你死活不要，按你那幾年的軍功，混個四品將軍或侯爺綽綽有餘。」

裴定謀吊兒郎當地笑了，一臉無所謂地說：「以前我想做將軍，那是想上陣殺敵，如今仗都打完了，我當那官做什麼，這樣那樣的規矩一大堆，聽著就頭疼。現在我這樣多好，逍遙自在，每天都可以陪娘子。」

慕雲檸笑著說：「也是，等那兩人玩夠了，再換咱們去玩。」

兩人打算得好好的，可是慕羽崢與柒柒一回來，他們就推遲了計劃，因為柒柒有身孕了。

慕雲檸想看看自己的小外甥女再走，便留了下來。

隔年，柒柒順利產子，抱著那一對軟乎乎的小娃娃，她這個做姑母的捨不得走了，天天和柒柒搶孩子抱。

一向大方的柒柒，在孩子這件事上特別摳門，恨不得一天十二個時辰把那兩個娃娃抱在懷裡，她都得趁她不注意時搶過來抱。

這一待就過了一年，兩個孩子滿周歲的那年夏天，慕雲檸才依依不捨地告別，和裴定謀返回青山寨。

兩人四處遊玩，某日在一座霧氣縹緲的深山裡，發現了一處被野花圍繞的溫泉，美得宛如人間仙境。

慕雲檸與裴定謀有默契地對視一眼，衣服一脫跳了進去。

面對此等人間美景，不幹點什麼有趣的事豈非辜負，經過一番激烈的糾纏，裴定謀打算像以往那般抽身而退時，卻被慕雲檸盤住了腰。

裴定謀艱難道：「娘子快放開我，我不想妳過後得吃藥。」

慕雲檸雙手攀在裴定謀肩膀上，喘著氣道：「裴定謀……我們生個孩子吧。」

「生生生，現在就生。」裴定謀大喜，歡天喜地抱著人就是一個翻騰。

溫泉水波盪漾，升騰的霧氣遮掩住了交纏的身影，一場謀害改變了他們每個人的人生，卻也迎來了彼此的天長地久。

——全書完

2024年3月出版

千金好本事

文創風 1241～1243

沒有白吃的瓜，當然也沒有白占的便宜。
想欺負人，總不能什麼代價都不付，
她敲鑼搞事剛好而已，戲要熱鬧才好看嘛！

鑼聲一響，好戲開場／青杏

說到濛北縣的雨神祭慶典，蟬聯七屆的雨神娘娘沈晞可是大人物，
能踩穩三丈高的木樁，甩袖跳起豐收舞，誰不誇她一句好本事啊！
這全得感謝去世的師父，偷偷收了穿越的她為徒，調教成武功高手，
她才能藉著武藝自創舞步登場表演，賺賺銀子照顧疼愛她的養父母。
慶典結束隔日，她偷閒去河邊釣魚，竟撈了個美人……不，是美男上岸。
她一時善心大發，帶全身濕透的他回家換衣裳，卻遇歹人襲擊，
看似弱不禁風的美男立時替她解圍，好身手又讓她驚豔了一把，
原來他是大梁顏值最高的紈袴王爺趙懷淵，因離京遊玩而意外落水，
為報答她的救命之恩，他乾脆幫到底，孰料審問歹人時挖出天大的八卦——
她的身世不簡單，並非普通的鄉野村姑，居然是侍郎府的正牌千金 ?!

2024年2月出版

夫人請保持距離

文創風 1232～1234

這些人總鄙視商戶貶低她名聲，
但這名聲好壞於她來說又不值錢，
縱使他們擁有一身清譽，
可真正能辦好事情的是她家的財富！

預料之外的婚約，
握入掌心的鍾情／拾全酒美

首富千金秦汐帶著金手指，回到家中受誣陷而家破人亡前，
她一掃上輩子的迷障，看清環繞秦家周遭的魑魅魍魎，
並加快腳步，為甩開針對她家的陰謀詭計做準備。
暗示商隊可能被塞了通敵信函，學會漠視虛情假意的親戚，
並利用空間裡的水產，與貴人結下善緣，爭取靠山。
多項事務同時進行下，蝴蝶翅膀竟搧出前世不存在的婚約，
對象是赫赫有名不近女色的小戰神暻郡王——蕭暻玹。
儘管她不願早早嫁人，卻也不擔心這門婚事能談成，
對於外頭頻傳秦家挾恩逼王爺娶商女的流言，她更不在意。
誰知不但惹來皇上賜婚，那前世敢抗旨的小戰神也一反常態，
提議先假成親，待一年後他自污和離，以維護她名聲。
這條件對她皆是有利的，而且秦家與他也有更多合作空間，
且思及上輩子此人無論是行事作風及人品，皆可信賴，
不就是一種契約婚姻？他既然願意，她又怕什麼呢？

2024年2月出版

請進！美味飯館

文創風 1229～1231

他是個不可多得的好男人，許多女人都想要，她也想，
可是，這份感情終究不是給她的，而是給另一個女人的，
她不能奪走屬於原身的深情，不然，她與小偷有何區別？
然而，他正在蠶食鯨吞她的心，她無法控制被他吸引，
如果他繼續守在自己身邊，她不知還能不能守住這顆心……

借問美味何處尋？
路人遙指楊柳巷／一筆生歌

孤兒出身的米味因從小就對廚藝極有興趣，所以努力靠自己白手起家，
最終她自創品牌，成立了世界知名的食府，站在美食金字塔的頂端，
因有感於生活太忙碌，她想好好放個假，便把事業交託給徒弟打理，
不料還沒享受人生，她就意外地車禍喪命，再睜眼已穿成個古代姑娘，
而且頭部受傷又懷有身孕，偏偏她腦中對這原身的一絲記憶都沒有！
幸好寺廟的住持慈悲收留，母子倆一住四年，過上夢想中的鹹魚生活，
可惜好景不常，為了兒子的小命著想，母子倆不得不離開，踏上尋親之旅，
只因兒子自出生起，每月便要發病一次，發作時會全身顫抖、疼痛一整天，
住持說孩子身中奇毒，既然她很健康，那問題顯然出在生父身上啊，
想著孩子的爹或許知道如何解毒，母子倆便循著住持占卜的方向一路向北，
哪怕人海茫茫，她也要帶著孩子找到他爹！
為了養活娘倆，看來她得重操舊業賣拿手的美食佳餚才能快速賺錢了，
貪多嚼不爛，她先弄了個小攤子賣吃食，打算日後攢夠錢了再開間飯館，
期間聽客人說，曾在京城看過跟她兒子長得很像的人，那肯定是孩子生父啊！
於是她二話不說，包袱款款就帶著孩兒直接北上進京尋父救命去了……

長嫂好會算

文創風 1227～1228

穿到這個奇特的朝代，身為女子倒不是一件壞事，
只是原主被父母嫁到這窘迫的紀家，弟妹幼的幼、小的小，
她攤上這一家子，能用現代的會計長才發家致富嗎?!

女子有才更有德，
攜幼顧小拚發家／藍輕雪

穿越就算了，沒想到她衛繁星穿到一個如此奇特的朝代——
在這個乾元朝，沒有主僕制度、沒有三妻四妾，
更重要且關鍵的是，女子也可以出門做事，不必依附家人或婚姻！
而原身便是考上了酒坊女帳房，正要展開新人生之時，
親生父母為了弟弟的前途，硬是把她嫁到毫無家底的紀家……
於是她一穿來，面對的便是夫君成親次日就趕回邊關，二弟妹離家；
紀家幼小如今全仰賴她這個大嫂，看著空空的家底，真是頭大無比～～

文創風
1257

心有柒柒 3 完

國家圖書館出版品預行編目資料

心有柒柒 / 素禾著. --
初版. -- 臺北市 : 狗屋出版社有限公司, 2024.05
冊 ; 公分. --（文創風 ; 1255-1257）
ISBN 978-986-509-520-8（第3冊 : 平裝）. --

857.7　　113004189

著作者	素禾
編輯	連宓均
校對	陳依伶
發行所	狗屋出版社有限公司
地址	台北市104中山區龍江路71巷15號1樓
電話	02-2776-5889～0
發行字號	局版台業字845號
法律顧問	蕭雄淋律師
總經銷	知遠文化事業有限公司
電話	02-2664-8800
初版	2024年5月
國際書碼	ISBN-13　978-986-509-520-8

本著作物由北京晉江原創網絡科技有限公司授權出版

定價290元

狗屋劃撥帳號：19001626

網址：love.doghouse.com.tw　E-mail：love@doghouse.com.tw